복남이 좀 봐주세요

서희주 장편 소설

Yewonbooks Romance Story

복남이 좀 봐주세요

초판 1쇄 찍은 날 | 2016년 10월 5일
초판 1쇄 펴낸 날 | 2016년 10월 13일

지은이 | 성희주
펴낸이 | 예경원

편집 | 유경화 · 안유진

펴낸곳 | 예원북스
등록번호 | 제396-2012-000132호
등록일자 | 2012. 7. 25
YRN | 제1-0164호

주소 | 경기도 고양시 일산동구 호수로 646-24 위너스21-Ⅱ 206A호 (우) 10401
전화 | 031-819-9431 팩스 | 031-817-9432
http://cafe.naver.com/yewonromance
E-mail | yewonbooks@naver.com

ISBN 979-11-5845-217-9 03810

※ 이 도서의 국립중앙도서관 출판시도서목록(CIP)은 서지정보유통지원시스템 홈페이지(http://seoji.nl.go.kr)와 국가자료공동목록시스템(http://www.nl.go.kr/kolisnet)에서 이용하실 수 있습니다.

복남이 좀 봐주세요

성희주 장편 소설

Yewonbooks Romance Story

C • O • N • T • E • N • T • S

프롤로그

"엄마!"

앙칼진 목소리로 성질내는 딸이 무서워 보기는 처음이었다.

"아니…… 안됐잖니? ……총각 혼자……."

기어들어 가는 목소리를 내며 딸의 시선을 피해보지만 딸, 하나의 목소리는 더욱 날카로워졌다.

"안되긴, 뭐가 안돼? 자신이 저지른 행동에 책임질 생각은 않고 이렇게 엄마한테 제 아이를 떠안긴 게 안된 거야? 못된 거지!"

"떠안긴 게 아니고 딱! 열흘만 봐주면 되는 거야. 왜 이렇게 쌍심지를 켜고 그래? 그냥 봐주는 것도 아니고 열흘 봐주고 백오십만 원 받는데 안 봐주겠다고 하면 그게 바보지."

"바보? 엄마! 그 열흘 사이에 그 총각 증발하면 어쩔 거야? 엄마한테 아이를 버린 거면 어떡할 거냐고?"

세련된 얼굴과 야리야리한 몸매로 청순할 것만 같은 이미지와 달리 툭 하면 욱하는 하나의 성격이 튀어나오고 말았다. 조 여사를 향해 거침없이 고함을 질러댄 하나의 입에서 무거운 한숨이 새어 나왔다. 그리고 이 싸움의 원흉인 갓난아기에게 시선을 던졌다. 원흉이라고 생각하는 게 죄스러울 만큼 갓난아기는 천사와 같은 얼굴로 잠들어 있었다.

조 여사가 삼 년 동안 도우미 일을 봐주던 총각네 집에서 데리고 온 아기다.

어느 날 그 집 총각이 아기를 데리고 와서는 사정이 여의치 않으니 조 여사에게 열흘만 봐달고 했단다. 150만 원을 바로 입금시켜 주면서.

조 여사는 아기도 불쌍하고 총각 사정도 딱해서 데리고 왔다고 하는데, 하나는 아이를 책임지기 싫은 그 총각이 사라질까 봐 걱정이었다.

하나의 말에 쩔쩔매고만 있던 조 여사가 인상을 쓰며 반박하기 시작했다.

"얘! 내가 그 총각 집에서 하루 이틀 일했니? 삼 년이야, 삼 년. 그 총각 인격을 내가 몰라? 아이 버리고 도망갈 그런 인격이라면 벌써 그만뒀어. 너도 내가 하는 얘기 듣고 사람 참 좋은 것 같다고 했잖아!"

3년 동안 조 여사에게서 들어온 그의 인격은 익히 잘 알고 있다. 조 여사를 도우미 취급하지 않고 늘 깍듯하게 대해주고 오히려 자신의 주거환경을 정리해 주고 먹거리를 챙겨주는 거에 늘 고마워한다고. 그래서 하나도 좋은 총각이라 생각했었다.

하지만 삼십 년을 봐왔어도 사람 뒤통수를 칠 수 있는 게 또 사람이다. 겨우 3년 본 젊은 남자를 무작정 신뢰하는 조 여사가 하나의 눈에는 답답해 보이기만 했다.

"그건 엄마가 좋게 얘기하니까 그런 거였지! 여자가 제 아이를 낳아왔으면 책임을 지고 결혼을 해야지! 왜 제 애를 도우미인 엄마한테 맡겨? 맡겨도 제 가족들한테 맡겨야지. 피하고 싶은 거야! 미혼모가 아니라 미혼부가 되게 생겼으니까 피하고 볼 생각으로 엄마한테 맡긴 거라고! 그러다 감당 안 되면 사라진다니까!"

"그럴 사람이 아니라니까!"

"그럼 보증금이라도 내라고 해."

조 여사가 한심하고 기가 막힌 시선으로 딸을 보았다.

하지만 하나는 그런 조 여사의 눈빛에 아랑곳하지 않고 더 단호하게 말했다.

"아이 맡기고 싶으면 그렇게 하라고 해. 이것도 많이 봐준 거라고 하고."

"못 해! 난 못 해!"

"그러니까 전화번호 달라고. 내가 하겠다고."

끝없는 실랑이가 벌어졌지만 조 여사는 불을 뿜어내는 딸을 이길 수는 없었다.

"너 때문에 엄마 직장 잃으면 어떻게 되는지 잘 알 거야. 그러니까 알아서 잘해."

"걱정 마! 내가 알바 두 탕, 세 탕을 뛰어서라도 엄마 먹여 살릴 테니까."

"돈이나 벌어오면서 그런 소리를 해!"

결국 조 여사는 하나에게 전화번호를 넘기고 말았다.

'하나 저게 실수하지 말아야 하는데…….'

❖

7시 50분. 약속 시간까지는 아직 10분이 남아 있었다.

시간을 확인한 하나가 휴대폰을 내려놓으려 할 때 테이블 위에 놓인 진동벨이 울렸다.

주문한 아메리카노를 받아가지고 자리로 돌아와 한 모금 마셨다.

"맛있다."

하지만 피 같은 돈 4천 원이 통장에서 빠져나갔다고 생각하자 향기롭던 커피가 쓰기만 했다.

'어우, 빨리 취직을 해야지. 어쩌면 오늘 일도 나 때문일 수 있

어. 한 푼이 아쉬운 상태에서 백오십만 원이면 큰돈이니까…….'

조 여사에게 언성을 높이며 성질을 낸 것이 미안해졌다.

그러는 사이 시간은 8시가 되었다.

'먼저 와서 기다려야 되는 거 아니야? 아, 정말 기본도 안 된 인간이구만.'

하나와 약속되어 있는 주인공은 조 여사의 고용주라고 할 수 있다. 현재 조 여사가 가사 도우미 일을 하고 있는 집의 주인이기도 하고 오늘 하나와 조 여사의 싸움에 원인을 제공한 원흉이기도 하다.

1분 늦을 때마다 독설을 퍼부어주겠다는 생각을 하는 순간 커피숍 문이 열리고 남자 한 명이 안으로 들어왔다.

수많은 사람들이 드나드는 곳이라 출입문에 시선을 두는 사람은 없었다. 하지만 지금 이 순간에는 모든 사람들의 시선이 출입문에 쏠려 있다고 해도 과언이 아니었다.

아니, 더 정확하게 말해서 그곳으로 들어오는 남자의 모습에 넋을 빼며 보고 있었다.

하나도 그를 보고 있었다.

장례식장에 다녀온 것처럼 블랙의 슈트를 차려입었지만 그의 전체적인 외모와 분위기는 방금 만화를 찢고 나왔거나 런웨이를 바로 걸어나온 듯했다.

슈트발이 저런 것인가? 아니, 슈트가 남자로 인해 살고 있는 느낌이다.

슈트하면 김우빈이라는 생각이 날아가는 순간이었다.

남자가 두리번거리더니 하나가 앉아 있는 테이블 쪽으로 다가왔다.

'어? 저 남자가 왜……? 설마……?'

"이하나 씨?"

심장이 철렁했다. 심장이 놀랄 만큼 잘생긴 남자가 자신의 이름을 꺼냈다는 사실보다 기다리고 있던 남자가 완벽하리만치 잘생긴 남자라는 게 문제였다.

"네."

하지만 정신을 차려야 했다. 자신의 집에서 잠을 자고 있는 천사 한 명의 인생이 달린 문제 앞에서 남자의 외모에 빠져 이성을 잃어서는 안 되는 일이었다.

"삼십 분밖에 시간 없습니다. 용건을 말씀하시죠."

생긴 것과 달리 까칠한 목소리의 그에게서 거만한 기운이 느껴졌다.

"아기를……."

"오면서 조 여사님께 대강 얘기 들었습니다. 보증금이라도 받아야 하지 않느냐, 고 했다는데, 얼마 원합니까?"

처음 뵙겠다는 인사말이나 말씀 많이 들었다는 겉치레 인사 정도는 하는 게 예의 아닌가. 그러나 남자는 그런 것 없이 바로 돈으로 합의 보자는 본론을 꺼냈다. 그로 인해 하나의 얼굴이 심하게 굳어졌다.

'책임지지 못할 거였으면 씨를 싸지르지 말았어야지!'

라고 한마디 날려주고 싶었지만 초면에 그런 실례를 저지른다면 앞에 앉은 인간하고 다를 게 없을 것 같아 차분하게 응수했다.

"부르는 대로 가능하신가 봐요? 얼마 원하냐고 묻는 거 보면?"

비아냥거리는 하나의 말투가 거슬렸는지 남자가 인상을 구겼다.

"원하는 대로 드리죠."

"그래요? 일 인당 평균 양육비가 이억이 넘어간다고……."

"이억이면 됩니까? 넘어간다고 하면 이억오천?"

2억, 2억 5천을 말하는 남자는 그 돈을 마치 커피 한 잔 값도 안 되는 정도로 취급하고 있는 것 같았다.

"계좌 주십시오. 지금 바로 보내 드릴 테니."

하나의 머리가 하얗게 비어가고 있었다.

그녀가 그린 그림은 이게 아니었다. 그녀는 남자가 아이를 데리고 가게 하는 게 목적이었다. 말도 안 되는 돈을 요구하는 자신의 모습에 황당해하며 아이를 데리고 가겠다고 할 줄 알았다.

물론 아이를 맡고 있는 동안 보증금 조로 돈을 받아낼 생각도 있었다. 그건 아이를 데리고 가면 돌려줄, 그야말로 보증금이었다. 그리고 아이가 생겼으면 무조건 책임을 져야 하는 게 인간의 도리라는 것도 알려주려고 했다.

그런데 이 남자는 자신의 아이를 취급하기도 싫은 건지, 아니면 돈 2억이 대수롭지 않은 건지 눈 하나 깜짝하지 않고 돈을 입금시켜 준다고 한다.

'여자가 아이를 낳고도 결혼을 하지 않고 애 아빠한테 보낸 게 이해가 되네, 이해가 돼. 저게 인간이니? 쓰레기지.'

그가 일어나 카운터에서 메모지와 볼펜을 가지고 돌아와 그녀 앞으로 내밀었다.

"계좌 적어요."

"적기 전에 확실하게 짚고 넘어가야 할 것 같네요. 아기는 확실히 열흘 후에 데리고 가실 거죠?"

"물론."

하나가 메모지에 계좌를 적었다. 하지만 남자에 대한 의심이 들기 시작했다. 대답이 너무 쉽게 나온 것도 뭔가 이상했고 무엇보다 2억이란 돈이 한 번에 쉽게 계좌이체 될 금액이 아님에도 당장 입금시켜 줄 것처럼 말하는 것이 수상했다.

만일 조 여사가 지금 앞에 있는 남자의 집에서 3년을 일하지 않았다면 사기꾼으로 여겼을 만큼 어느 하나 믿을 만한 구석이 보이지 않았다.

그는 하나가 적어서 내민 메모지를 보며 휴대폰을 만지기 시작했다. 이체를 하는 것 같았다.

'이체 금액 이억이 가능해? 그리고 통장에 이억이 있어?'

하나의 현실에서는 절대 불가능한 것이었다. 아니, 그게 가능한 사람은 별로 없을 것이다. 그런데.

"이체했습니다. 확인하십시오."

2억. 돈 2만 원이 아까워 친구와의 약속에도 잘 나가지 않는데 2억을 이체했다니.

하나는 말이 안 된다고 생각했지만 자신의 통장 잔고를 확인하기까지 가슴이 떨려왔다.

"문의하신 계좌의 현재 잔액은 이억오천만 오천일백육십칠 원입니다."

안내 멘트를 듣는 순간 하나의 심장이 널을 뛰기 시작했다.

'이억도 아니고 이억오천을…….'

정신이 혼미해져서 머리가 띵하게 아파왔다. 그런 상황에서 남자가 제 앞에 있던 A4 용지와 펜을 그녀 앞으로 내밀었다.

"보증금을 받았으니 보증금 지불이행 각서를 써야 하지 않겠습니까?"

"뭐를 쓰라고요?"

"아이를 맡기고 사라질까 봐 보증금을 받는 것처럼 나도 그쪽이 내 돈 이억오천을 가지고 사라질까 봐 문서를 받겠다는 건데. 뭐가 잘못됐습니까?"

남자의 말이 틀린 건 아니었지만 생각지도 못한 상황이었다. 각서라는 말이 심하게 거슬려 당황스러웠다.

"사람을 뭐로 보고…… 저 그렇게 돈 떼어먹고 그런 양심 없는 인간 아니거든요!"

"그건 알 수 없는 거고. 자, 각서나 쓰시죠."

"그냥 애를 데리고 가세요. 그게 나을 것 같네요."

"그럼 이억오천 바로 입금하십시오."

"……보안카드가 집에 있어서……."

"지금 바로 입금이 안 되니 어쨌든 그 돈에 대한 지불이행 각서는 필요한 상황이군요."

남자가 턱으로 펜을 가리켰다. 잔말 말고 각서나 쓰라는 듯.

하나의 머리는 매우 복잡했다. 이체할 일이 없어 인터넷 뱅킹이 아닌 폰뱅킹만 이용하고 있는데 이체할 수 있는 한도액이 얼마 되지 않아 받은 돈을 돌려주려면 수일이 걸린다.

'은행에 가려면 통장도 재발급 받아야 하고 도장도 잃어버려서 새로 파야 하고……. 게다가 내일은 면접이 있는데…….'

말을 번복해야 하는 상황이 자존심 상하고 창피했으나 할 수 없는 일이었다.

"이왕 보증금 받은 거 아이 맡아줄게요. 그리고 이런 각서를 써본 일이 없어서 어떻게 쓰는지 모르거든요. 뭐라고 쓰면 되는 거죠?"

비아냥거리는 것 같은 남자의 눈빛과 입매에 하나의 자존심이 처참하게 구겨졌다. 하지만 꼼짝없이 각서를 써야 하는 상황에서 하나는 애써 자신의 마음을 다독이며 펜을 잡았다.

"부르는 대로 써요."

“부르세요.”

“보증금에 대한 지불이행 각서.”

하나는 그렇게 그가 부르는 대로 써 내려갔다.

“아이에게 문제가 있을 시, 보증금에 대한 두 배의 금액을 지불한다.”

“네? 그게 무슨 말이에요?”

“아이한테 그쪽이 무슨 짓을 할지 내가 압니까?”

“이 사람이 정말!”

“맘에 안 들면 관두죠. 계좌 알려줄까요?”

전세가 역전된 상황이 되어버리자 하나의 속에서는 천불이 났다. 하지만 하나는 어금니를 꽉 깨물어 호흡을 정리했다.

‘참자. 참자. 딱 열흘만 참자.’

마음을 가라앉힌 하나가 천천히 입을 열었다.

“아이에게 문제가 있을 시에서 문제는 무얼 말하는지 정확하게 말해주세요. 그것도 적어야 맞는 거 같으니까.”

“물론.”

수두룩 빽빽하게 써 내려간 각서가 한참 만에 완성되었다.

각자의 이름을 적고 하나는 지장을 찍었다.

‘한도경? 네 이름이 한도경이냐? 그래, 한도경 내가 취직되면 그 집에서 우리 엄마부터 빼온다. 싸가지 없는 자식.’

1. 복남이에요

단정하게 묶은 머리, 한 듯 만 듯한 투명 메이크업, 블랙의 투피스. 유능한 로펌 비서로 흠잡을 수 없는 차림새였다. 다만 현직 로펌 비서가 아닌 미래의 로펌 비서라는 게 문제라면 문제지만.

'오늘은 제발…….'

면접을 가기 위한 만반의 준비를 끝낸 하나가 핸드백을 집어 들었다.

"잘하고 와, 딸."

"넵! 아가야, 누나 다녀올게."

조 여사 품에 안겨 젖병을 빨고 있는 갓난아기에게도 인사를 했다.

갓난아기와 하룻밤 사이에 만리장성을 쌓은 것도 아닌데 처음

대면했을 때와 달리 마음이 말랑해진 것은 물론이고 볼수록 사랑스러웠다.

“누나는 무슨! 시집가서 이런 애 둘은 낳았을 나이에.”

“나이는 숫자에 불과해욥! 난 애 누나하겠어욥! 그리고 엄마, 얘 이름 좀 지어주자.”

“이름은 제 아빠가 짓겠지.”

“딱 보니까 키울 마음이 없어 보이던데. 싸가지 없는 자식.”

어젯밤, 한도경이라는 남자가 떠오르자 짜증과 괜한 분노가 치밀어 올랐다.

“하여튼, 누나가 다녀와서 별명이라도 지어줄게.”

하지만 아기의 얼굴을 보는 순간 남자에 대한 분노와 짜증은 사라지고 그녀의 얼굴에는 미소가 번졌다.

“늦겠다. 얼른 가.”

“다녀올게, 엄마.”

오랜만에 신은 구두가 불편했지만 면접을 보러 가기 위한 발걸음은 무겁지 않았다.

‘날씨 좋고, 벚꽃 좋고, 기분 좋고…… 면접만 합격이면 내 세상이로구나!’

가는 길에 하나는 커피숍에 들러 아메리카노 한 잔을 사 들고 지하철역으로 향했다.

‘지금 이 길이 출근길이었으면…….’

한 손에는 브랜드 커피숍의 종이컵을, 나머지 한 손은 휴대폰을 잡고 긴급한 통화를 하며 사무실로 빠르게 걸어가는 모습은 백수인 하나의 로망이다.

대학 졸업 후 개인 변호사 사무실에서 근무한 2년을 빼고는 제대로 된 직장 생활을 해본 적이 없다. 철밥통이라고 하는 공무원이 되기 위한 준비로 세월만 축냈으니 오히려 취업과는 점점 더 멀어지고 만년 백수가 되어버리고 말았다.

가사 도우미를 하며 생활비를 벌고 있는 모친, 조 여사를 위해서라도 얼른 취업을 하든지, 공무원 시험에 합격을 하든지 해야 했다.

결국 공무원 시험은 포기하고 친구가 채용정보를 알려준 로펌 '법무법인 홍. 이. 김' 으로 면접을 가는 길이다.

경력이나 신입에 관계없이 2명의 비서를 뽑는 그 자리에 면접을 보러 온 인원은 3명. 누구 하나는 재수 없게 떨어져야 하는 상황이었다.

하나는 그 한 명이 자신이 되지 않기 위해 최대한 밝은 미소를 보이며 면접에 임했다.

1:1 면접이어서 경쟁자의 스펙이나 경력을 알 수 없었지만 그나마 세 명 중 자신의 외모가 제일 출중하다는 것이 위로라면 위로였다.

“결과는 내일 문자나 전화로 갈 겁니다. 수고하셨습니다.”

면접을 끝내고 나오자 인사 담당자가 교통비 조의 면접비라며 봉투를 건네주며 말했다.

“네. 감사합니다.”

혹시라도 면접 점수에 반영될까 싶어 인사 담당자를 향한 공손한 대답과 함께 깍듯한 인사도 잊지 않고 로펌을 나왔다.

“내가 받고 싶은 건 이런 면접비가 아니라 월급이라고 월급! 다달이 통장으로 입금되는…….”

이곳에서 좋은 소식이 없으면 알바 인생으로 평생을 살 것 같은 불안함이 그녀의 가슴을 답답하게 만들었다.

집을 나설 때와 다르게 면접을 끝내고 집으로 다시 들어가는 발걸음은 무겁기만 했다.

하나는 복잡한 마음에 면접비로 받은 돈으로 소주 한 병과 삼겹살을 사 들고 집으로 들어왔다.

“면접은 잘 봤어?”

아기의 젖병을 삶고 있던 조 여사가 하던 일을 멈추고 집으로 들어오는 하나에게 물었다. 그동안 표현은 하지 않았어도 나이 서른이나 된 딸이 몇 년을 공무원 준비한다고 방구석에 처박혀 있는 모습에 가슴깨나 쳤을 것이다. 그런 조 여사를 봐서라도 이번에는 꼭 취업에 성공해야 했다.

하나는 일부러 밝은 얼굴을 하고 대답했다.

"면접은 잘 봤지. 묻는 말에 대답도 잘하고. 문제는 칼자루가 내가 아닌 그쪽에 있다는 거지."

"잘되겠지. 안 되면 인연이 아닌 회사인 거고. 그런데 손에 그건 뭐야?"

"삼겹살. 구워서 엄마하고 한잔하려고 소주도 사왔어."

"애기도 있는데 집에서 삼겹살을 어떻게 구워? 그리고 술도 안 돼."

"아, 저 녀석이 있었지. 잠자는 거 볼 때는 예쁜데 이런 때는 이 녀석이 귀찮은 짐이네. 야! 빨리 네 아빠한테 가라! 너 때문에 삼겹살도 못 먹는다."

불안한 마음이 아이를 향한 짜증으로 터져 나왔다. 하지만 까만 눈동자를 이리저리 굴리며 앙증맞은 혀로 입맛을 다시듯 빼끔거리는 아이를 보자 괜한 불만이나 취업에 대한 불안함이 단숨에 사라졌다.

"아우, 예뻐! 갓난아이가 어쩜 이렇게 이목구비가 뚜렷하지? 하긴, 네 아빠 싸가지가 좀 없어도 생긴 건 끝내주더라. 우월 유전자의 몰빵인가? 눈도 부리부리, 콧날도 벌써부터 오뚝하고…… 요 입술. 앙, 예뻐, 예뻐! 냄새도 너무 좋아."

"손이나 씻고!"

아이에게 착 달라붙어 뺨을 살살 만지던 하나가 조 여사에게 한소리를 듣고 자리에서 일어났다.

"누나가 얼른 씻고 와서 안아줄게."

옆에 놓았던 가방을 집어 드는데 휴대폰 벨 소리가 울렸다.

혹시라도 합격 소식을 미리 알려주는 건 아닌가 싶은 마음에 가슴이 철렁했지만 휴대폰 벨은 자신의 것이 아닌 조 여사의 것이었다.

"여보세요?"

조 여사가 휴대폰 받는 것을 보고 하나는 제 방으로 들어왔다.

익숙하지 않은 정장을 벗어 던지고 제 몸과도 같은 트레이닝 바지에 목 늘어난 면티를 갈아입었다. 메이크업 역시 익숙하지 않아 클렌징을 하기 위해 욕실로 가는 도중 통화를 하는 조 여사의 목소리가 들려왔다. 무언가 좋은 일이 있는 것처럼 호호거리는 웃음이 섞여 있었다.

"뭔지 몰라도 나도 엄마처럼 저렇게 웃을 일 좀 생겼으면 좋겠네."

양치까지 깨끗하게 하고 나온 하나는 아이한테 달려갔다.

그 잠깐 사이에 아기는 잠들어 있었다.

"피곤하셔쪄요? 우리……. 아, 너를 뭐라고 불러야 하니? 잘생겼으니까…… 미남이? 대박 잘생겨서 대박이? 이런 건 너무 촌스러운가? 그러면……."

아기의 애칭을 만들어주기 위해 고민하는 하나 옆으로 조 여사가 다가와 기쁜 소식을 전했다.

"하나야! 파주 땅 팔렸다! 오늘 가계약금 걸고 다음 주에 정식으로 계약하기로 했어."

"진짜? 엄마, 너무 잘됐다! 거의 15년을 속 썩이더니 결국 팔렸네."

"그러게 말이다. 그 돈 받아서 이 집 빼고 아파트로 이사 가자."

"와! 나도 드디어 아파트에 살게 되는구나!"

태어나서부터 지금까지 좋은 집에 살았던 기억이 없다. 늘 밖으로만 나도느라 가정을 돌보지 않았던 부친 때문에 방 두 칸짜리 다세대주택을 벗어나지 못했다. 오히려 부모 이혼 후 조 여사의 생활력으로 깨끗한 빌라 하나 장만해서 살고 있지만 아파트에 비하면 그리 좋은 집은 아니다. 무엇보다 두 여자만 살고 있기에 빌라는 보안이 취약한 곳이었다. 그래서 두 모녀의 소원은 위자료로 받은 파주 땅을 팔고 아파트로 이사 가는 것이었다.

하지만 부친이 위자료라고 준 땅은 애물단지와도 같았다. 매매도 되지 않고 개발도 되지 않아 매년 세금만 내야 했던 쓸모없는 땅이 처분되기 바라고 산 지가 15년.

거의 포기하고 있던 땅이 드디어 거래가 되었다는 연락이 온 것이다.

모녀가 손을 잡고 기뻐하는 사이 이번에는 하나의 휴대폰이 울렸다.

"어? 로펌인데? ……결과는 내일 알려준다고 했는데……."

기쁨도 잠시 하나는 긴장된 마음으로 휴대폰을 받았다.

"여보세요?"

[이하나 씨 휴대폰 맞습니까?]

"네. 제가 이하나입니다."

[홍. 이. 김 로펌 인사관리팀입니다. 이하나 씨 채용이 결정되었습니다. 당장 내일부터 출근을 해야 해서 연락드리는 겁니다. 내일 출근 가능하시죠?]

"네. 가능합니다."

[그럼 내일 8시 30분까지 15층에 있는 인사관리팀 오성진 대리를 찾아오면 됩니다.]

"네. 내일 찾아뵙겠습니다."

[그럼, 내일 뵙죠.]

"감사합니다."

통화를 끝낸 하나가 환호성을 질렀다.

"꺅!"

"애! 애! 애기 놀라겠다."

하나가 놀라 옆으로 보니 아기는 그대로 잠들어 있었다. 그런 아기의 모습을 보며 하나는 혹시라도 깰까 싶어 기쁜 소식을 조여사에게 소곤거렸다.

"엄마, 나 내일부터 출근하래! 나 백수 탈출했어!"

"아이고, 우리 딸이 드디어 직장인이 되었네. 이제 엄마도 딸이 가져다 준 월급으로 생활비 좀 넉넉하게 쓸 수 있는 건가?"

"그럼! 내가 생활비를 두둑하게 드릴게. 그리고 로펌 비서로 성공해서 엄마 도우미 일 그만두게도 해줄게. 조금만 참아."

"말만이라도 고맙네."

"말만이 아니야. 꼭 그렇게 해줄게. 그동안 백수 딸 때문에 속상했을 텐데, 잔소리도 안 하고 그냥 묵묵히 지켜봐 줘서 고마워, 엄마. 꿈에 그린 공무원은 아니지만 열심히 잘 다닐게."

"아이고, 이제 우리 모녀 팔자가 좀 펴지려나? 땅도 팔리고, 하나 너도 취업하고. 요 녀석이 복덩이인가 보다? 우리 집에 오고 나서 이렇게 일들이 술술 풀리는 거 보니까."

조 여사의 시선을 따라 하나도 자고 있는 아기를 바라보았다.

"그러게. 야, 너 미남이 하지 말고 우리 집 복남이 해라. 넝쿨째 굴러 들어온 복남이."

잠결에 그 말을 알아들은 것처럼 아기의 입가에 미소가 번졌다.

"엄마, 복남이 봤어? 웃었어. 뭘 알아들었나? 어머, 신기해."

"배냇짓하는 거야."

"배냇짓?"

"엄마 뱃속에 있었을 때 하던 걸 하는 거야."

"아, 진짜? 어우 어떡해? 웃는 거 처음 봐."

아기의 미소에 하나의 가슴이 설레었다. 연인에게 사랑의 고백을 들어도 이보다 덜 설렐 것 같았다.

"엄마, 나 빨리 결혼해서 이런 아들 하나 낳을까 봐. 너무 예뻐. 아이 예쁜 줄 몰랐는데……."

"아이고, 밤에 애 울 때 짜증이나 내지 마라."

"맞아! 어젯밤 안 자고 보채면서 울 때는 좀 심란하고 심각했지."

그때, 또다시 하나의 휴대폰 벨 소리가 들려왔다.

복남이가 깰까 싶어 하나는 재빠르게 휴대폰을 받았다.

"여보세요?"

[면접 잘 봤나?]

"잘 봤다. 너무 잘 봐서 합격이다."

[진짜? 축하한다!]

제 일처럼 기뻐하며 축하를 외치는 이는 초등학교 때부터 친구인 수정이었다.

[내가 축하 선물로 소개팅 시켜주마.]

"소개팅?"

[내가 말했잖아. 대학교 동아리 선배. 생긴 건 멀쩡한데 여자한테 관심도 없다던 선배.]

"여자한테 관심도 없다면서 소개팅은 한대?"

[그 선배 유일한 관심이 차 아니니? 그 집 부자라는 거 얘기해줬나? 어머니가 여자 데리고 오면 레인지로버 한 대 뽑아주겠다고 했대. 내가 예전부터 두 사람 이어주려고 애쓴 거 알고 당장 만나게 해달라고 했어.]

"레인지로버에 팔려가는 기분인데?"

[시끄럽고! 잘해봐. 집도 부자지만 선배 자체도 능력남이야. 결혼하면 30평대 아파트 자가로 시작할 수 있고, 아이 낳으면 도우

미는 기본으로 두고 살 수 있어. 생긴 것도 꽤나 괜찮고.]

"음…… 너무 완벽해 의심이 가지만 일단 만나는 보마."

[선배하고 날짜 맞춰서 전화 줄게. 다시 한 번 취업 축하하고.]

"오냐!"

통화를 끝낸 하나가 자고 있는 복남이의 뺨을 살짝 건드렸다.

"이 녀석 진짜 복덩이네. 큭큭."

하나는 몇 년 전 직장 생활의 경험이나 로펌 비서로서의 경력은 아무짝에도 쓸모없다는 사실을 출근 하루 만에 깨달았다.

익히고 배워야 할 업무 없이 출근부터 퇴근까지 그녀가 한 일이라고는 복사와 커피 심부름, 그리고 아쌈 밀크티를 만드는 일이었다.

분명 관세와 국제통상 전문 파트너 변호사인 진석중 변호사의 전담 비서로 업무를 맡아볼 것이라고 하면서도 그녀는 하루 종일 선배 비서의 심부름꾼처럼 잡일만 해야 했다.

"업무는 자연스럽게 익혀질 테니까 당분간은 회사의 전체적인 구조와 분위기 파악을 위해 움직이는 거라 생각하면 될 거예요. 변호사님의 취향이나 복사기 위치도 모르고 앞으로의 업무를 처리할 수는 없으니까요."

그 말에 일리도 있었지만 사실 차 심부름을 하는 일은 그리 나쁘지 않았다. 왜냐하면 하나가 모셔야 할 진 변호사는 38세의 아주 핸섬한 마스크를 가지고 있었기 때문이다. 게다가 능력까지 좋다는 소문이 입사 1일 차인 하나에게도 들려왔으니 실력이 어마어마하다는 건 두말하면 잔소리일 테다.

그뿐 아니라 차 한 잔 가져다주는 비서에게 고맙다며 따뜻한 미소까지 보일 줄 아는 자상함을 가졌다.

하나는 한때 변호사 사무실에서 일했던 경험으로 인해 변호사들의 콧대 높은 자만심과 도를 지나친 우월감을 잘 알고 있다. 그녀가 직장을 때려치우고 공무원 시험을 준비한 이유도 비서 알기를 심부름꾼 정도로 우습게 알고 있는 변호사들 때문이었다.

그런데 진 변호사는 그런 부류들과 달랐다.

"특별한 지시가 없는 한 여섯 시 되면 퇴근하세요."

퇴근 시간까지 챙겨주는 진 변호사의 자상함에 하나는 앞으로의 직장 생활이 핑크빛일 것 같다는 예감이 들었다.

"그럼 내일 봐요, 이 비서님."

아무리 봐도 신사다. 그동안 봐온 주변 남자들을 통틀어 단연 최고의 비주얼과 최고의 매너를 지녔다고 할 수 있는 신사.

"네. 내일 뵙겠습니다, 변호사님."

최대한 예쁜 미소를 보이며 하나는 퇴근을 서두르며 로펌 건물을 나왔다.

'복남이가 정말 복덩이 맞나 보네.'

비록 출근 첫날, 그녀가 한 일이라고는 복사와 차 심부름밖에 없었지만 진 변호사 같은 보스를 만났으니 이마저도 복남이가 가져온 복이라는 생각이 들었다.

'빨리 보러 가야지, 우리 복남이.'

그렇게 집을 향해 가던 하나가 문득 내일 출근해서도 어제, 오늘과 같은 옷을 입고 가야 하는 현실을 알아챘다.

'취업도 했겠다, 옷 한 벌 정도는 나를 위해 장만해도 되는 거 아닌가? 그런데 돈이…….'

현재 잔고는 2억 5천만 원이 있지만 쓸 수 있는 돈이 아니다.

쓰고 나서 채워 넣어도 되지만 그러려면 월급날까지 기다려야 한다. 그렇다고 취업된 마당에 조 여사한테 손을 벌리고 싶지는 않았다.

'그냥 써? 그 재수탱이를 봐서는 당장 복남이를 데리고 가지 않을 것 같기는 한데…….'

그렇다고 면접날에 입은 옷을 첫 출근 날인 오늘과 내일까지 연속 삼 일을 입을 수는 없지 않은가. 아니, 거의 매일을 입고 다녀야 하는 게 현실이다. 유행 지난 정장이 있기는 하지만 회사에 입고 갈 만한 수준의 것이 아니었다.

'조만간 소개팅도 해야 하는데……. 에이, 몰라. 그때 가서 채워 넣으면 되지, 뭐. 그리고 이제 취업도 했으니 신용카드부터 만들어야지.'

하나는 집으로 향하던 발걸음을 백화점으로 돌렸다.

그리고 그녀는 커리어우먼다워 보이는 정장 두 벌과 소개팅에 입고 갈 옷을 구입했다. 그동안 써보지 못한 한을 풀기 위함인지 무려 백만 원에 가까운 쇼핑을 하고 집으로 향했다.

"그게 다 뭐야?"

조 여사가 하나의 양손 가득한 쇼핑백을 보며 물었다.

"아, 이거…… 비서로서 품위 유지를 위해서 옷 좀 샀어. 내가 모시는 변호사님이 우리 로펌의 비주얼 대표 변호사라고 하는데 비서가 후줄근하면 안 될 것 같아서 무리 좀 했어."

하나는 쇼핑백을 제 방에 던져 두고 복남이에게로 먼저 갔다.

"아이고, 우리 복남이. 잘 놀아쪄요? 누나가 너 보고 싶어서 혼났어. 우리 예쁜 복남이!"

하나가 복남이를 안아 들고 볼을 비벼댔다.

"안 그래도 내가 너 취업 기념으로 옷 한 벌 해주려고 했는데. 나중에 엄마가 통장으로 옷값 입금해 줄게."

"정말? 헤헤헤, 고마워 엄마. 나도 첫 월급 타면 속옷 대신 예쁜 옷 사줄게."

"복남이 이리 줘. 우유 먹어야 해."

하나가 아쉬운 얼굴을 하며 조 여사의 품으로 복남이를 안겨주었다.

"엄마, 나 결혼은 안 하고 싶은데 아이는 낳고 싶어. 이런 아이 하나 낳아오면 엄마가 키워줄래?"

하나의 말이 끝나는 순간, 그녀의 등으로 조 여사의 무시무시한 손바닥 매 세례가 쏟아졌다.

"악! 아파!"

"네가 지금 엄마 앞에서 그걸 말이라고 하는 거야?"

"그렇다고 이렇게 무지막지하게 때리는 게 어디 있어?"

"그랬단 봐! 머리 깎아서 내쫓아 버릴 테니까. 아이고, 복남아. 네 누나가 시집을 못 가더니 이젠 별 헛소리를 다 한다, 그치?"

조 여사의 말을 알아듣는 것처럼 우유병 젖꼭지를 잠깐 입에서 뺀 복남이가 살짝 웃어 보였다.

"이봐, 엄마. 너무 예쁘잖아. 이렇게 예쁜데 어떻게……."

"쓸데없는 소리 하지 말고, 회사는 어때?"

"지금 업무 가르쳐 주는 선배 비서만 빼면 다 좋아. 사무실 환경도 좋고 무엇보다 변호사님이 너무 좋은 사람 같아서 다행이야. 예전에 김 변하고는 차원이 다르더라고."

"잘됐네. 우리 복남이가 진짜 복을 들고 왔나 보다. 파주 땅 가계약금 들어왔어. 다음 주 중으로 계약서 쓰고 계약금 치르기로 했고."

하나와 조 여사의 얼굴이 밝아지자 이번에도 복남이가 우유를 먹다 말고 씩 웃었다.

"어? 이 녀석 또 웃네? 아이고 귀여운 것."

하나는 조 여사에게 표현하지 않았지만 진심으로 아이 하나를 낳았으면 하는 생각이 들었다. 그런데 그런 하나의 마음을 읽은 것처럼 조 여사가 말을 꺼냈다.

"그렇게 귀엽고 예쁘면 수정이가 해준다는 소개팅 잘해서 얼른 시집가서 하나 낳아. 그러면 엄마가 봐줄게."

"그럴 마음이 들 만큼 남자가 괜찮기나 했으면 좋겠다."

하나는 소개팅에 대한 기대감이 생겨났다.

'수정이가 장담하는 남자니까 잘되겠지? 옷까지 샀는데…….'

◈

찢어진 청바지와 목 늘어진 흰 면티에 하나로 질끈 묶어 올린 헤어스타일. 화장기라고는 하나 없는 민낯으로 멍하니 앉아 있는 혜진은 너무도 평범해 보였다.

붉은색의 페라리 458 스파이더를 운전하고 다니는 재벌의 고명딸이라고 믿기지 않을 만큼 그녀는 후줄근한 차림으로 최고가의 와인을 마시고 있었다.

바에 올려놓은 휴대폰을 들어 시간을 확인하려는 순간 도경이 그녀 옆으로 다가왔다.

"약속 시간 안 늦었어."

도경의 말에도 불구하고 혜진이 시간을 확인했다.

"네가 매일 그랬던 것처럼 1분이라도 늦었으면 그냥 일어서려고 했는데."

혜진의 말에 대꾸하지 않은 채 도경이 바텐더에 마티니 한 잔을 주문했다.

그 후로 두 사람은 아무 말 없이 각자의 술잔을 비우고만 있었다. 그러다 도경이 아주 낮은 목소리로 말을 꺼냈다.

"내일…… 원하지 않으면 그대로 진행시켜도 돼."

하지만 그의 시선은 혜진을 향해 있지 않았다.

"그렇게 했다가는 너하고 나 결혼할지도 모르는데, 그대로 진행시키라고?"

말을 끝낸 혜진이 갑자기 큰 소리로 웃기 시작했다.

그녀의 갑작스러운 웃음이 궁금하지도 않은지 도경은 여전히 혜진에게 시선을 두지 않은 채 술잔만 비우고 있었다.

"야, 그 혈기 왕성한 스물두 살 때 한 침대에서 자고 일어났어도 아무 일 없었던 너하고 내가 결혼이 가당키나 하겠니? 그래서 묻는 건데…… 도경아, 너…… 성적으로 문제 있는 거 아니니?"

혜진의 시선이 도경의 은밀한 곳으로 향했다.

그러나 도경은 짓궂게 웃고 있는 혜진과 달리 무심해 보였다.

"타지에서 혼자 생활하는 거 쉽지 않을 거야. 아무 어려움도 모르고 자란 너한테는 더더욱."

혜진을 걱정해서 하는 말치고 그의 말투는 너무나 건조했다.

"대신 자유가 있잖아. 체면 유지 때문에 억지로 가야 하는 모임도 없고, 억지로 웃어야 할 일도 없고. 내가 보고 싶은 거, 먹고 싶은 거, 가고 싶은 데. 내 마음대로 누릴 수 있으니까 괜찮아. 그리고 잘생긴 프랑스 남자를 만나 사랑에 빠질 수도 있고.”

신나서 얘기하던 혜진이 말끝에 한숨을 내쉬었다.

그때서야 도경의 시선이 그녀에게 향했다.

“그런데…… 내일 도경이 너희 아빠한테 질러야 하는 게 좀 무서워. 소문에 의하면 한 회장님 맘에 안 들면 손에 잡히는 대로 얼굴이고 뭐고 가리지 않고 집어 던진다며?”

“걱정 마. 서광그룹 황 회장님 앞에서는 절대 그렇게는 못하실 거야.”

이번에는 술잔을 비운 도경에게서 한숨이 흘러나왔다.

“정말 괜찮겠어? 너 혼자 사지로 보내는 것 같아 마음이 편하지 않다.”

“얘 봐라? 너 설마 다달이 나한테 대줘야 하는 생활비가 아까워서 말 바꾸려는 건 아니지? 천하의 대경그룹 후계자가 말이야.”

정면만 바라보고 있는 도경의 어깨를 혜진이 감싸며 툭툭 두드려 주었다. 마치, 남동생을 위로하고 격려하는 것 같은 행동에 무표정하던 도경의 인상이 살짝 구겨졌다.

“너무 걱정마라, 친구야. 너무 곱게 자란 나한테 이런 경험은 돈 주고도 못하는 건데…… 오히려 돈까지 주면서 경험할 수 있게 해줘서 고맙다.”

자신의 어깨를 감싸고 있는 팔을 도경이 떼어내자, 그녀가 다시 그의 어깨에 팔을 두르며 말을 이었다.

“부탁은 하나 하자, 친구야. 너 여자친구 생겨도 우리 친구 관계 계속 이어는 가자. 친구로서 너는 진짜 끝까지 같이하고 싶은 녀석이니까.”

도경이 다시 혜진의 팔을 떼어내고 자리에서 일어섰다.

“네 마음도 확실한 것 같으니까 걱정은 접을게. 그럼, 내일 보자.”

“너, 생활비 지급! 그 약속은 꼭 지켜라!”

자리에서 일어선 도경이 불쾌한 표정으로 혜진을 보고는 대답이나 인사도 없이 바를 나섰다.

도경이 사라지자 혜진이 피식 웃음을 흘렸다.

“어유, 차가운 놈.”

다음 날, 호텔의 VIP 룸에서 대경그룹의 한 회장과 서광그룹의 황 회장이 자식들 결혼을 위한 상견례를 하고 있었다.

진심에서 우러나오는 것처럼 서로를 높이고 대우해 주며 허허 웃는 양쪽 부모들과 달리 결혼의 주인공인 도경과 혜진의 얼굴에는 표정이 없었다. 특히나 혜진의 얼굴이 많이 거북해 보였다.

“혜진이 어디 불편하니? 안색이 안 좋아 보이는구나.”

“네. 불편해요.”

도경을 제외한 모두의 시선이 혜진에게 향했다.

몸이 불편한 것이 아니라 예비 시아버지의 질문 자체가 불편하다고 대답하는 것 같은 그녀의 태도 때문이었다.

"얘, 혜진아!"

혜진의 모친 이 여사가 따끔하게 한마디 하는데 혜진이 입을 열고 제 할 말을 꺼냈다.

"저 이 결혼, 하기 싫습니다."

"뭐?"

"이게 무슨 소리야?"

모두가 당황한 가운데 도경만이 좀 더 여유로워진 표정으로 혜진을 바라보고 있었다.

"일단 한도경이 싫습니다. 합방 자체가 이루어지지 않을 정도로 한도경이 남자로 보이지 않아요. 그리고…… 한 회장님 너무 무서운 분이라고 소문나서 며느리가 되고 싶지 않습니다. 죄송합니다. 이 결혼 없었던 걸로 해주세요."

혜진이 자리에서 일어나 룸에서 빠르게 빠져나갔다.

부들부들 떨고 있는 한 회장과 뒷목을 잡은 채 눈을 감고 있는 황 회장의 표정을 차례로 보던 도경도 자리에서 일어섰다.

"저도 저 싫다는 여자와 결혼하고 싶지 않습니다. 가보겠습니다."

단단한 표정으로 자리를 지키고 앉았을 때와 다르게 룸 밖으로 나온 도경의 입가에 미소가 번졌다.

'황혜진, 네가 우리 아버지까지 걸고넘어질 줄 몰랐어. 제대로 된 폭탄을 던져 줘서 고맙다.'

한 회장의 집무실은 말 그대로 난장판이었다.

바닥에 어지럽혀져 있는 서류들, 깨어진 화분, 부서진 전화기. 참담해진 사무실 풍경이 한 회장의 심정을 보여주고 있었다.

"너 그동안 그 계집애 마음 하나 못 잡고 뭐 했어? 그 인물 가지고 그런 거 하나 자빠뜨리지 못하고 뭐 했냐고! 저런 건, 식은 죽 먹기인데 뭐 했냐고!"

눈 하나 깜짝하지 않고 한 회장의 화를 받아내고 있던 도경이 한마디 했다.

"그만하십시오."

"이놈의 자식이!"

한 회장이 한 대 치려는 듯 도경에게 한 발 다가가자 도경 역시 한 회장 앞으로 한 발 다가왔다.

차가운 표정으로 자신을 내려다보는 아들의 서슬 퍼런 기운에 한 회장의 손이 절로 아래로 떨어졌다.

"서광의 약점을 잡았잖습니까? 마음에도 없는 결혼으로 누나와 같이 되는 것보다 훨씬 좋은 조건으로 서광과 협력을 이룰 수 있게 되었는데 뭐가 그렇게 맘에 안 드시는 겁니까?"

"굴욕을 당했잖아! 그것도 어린 계집애한테."

"아버지는 처음부터 서광에 굴욕적이었습니다."

"이 무슨 말 같잖은 소리야?"

"아버지 같은 분이 황 회장님에게 진심 없는 웃음을 보였다는 것 자체가 이미 굴욕입니다."

한 회장의 인상이 무서워졌지만 도경은 아랑곳하지 않고 발걸음을 출입문 쪽으로 옮겼다.

"어디 가?"

"정진 캐피탈하고 약속 있습니다."

"정진? 네 매형하고 만나는 거야?"

"네."

"채경이하고 어떡할 거래?"

"둘이 알아서 하겠죠."

"이혼은 안 된다고 전해!"

도경은 들은 척도 하지 않고 회장실을 나갔다.

"그러게 아이부터 낳으라니까. 아이 있었으면 채경이가 쉽게 이혼 생각도 안 했을 거 아니야! 하, 뭐 이렇게 맘대로 되는 자식 새끼들이 없어!"

한 회장의 긴 한숨이 엉망인 회장실을 가득 채웠다.

퇴근을 하고 집으로 들어온 도경이 거칠게 넥타이를 풀며 드레스실로 들어가 옷을 갈아입었다.

셔츠를 벗어 바구니로 던지는데 그 안에 쌓인 속옷과 셔츠가 눈에 들어왔다. 그러자 조 여사와 함께 아이가 떠올랐다.

'이틀 후에 데리고 와야 하는데…….'

아이 문제로 머리가 복잡해진 도경이 욕실로 들어가려 할 때 휴대폰 벨이 울렸다.

"한도경입니다."

[난 비행기 탄다.]

"집 주소 잘 챙겼지?"

[당연하지. 우리 집 상황 어떤지 알아?]

"밤에 두 분 회동 있으셔. 모종의 거래가 성립되겠지."

[그렇겠지? 아무래도 우리 아버지가 지고 들어가시겠네.]

"그렇게 만드시겠지. 우리 아버지가."

[그리고 진짜 하고 싶은 말이 있는데……. 고맙다. 내게 자유라는 걸 체험할 수 있게 만들어줘서.]

"건강해."

[그래. 그러니까 돈은 꼬박꼬박 넣어라!]

"잘 가."

혜진이 먼저 전화를 끊었다.

마음에도 없는 결혼을 하지 않게 되었다는 생각에 한쪽 가슴이 홀가분해졌지만 또 다르게 그의 마음을 무겁게 하는 원인이 떠올랐다.

도경은 손에 든 휴대폰으로 조 여사에게 전화를 걸었다.

"여사님, 한도경입니다. 이틀 후에 아이 데리러 가겠습니다."

2. 복남이 떠난 후

출근과 동시에 커피 셔틀을 끝내고 온 하나는 회의실 테이블에 음료를 세팅했다. 탕비실에서 내린 원두커피, 스타벅스의 아이스 캐러멜마키아토, 할리스의 아이스 아메리카노, 아쌈 밀크티까지.

취향도 각각인 변호사들의 음료를 회의실 테이블 위에 올려놓는 걸로 아침 회의 준비는 끝이 났지만 업무는 지금부터가 시작이었다.

오후에 있을 거래처와의 미팅에 필요한 서류를 챙겨놓고 진 변호사의 미팅 일정 및 메일을 다시 한 번 확인해야 한다.

오전 업무가 끝날 즈음, 회의실에서 4명의 변호사가 밖으로 나왔다.

“이 비서님 미안한데…… 개인적인 부탁 하나 해도 될까요?”

“네?”

“어려운 건 아니고…… 여기에 꽃 배달 주문 좀 해주세요. 가격이나 꽃 종류에 상관없이 예쁘고 화사한 걸로. 주문인은 제 이름으로 하고 오늘 저녁 6시 전으로 도착하면 돼요.”

진 변호사가 하나에게 여자 이름으로 보이는 이름과 전화번호, 주소가 적힌 메모지를 건넸다.

“배달 주문해 놓겠습니다.”

“고마워요.”

진 변호사는 30대 후반이지만 30대 초반 못지않은 외모를 가진 싱글이다. 홍. 이. 김 법무법인의 모든 여직원들을 설레게 하는 그에게 여자 친구가 있었다니.

‘아이고, 의미 없다.’

팀 변호사들과 식사를 하러 나가는 진 변호사의 뒷모습을 허탈하게 바라보던 그때, 하나의 휴대폰 벨이 울렸다.

“여보세요?”

[이하나 씨?]

낯선 남자의 목소리에 하나는 휴대폰 발신인을 확인했지만 저장되지 않은 번호가 떠 있었다.

“누구시죠?”

[한도경입니다.]

"한…… 도경?"

[방금 아이 데리고 왔으니 이억오천 송금하십시오.]

그의 말을 듣고 나서야 생각이 났다. 재수탱이, 한도경.

오늘도 그날처럼 예의상으로 하는 형식적인 인사도 없이 한도경은 바로 본론으로 들어갔다.

하지만 하나는 그가 인사를 하고 안 하고, 그게 중요하지 않았다. 그에게 보내야 하는 2억 5천만 원 때문에 머리가 하얘지기 시작했다.

"드려야죠. 그런데……."

[문제 있습니까?]

"문제라기보다는…… 제가 할 수 있는 이체한도가 하루 천만 원밖에 안 돼서……. 25일 동안 매일……."

[수표로 찾아오십시오.]

"네?"

[8시에 그때 만났던 커피숍에서 만나죠.]

머릿속에 하얘진데 이어 눈앞이 캄캄해졌다.

"제가 직장을 다녀서 은행 갈 시간이 없고…… 또…… 오늘은 야근이 있어서 그 시간까지 약속 장소에 나갈 수가 없을 것 같거든요. 그러니까 일단 천만 원씩 송금해 드릴게요."

"그건 그쪽 사정이고. 만일 내일까지 송금을 하지 않거나 수표로 찾아오지 않으면 그쪽 월급과 조 여사님 집을 강제집행 할 겁니다.”

“뭐라고요? 안 주겠다는 것도 아니고…… 그동안 우리 엄마가 그쪽 집에서…….”

[지금 휴대폰에 내 전화번호 찍혔을 테니 송금이 완료됐거나, 수표가 준비되는 대로 전화 주십시오.]

도경은 그녀의 말을 끝까지 듣지 않고 제 말만 하고 전화를 끊었다.

“재수탱이! 남 얘기도 안 끝났는데 멋대로 끊고!”

하지만 불을 뿜던 하나의 입에서 이내 한숨이 새어 나왔다.

“돈을 얼마나 채워야 하지?”

신용카드도 없이 직불카드만 있는 하나는 그 카드로 얼마 전 백화점에서 100만 원에 가까운 지출을 했다. 게다가 출퇴근 교통 요금과 소소하게 지출되는 비용이 모두 그 카드에서 빠져나가고 있으니 통장 잔고는 2억 5천만 원에서 한참 모자란 상태일 것이다.

하루에 천만 원씩 이체를 하면 첫 월급날이 올 것이고 그 월급으로 모자라는 금액을 채워 넣을 수 있다는 얄팍한 수가 먹히지 않아 머리가 빙빙 돌았다.

‘그 성질머리에 돈이 모자란다거나 날짜를 미루면 그때 썼던 지불각서대로 두 배로 물어내라고 할 텐데…….’

조 여사가 취업 선물이라며 옷값을 입금해 주었지만 몇십만 원이었다.

‘첫 월급도 타기 전에 엄마한테 손 벌릴 수는 없고…….’

하나는 통장 잔고를 확인하고 수정에게 문자를 보냈다.

「친구, 혹시 100만 원 있어?」

초등학교 때부터 시작한 우정이다. 이십 년 가까이 만나오면서, 하다못해 백수 시절 때에도 돈 빌려달라는 말을 한 적 없는 친구의 문자가 걱정이 되었는지 수정이 문자가 아닌 전화를 걸어왔다.

[100만 원은 왜? 무슨 일 생겼어?]

다급하게 묻는 수정의 목소리에는 걱정이 묻어 있었다.

사정을 털어놓고 싶지만 전화로 자세하게 말할 수는 없었다.

“사정은 내가 나중에 만나서 얘기해 줄게. 사고나 나쁜 일이 생겨서 필요한 건 아니니까, 있으면 좀 빌려주라. 첫 월급 타면 갚을 테니.”

[안 좋은 일은 아닌 거지?]

“응.”

[알았어. 입금해 줄게. 그리고 너 소개팅 다음 주말 어때?]

“괜찮아.”

[그럼 다음 주말로 잡는다. 그리고 일은 할 만해?]

“응. 모시는 변호사님도 좋고…….”

수정과 새로 시작하는 직장 생활에 대해 간단한 수다를 떨고 통화를 끝냈다.

‘재수탱이, 그거 떼어먹을까 봐…… 췟, 더러워서 수표 한 장으

로 깔끔하게 던져 주마. 그런데…… 우리 복남이 보고 싶어서 어쩌냐?'

퇴근 후 집에서 복남이를 볼 수 없다고 생각하니 벌써부터 가슴 한쪽이 텅 빈 것처럼 허전했다.

❖

도경의 오전 일정은 대경전자 상반기 신입사원 OT에 참석해서 간단한 인사말을 하는 것이었다. 중역들과 달리 어리고 젊은 신입사원들에게서 패기와 열정이 느껴졌다. 그리고 대경전자를 이끌어갈 인재들이라는 생각에 도경은 진심을 담아 그들을 환영했고 잘 부탁한다는 인사를 했다.

그리고 자리를 벗어나 강당 밖으로 나오는데 입구에 놓인 상자들이 눈에 들어왔다.

"저건 뭡니까?"

"신입사원 중 한 명의 부모님이 보낸 떡입니다. 아들의 취업이 너무 기쁘고 감사해서 신입사원 모두들 함께 나눠 먹으라고 보냈는데 그 정성을 무시할 수 없어서, 좀 있다가 돌릴 예정입니다."

송 실장의 말을 들은 도경은 조 여사가 떠올랐다.

'공무원 시험 준비하느라 집에 있는 딸이 합격만 하면 동네방네 떡을 돌리겠다고 했는데…….'

그러고 보니 조 여사의 딸에게 받아야 할 돈이 있다는 사실과 그날 겪었던 불쾌함이 동시에 떠올랐다.

'이름이…… 숫자였던 것 같은데…….'

집무실로 돌아온 도경은 그녀와 작성했던 지불각서를 꺼내 하나의 이름을 확인하고 그녀에게 전화를 걸었다.

[여보세요?]

"이하나 씨?"

[누구시죠?]

"한도경입니다."

[한…… 도경?]

"방금 아이 데리고 왔으니 이억오천 송금하십시오."

[드려야죠. 그런데…….]

"문제 있습니까?"

[문제라기보다는…… 제가 할 수 있는 이체한도가 하루 천만 원밖에 안 돼서……. 25일 동안 매일…….]

"수표로 찾아오십시오."

[네?]

"8시에 그때 만났던 커피숍에서 만나죠."

[제가 직장을 다녀서 은행 갈 시간이 없고…… 또…… 오늘은 야근이 있어서 그 시간까지 약속 장소에 나갈 수가 없을 것 같거든요. 그러니까 일단 천만 원씩 송금해 드릴게요.]

“그건 그쪽 사정이고. 만일 내일까지 송금을 하지 않거나 수표로 찾아오지 않으면 그쪽 월급과 조 여사님 집을 강제집행 할 겁니다.”

[뭐라고요? 안 주겠다는 것도 아니고…… 그동안 우리 엄마가 그쪽 집에서…….]

“지금 휴대폰에 내 전화번호 찍혔을 테니 송금이 완료됐거나, 수표가 준비되는 대로 전화 주십시오.”

통화를 끝낸 도경의 입가에 조소가 떠올랐다.

‘그래도 취업은 했네. 평생 조 여사님 등골 빼먹으며 백수로 살 줄 알았는데.’

사실 2억 5천만 원을 당장 받아야겠다는 생각으로 전화를 한 건 아니었다. 처음 만난 그날, 그녀의 괘씸함이 떠올랐기 때문이다.

보증금을 받겠다는 깜찍한 생각은 그렇다고 쳐도 인생을 막 산 것 같은 무뢰한을 바라보는 것 같은 눈빛은 지금도 잊을 수가 없다. 여자에게 그런 눈빛을 받아보는 건 처음이어서 그런지 그 순간 불쾌함과 더불어 자존심이 몹시도 상했었다.

마음 같아서는 아이를 미끼로 한몫 챙겨보려는 사기꾼으로 몰아 창피를 주고 싶었지만 조 여사를 생각해 참아야만 했다.

조 여사의 친딸이 맞나 싶을 정도로 철딱서니 없는 만년 백수 이하나를 생각하면 지금도 미간에 주름이 잡힌다.

그래서 그녀의 사정 같은 건 생각해 주지 않고 막무가내로 하고 통화를 끝냈다.

'처음부터 보증금 받아가며 사람을 믿지 않았던 건, 당신이야. 그러게 사람 봐가면서 덤볐어야지.'

내일 당장 그 돈이 해결되지 않으면 도경은 말한 대로 조치를 취할 생각이었다.

그런데 이상한 게 있었다.

자신에게 닥쳐 있는 골치 아픈 문제로 인해 그 돈에 신경 쓸 겨를도 없으면서 왜 굳이 그녀를 만나기 위해 약속을 잡으려 했을까?

곰곰 생각하던 도경이 머리를 흔들며 생각에서 빠져나왔다.

'살다 보면 스스로도 이해할 수 없는 행동을 하는 경우는 흔하지.'

스스로 그런 적이 별로 없다는 걸 알면서도 도경은 그렇게 넘겨버렸다.

❖

든 자리는 몰라도 난 자리는 안다는 옛말이 있다.

말로 반겨준 것도 아니고, 몸으로 웃겨준 것도 아니었다. 그저 가만 누워 눈만 깜빡거리거나 빽빽 울어대거나 하던 그 조그마한 아기가 사라졌을 뿐인데 세상 모든 게 사라진 것처럼 마음이 허전하고 텅 빈 것 같은 느낌이었다.

조 여사는 이미 이별의 눈물을 흘렸는지 눈이 부어 있었다.

"복남이 잘 갔어?"

"에고, 그 어린것도 뭘 아는지…… 여태껏 잘 먹고 잘 놀다가 제 아빠가 안아서 데리고 나가려는데 갑자기 빽빽 울더라. 어찌나 짠하던지."

조 여사의 눈가가 붉게 물들었고 덩달아 하나의 눈가도 촉촉해졌다.

"그 인간, 설마 어디 시설 같은 데 보내는 거 아니겠지? 입양을 시킨다거나……."

"차마 못 묻겠더라. 진짜로 어디 보낸다고 할까 봐."

"그랬단 봐!"

처음엔 맡고 있기 부담스러운 짐 같았던 갓난아기가 단 열흘 만에 남기고 간 여운은 몹시도 컸다.

조 여사와 하나에게서 웃음이 사라졌고 대화도 거의 없었다. 그나마 오가는 대화마저도 복남이에 대한 것이었다.

"엄마, 우유 먹이고 꼭 트림시키라고 얘기해 줬어?"

"그럼."

"똥 기저귀 바로바로 갈아주지 않으면 피부 짓무른다고도 알려줬고?"

"그래!"

"자식, 누나 보고 싶어서 밤새워 우는 거 아닌지 모르겠네."

그러나 복남이가 보고 싶어 밤을 새운 건 하나였다.

출근 준비를 하면서 하나는 도장을 챙겼다.

'재수탱이, 너 오늘 복남이만 어디 보냈다고 얘기만 해봐라, 면상에 수표를 던져 주마.'

하나가 마음을 단단히 먹고 집을 나서려는데.

"하나야, 우리 아파트로 이사 가는 거 좀 미루면 어때?"

"미뤄? 왜?"

"부동산에서 상가 하나 분양받으라고 하더라고. 임대료 받는 게 더 낫지 않겠냐고. 생각해 보니까 다달이 임대료를 받을 수 있는데 굳이 아파트로 이사 갈 필요가 뭐 있나, 싶어서."

"상가 임대료 받으면 좋지. 엄마 돈이니까 엄마가 알아서 해. 대신, 상가 입지 조건 같은 거 잘 봐야 해."

"그래서 오늘 한번 그 상가 보고 오려고. 복남이 아빠가 출근을 다음 주부터 하라고 해서."

"알았어. 다녀올게, 엄마."

"수고해, 우리 딸."

조 여사의 배웅만 받고 출근하는 길은 허전했다. 복남이 뺨을 비비며 특유의 베이비파우더 향을 맡지 못하고 집을 나서는 발걸음이 무겁기만 했다.

'내 자식도 아닌데 왜 이렇게 걱정이 되고 신경이 쓰이지?'

아이를 좋아하는 편이 아님에도 마음에서 복남이가 떠나지 않았다. 배냇짓을 하며 웃던 모습과 입을 빼끔거리며 혀를 내미는 모습이 눈에 아른거렸다. 그런 천사가 시설에 보내질지 모른다고 생각하니 가슴이 미어질 정도였다.

'사람 정이라는 게 무섭다더니……. 데려다 키울 수도 없고……'

멍하니 복남이 생각을 하며 지하철 손잡이에 몸을 맡긴 하나의 눈에 빈자리가 눈에 들어왔다. 남에게 빼앗길까 싶어 재빠르게 자리에 앉은 하나는 휴대폰에 찍어놓은 복남이 사진으로 허전한 마음을 달랬다.

'이렇게 인물 좋은 아기도 못 봤는데…… 이런 천사를 낳아놓고 책임질 생각도 없이……'

사진을 보고 있자니 복남이 부모의 무책임에 화가 나기 시작했다.

그런데 그때, 옆에 앉아 있던 조 여사 또래의 중년 여인이 하나에게 물었다.

"아들인가 보네?"

"네?"

"우리 딸도 백일 된 아들 하나 두고 직장을 다니고 있는데, 딸도 그렇고 손주도 그렇고 둘 다 안쓰럽고 마음이 늘 짠해. 그래서 직장 다니는 애기 엄마들 보면 남 같지 않고. 애기 엄마도 많이 힘들어 보이는구먼."

애기 엄마?!

복남이를 예뻐하는 마음은 있지만 복남이 엄마로 오해받는 일은 그것과 달리 불쾌했다.

'이 몸매, 이 얼굴이 어딜 봐서 애 엄마야!'

"힘들어도 애 생각해서 참아요. 결국 다 애 때문에 고생하는 거 아니유? 힘내."

애 엄마가 아니라는 변명, 아니, 사실을 말할 사이도 없이 중년의 여자는 지하철에서 내렸다.

'아니, 조카냐고 물어볼 수도 있는 거잖아? 다짜고짜 애기 엄마? 아침부터 짜증나게.'

그 불쾌함은 도경의 문자를 받는 순간 더 커지고 말았다.

「12시까지 입금인지, 수표인지 결과 통보 바랍니다.」

'이 인간이! 내가 아침부터 누구 때문에 애기 엄마로 오해를 받았는데! 자고로 돈은 서서 주고 앉아서 받는다고 했거든!'

「죄송합니다. 제가 입사한 지 얼마 되지 않아 자리를 쉽게 비울 수가 없습니다. 점심시간에 맞춰 회사 근처로 와주셔야 은행에서 찾아드릴 수 있을 것 같습니다.」

문자를 보낸 하나에게서 미소가 흘러나왔다. 더구나 문자에 대한 회신이 바로 들어오지 않자 그 미소는 더욱 짙어졌다.

'고민되지? 돈은 받아야겠고, 와서 받자니 귀찮고, 자존심도 상하고. 그러게 처음부터 잘했어야지. 무책임한 것도 모자라서 예의도 없는 재수탱이.'

실실 웃으며 업무를 시작하려는 순간, 하나의 휴대폰에 도경의 문자가 들어왔다.

「은행에서 무통장 입금하면 2억 5천 가능한 걸로 압니다. 입금하십시오.」

이런!

「통장이 없어서 통장도 만들어야 하고 점심시간에는 대기 시간도 길고 어떻게 될지 모르니 그냥 오시는 게 나을 것 같습니다.」

그냥 오란 말이야! 앉아서 받을 생각하지 말고!

「찾아가야 할 장소와 시간 알려주십시오.」

'그럼 그렇지. 2억 5천이 뉘 집 개 이름도 아니고. 무슨 수를 써서라도 줄 때 받아야 하는 돈이지.'

하나는 도경이 돈을 받기 위해 자신에게 온다는 사실이 통쾌했다.

첫 만남 때를 생각하면 절대 제 고집을 꺾거나, 남의 말을 고분고분 들을 성격의 남자가 아님을 알고 있다. 그런 남자에게 자신이 돈을 들고 가는 것이 아니라 그가 돈을 받으러 온다는 사실이 즐겁고 재미있기만 했다.

하나는 로펌 주소와 근처에 있는 은행명과 위치를 알려주었다.

만나야 하는 시간도 점심시간에 맞추었다.

「그때 썼던 지불이행 각서도 꼭 챙겨 오세요!」

가장 중요한 것까지 잊지 않고 문자를 보낸 하나에게서 콧노래가 흘러나왔다.

점심시간이 시작되자마자 하나는 부랴부랴 은행으로 향했다. 하나가 문자로 보낸 약속 시간인 12시 10분에 맞추기 위해 빠르게 걸어 은행 안으로 들어갔다.

점심시간에 은행 업무를 보러온 직장인들로 붐볐지만 복남이 아빠, 한도경을 찾아내는 건 어렵지 않았다. 멀대같이 큰 키의 남자가 바로 눈에 들어왔다.

하나가 번호표를 뽑은 후에 도경에게 다가갔다.

'나도 너처럼 인사 같은 건 생략해 주마.'

하나는 도경과 눈이 마주치자마자 마음먹은 대로 인사를 생략한 채 제 할 말을 꺼냈다.

"좀 기다려야겠네요. 대기번호가 379번인데……."

"따라와요."

도경 역시 예상대로 인사 따위는 하지 않았다. 이번에는 그녀의 말을 자르고 어디론가 발길을 옮겼다.

"저기요, 복남이 아빠!"

무조건 따라오라는 말에 기분이 뒤틀린 하나가 도경을 불러 세웠다. 그러자 주위에 있던 사람들이 하나와 도경을 번갈아 보았다. 마치 부부 싸움을 한 부부를 보는 시선으로.

"시간 없으니까 빨리 끝냅시다."

"빨리 끝내자면서 어디 가려고요? 내가 무슨……."

"VIP실."

"네? V…… I…… P?"

놀라고 당황하는 하나를 무시하고 도경은 당당하고 자연스럽게 VIP실로 들어갔다.

'저 남자 정체가 뭐야?'

재력이 있다는 건 2억 5천을 아무렇지 않게 이체시킬 때부터 알아봤다. 혼자 사는 젊은 남자가 월급 도우미를 두는 것도 웬만한 재력으로는 안 되는 일이니까.

하지만 그건 한도경, 그의 재력이나 능력이 아닌 부모의 것이 분명하다. 금수저를 물고 태어난 부잣집 아들.

'돈 많으면 뭐 해? 제 자식 하나 건사 못할 정도로 무책임한 인간 말종인 것을…….'

하나는 혀를 차며 도경이 들어간 VIP실로 들어갔다.

"시간 없으니 빨리 처리해 주십시오."

도경의 말에 대리 타이틀을 달고 있는 남자 직원이 최대한의 예의를 갖춘 것 같은 태도로 응대를 하기 시작했다.

"통장과 도장 주십시오."

"통장을 분실해서……."

하나는 직원 앞에 앉아 가지고 온 신분증과 도장을 내밀었다.

"그럼 일단 이것부터 써주십시오."

하나는 일단 통장부터 재발행했다.

"여기에는 지금 발행한 계좌번호와 찾으시는 금액하고 날짜, 성함 써주십시오."

그다음 은행 직원이 내민 출금 용지에 필요한 내용을 적었다.

"수표 한 장으로 끊어주세요."

"네, 한 장으로 해드리겠습니다."

"아닙니다. 제 계좌로 바로 입금시켜 주십시오."

옆에서 보고 있던 도경이 끼어들었다.

하나는 자신의 말들을 끊어버리거나 쳐내 버리는 것 같은 도경의 태도에 약이 오르기 시작했다.

'저러니 애 엄마가 도망가지. 돈 많고 잘생기면 뭐 하나? 인간성이 개떡인데.'

속으로 도경을 흉보고 있는 그때.

"이하나 고객님, 출금액이 모자랍니다. 이억오천이 안 되는데요."

은행 직원이 확인해 보라는 듯 정리된 통장을 하나에게 건네주었다.

'어제 수정이가 입금을 안 했나?'

하지만 통장의 입출금 내역을 확인한 하나는 망연자실해지고 말았다.

수정이 입금은 했지만 하필 어제 휴대폰 요금과 인터넷 요금이 빠져나가면서 2억 5천에서 잔돈 빼고 딱 1만 5천 원이 모자란 상황이었다.

가지고 있는 현금도 없는 상태여서 상황이 애매하게 되어버렸다.

"통신 요금이 왜 이 통장에서 빠져나갔지?"

'나 네 돈 안 썼어!' 라는 뜻으로 혼잣말처럼 내뱉은 말이었지만 하나는 곧 후회했다.

'말도 안 되는 변명인 거 티나잖아! 창피해.'

"저기…… 제가 현금이 사무실 안에 있거든요. 일단 있는 금액 송금 먼저 하고 모자라는 만오천 원은 현금으로 드릴게요."

"그것도 오늘 중으로 송금하십시오."

인상 팍 쓰고 하는 도경의 말에 기분이 상했지만 하나는 참을 수밖에 없었다.

"그러죠."

하나가 직원에게 통장을 다시 내밀었고 송금은 빠르게 이루어졌다.

"여기 계좌번호. 그리고 지불이행 각서는 여기에다 맡겨두죠. 입금하고 여기에서 찾아가요."

도경이 메모지에 계좌번호를 적어 하나에게 건네주었다.

그걸 건네받은 후 두 사람은 자리에서 일어섰고 친절하고 깍듯한 직원의 배웅 인사를 받으며 VIP실을 나섰다.

도경이 인사도 없이 먼저 앞서 나가자 하나가 그를 불렀다.

"복남이 아빠!"

그러자 걸음을 우뚝 멈춘 그가 무서운 얼굴로 하나에게 다가왔다.

"복남이가 아니라 준후. 알았어요?"

"……."

도경이 다시 한 번 하나를 노려보고는 빠르게 은행을 빠져나갔다.

'인상 쓰니까 더럽게 무섭네. 그래도 복남이한테 이름을 지어준 거 보니까, 어디로 보낼 건 아닌가 보네.'

하나가 도경을 불렀던 이유는 복남이의 안부와 함께 자식이니 꼭 키우라는 말을 당부하고 싶어서였다. 그런데 사람을 태워 죽일 것 같은 표정으로 다가오는 그가 무서워 아무 말도 하지 못했다. 그래도 그가 시설이나 입양을 선택한 것 같지 않아 다행이라는 생각으로 은행을 나서는데.

'아! 만오천 원!'

하나는 사무실로 들어와 수정에게 다시 돈을 빌렸고 도경에 입금했다.

'어우, 있는 놈이 더하다고……. 그거 만오천 원, 우리 엄마가 지극정성으로 복남이 봐준 거 생각해서 그냥 안 받고 넘어가면 어때서……. 개떡 같은 성격에 독하기까지 하니…… 거기에 미혼부……. 장가가기 힘들겠다. 쯧쯧. 한도경 당신은 확정된 독거노인이야.'

❖

말 한마디에 천 냥 빚도 갚는다, 라는 속담이 있다.

「송금했어요! 일만오천 원!」

하나의 문자를 보며 도경은 그 속담이 틀린 말이 아니라는 걸 알았다.

'입 다물고 있었으면 간단했을 텐데. 뭐? 복남이 아빠?'

조 여사에게서 준후의 이름이 없어 복남이라 불렀다는 말을 들었을 때만해도 별생각이 없었다. 복을 가져올 아이가 분명하다며 사랑스러운 미소로 바라봐 주던 그 시선에 감사하기만 했다.

그런데 이하나라는 여자에게서 복남이 아빠라는 말을 듣는 순간 기분이 상했다.

'남의 집 귀한 아들한테 복남이? 그리고 한도경이라는 이름을 두고 복남이 아빠?'

첫 만남 때에도 그러더니 사람 기분 상하게 하는데 도가 튼 여자라는 생각이 들었다.

그래서 결국 만오천 원까지 받게 만든 하나를 생각하며 인상을 쓰고 있을 때 인터폰이 들어왔다.

—부사장님, 회장실에서 호출 왔습니다.

"알았어요."

회장실로 오라는 한 회장의 지시에 도경의 인상이 더욱 심하게 구겨졌다.

슈트 재킷을 챙겨 입고 회장실로 올라간 도경은 그곳에 와 있는 그의 매형, 용관을 보자 구겨진 인상마저도 사라졌다.

도경은 싸늘한 무표정으로 용관에게 묵례로만 인사했다.

"어서 와, 처남."

한 회장과 용관의 분위기가 심각해 보였다. 그 이유가 뭔지 짐작이 갔지만 도경은 한마디도 하지 않고 가만 앉아만 있었다.

"처남, 누나가 끝내 이혼하겠대. 이게 말이 돼?"

"말이 안 되지! 어디서 이혼을 들먹여!"

도경이 함께 동조해 주기를 바라며 꺼낸 말에 한 회장이 흥분하며 나섰다.

분위기를 보아서는 이미 한차례 폭발을 한 것처럼 보이는데도 성이 차지 않는지 한 회장의 얼굴이 우락부락해졌다.

도경은 그런 한 회장을 무시하고 거침없는 한마디를 던졌다.

"이제는 쇼윈도 부부도 안 되는데 이혼하는 게 낫지 않겠습니까? 게다가 누나가 불임인데."

"처남! 그런 말이 나와?"

"이놈이! 미쳤어?"

한 회장과 용관이 동시에 도경을 잡아먹을 듯 노려보며 화를 뿜어냈다.

"누나는 소송까지도 불사할 생각인 것 같은데 사람들 이목 집중시키면서 이혼할 게 뭐 있습니까? 조용히 헤어지시죠."

"처남, 그렇게 말하면 내가 섭섭하지. 장인어른 힘들 때마다 현금으로……."

"그래서 삼류 사채업체인 정진을 서민을 위한 착한 금융 사업체 이미지로 끌어올려 드렸잖습니까?"

"……그러니까 우리 서로 윈윈하면서……."

"누나의 마음을 돌려 이혼을 막아보려고 부르셨다면 일어나겠습니다."

"한도경, 너 요새 등신같이 왜 그래? 혜진이 일도 그렇고 채경이 이혼도 그렇고. 왜 이렇게 삐딱선을 타?"

"참, 나도 그 서광그룹하고의 얘기 들었어. 그 집 딸내미가 처남 깠다며? 야, 우리 처남을 못 잡아서들 난리인데. 그 여자 왜 그랬을까? 장인어른, 광장그룹은 어떻습니까? 제가 거기 회장님을 좀 아는데, 처남하고 거기 따님하고 자리를 마련해 볼까요?"

"그래?"

이해타산에 밝은 두 사람의 표정이 금세 밝아진 걸 보니 어떤 결과를 바라고 도경을 끌어다 붙이는 것인지 불 보듯 빤히 보였다.

"싫습니다. 선 같은 거 안 봅니다."

도경이 자리에서 일어나 회장실을 나가려고 하는 순간.

"처남, 여자 있지?"

용관이 확신하는 것 같은 목소리로 물었다.

"뭐야? 너 진짜 여자 있어?"

하지만 도경은 두 사람의 질문을 들은 척도 하지 않고 회장실을 나왔다.

아버지라고 부르고 싶지 않은 사람, 매형이라고 생각해 본 적이 없는 남자, 두 사람 사이에 있던 그 잠깐 동안에도 진흙탕에서 구르고 나온 기분이었다.

'지저분해.'

❖

집안에 웃음과 복을 가지고 왔던 복남이가 하나의 집을 떠난 지 3일째 되는 날.

떠난 복남이가 그리워서인지 부쩍 말도 없어지고 우울한 얼굴을 하고 있는 조 여사를 위해 하나는 삼겹살을 사 들고 가야겠다는 생각이 들었다.

지하철역에서 내려 계단을 올라가는 길에 수정에게서 전화가 걸려왔다.

"나다, 동무야!"

[하나야…….]

수정의 목소리에서 심상치 않은 기운이 느껴졌다.

"왜? 무슨 일 있어?"

[하!]

수정의 깊은 한숨이 들려오자 알 수 없는 불길한 예감이 하나를 불안하게 만들었다.

"왜?"

[하나야, 잠깐 보자.]

"그래, 알았어. 어디서 볼까?"

[너희 집 앞으로 갈게.]

"힌트 좀 주지? 너 올 때까지 불안해서 못 견딜 것 같은데."

[힌트? ……정선경.]

수정의 말에 걸음을 멈춰 선 하나가 바로 뒷목을 잡았다. 이름만으로도 혈압이 팍팍 오를 만큼 속 다르고 겉 다른, 철저한 이중성으로 살아가는 악녀라고 할 수 있는 동창생이다.

그녀에게 남친을 빼앗긴 친구도 있고, 빵셔틀을 당한 친구도 있다. 친구 사이를 이간질하는 건 기본이었다. 그래서 수정과도 한

때 소원했던 적이 있었다.

하나는 선경에게 잘 정리된 필기 노트를 시험 기간에 빼앗겨서 그녀보다 등수가 밀렸던 적이 있다. 시간을 다툴 만큼 급한 선생님의 심부름을 하느라 빠르게 뛰어가는 그녀의 발을 걸어 하나가 깁스를 했던 때도 있었다.

문제는 선경이 자신이 저지른 일이 아닌 것처럼 요리조리 빠져나갈 구멍을 만들어놓거나, 상대가 눈치채도 할 말을 꺼낼 수 없을 만큼 아주 교묘하게 일을 저지른다는 것이다. 그야말로 물증은 없고, 심증만 있는 상태로 상대의 속을 뒤집어놓는 고단수였다. 그러면서 또 친구들에게 잘할 때는 간도 쓸개도 빼줄 것처럼 입안의 혀처럼 잘한다. 물론 자신이 이루어야 할 무언가가 필요할 때만이지만.

옆에 두고 있으면 인생을 피폐하게 만들 인물이지만 수정과 거래처로 연결되어 있어 본의 아니게 인연이 아직까지 이어지고 있다.

"걔가 또 열 받게 했구나? 얼른 와. 내가 그 속 식혀줄게!"

[……알았어.]

통화를 끝낼 때만 해도 하나는 업무적으로 연결되어 있는 선경이 수정을 힘들게 했을 것이라 여겼다. 집 근처 술집에 자리를 잡고 앉았을 때 수정이 쉽게 얘기를 꺼내지 못할 때만 하더라도 그럴 것이라 확신했다. 그런데.

"어떡하지? 하나야."

"정선경이 뭘 어떡했는데?"

"……어제 ……너한테 소개시켜 주기로 했던 진호 선배를 만났거든. 그런데……."

그 말에 수정을 달래줘야 하는 문제가 아니라는 확신이 들었다. 오히려 자신이 위로를 받아야 할 것 같은 불길함이 밀려왔다.

"그런데?"

"지나가던 선경이 그년이 진호 선배 인물을 보고 그냥 갈 수는 없었는지 나한테 엄청 친하고 다정한 척을 하면서 합석을 하더라고."

그 뒤로는 굳이 말을 듣지 않아도 어떻게 결론이 났는지 추측하는 건 어렵지 않았다. 정선경의 인격과 성격을 보자면 분명 그 선배 앞에서 내숭을 떨며 꼬리를 쳤을 것이고 그래서 자신의 손아귀에 넣었을 것이다.

"내가 분명히 너하고 소개팅할 남자니까 넘보지 말라고 했거든. 그런데……."

"그런데 그년이 말을 들을 년이 아니지."

"응. 그래서 둘이……."

수정이 휴대폰을 꺼내 두 사람의 SNS를 하나에게 보여주었다.

—어제보다 오늘 더 설렙니다.

선경의 SNS에는 글과 함께 꽃다발 사진이 있었다.

이어서 수정이 보여주는 진호의 SNS.

—처음이다. 이런 느낌.

그리고 선경의 SNS에 있던 똑같은 꽃다발 사진이 있었다.

"이건……."

"……둘이 사귀겠다고, 아니, 사귄다고 드러내는 거지."

하나의 입에서 한숨이 나오려는 순간 진호의 SNS에서 잘난 인물의 남자 사진 하나가 눈에 들어왔다.

"야, 이 남자가 진호 선배야?"

"응. 잘생겼지?"

"나하고 만났어야 할 이 남자를…… 너 지금 이 남자를 정선경한테 빼앗긴 거란 말이야?"

생긴 것도 끝내준다는 수정의 말을 주선자의 흔한 입바른 칭찬이라 생각했다. 그냥 봐줄 만한 인물 정도이겠거니, 했다. 그런데 봐줄 만한 정도를 넘어 절로 눈이 돌아갈 정도의 외모다. 사람에게 있어 인물이 다가 아니지만 이 남자는 성격이 개차반이라고 해도 선경에게 주기 아까울 외모다.

"선경이 그년이 얼굴 보고 1차로 반한 데다가 대양전자 연구실 수석이라는 선배 명함 보더니 아주 그냥 작정하고 달려들더라. 선배가 주말에 소개팅 안 해도 될 것 같다고 해서……."

"정선경이 어떤 년인지 다 까발렸어야지!"

"귓등으로도 안 듣더라. 선경이 걔 맘 잡고 눈웃음 치고 앵앵거리면 남자들 다 뻑 넘어가잖아.”

자신의 것을 빼앗긴 것 같은 기분에 하나의 입으로 소주 4잔이 연속으로 들어갔다.

“내가 이대로는 못 참겠다. 그년한테 한마디 해줘야지!”

하나가 휴대폰을 꺼내 들자 수정이 말렸다.

“하지 마! 괜히 네가 남자 없어 아쉬운 것처럼 보이잖아! 이하나. 자존심은 지키자.”

“할 말은 해야지!”

수정의 만류에도 불구하고 하나는 선경에게 전화를 걸었다.

[여보세요?]

“남의 거 새치기해서 가져가니까 좋냐?”

[이하나?]

“그래, 오하나도 아니고, 백하나도 아닌, 이하나다!”

[정신 차려! 새치기해서 가져온 게 아니라 인연으로 만난 거야. 너하고는 인연이 아닌 거고.]

“인연 같은 소리하고 자빠졌네!”

[이하나, 너야말로 취했으면 집에 가서 자빠져 잠이나 자!]

“내가 봐준다, 정선경. 내가 너보다 예쁘고 키도 크고 더 날씬해서 난 앞으로 더 좋은 남자들 만날 기회도 많으니까 봐줄게.”

[웃겨! 내가 너보다 가슴은 크고 예쁘거든!]

“그래서 넌 남자를 가슴 하나로 후리지?”

그러나 말이 다 끝나기도 전에 전화는 끊겼다.

"어쭈? 이게 전화를 먼저 끊어?"

하나는 분노의 손가락질로 다시 전화를 걸어보았지만 선경의 전원은 꺼져 있었다.

"그만해라!"

수정이 하나에게서 휴대폰을 빼앗아 버렸다.

"야, 그냥 여자 보는 눈 없는 진호 선배를 탓하자."

"짜증나! 다른 여자한테 넘어갔으면 말을 안 한다고! 왜 하필 정선경이냐고!"

"솔직히…… 겉만 보면 그년이 좀 섹시하기는 하지. 까무잡잡하면서 탄탄한 피부하며 탱탱한 가슴하며……."

"아, 술맛 떨어져!"

"술맛 떨어졌다면서? 그만 마셔!"

말과 다르게 하나가 또다시 연거푸 소주를 들이켜자 수정이 말렸다.

"몇 백만 년 만에 연애를 해보나 했는데…… 내 주제가 그렇지, 뭐."

"취한 것 같은데 집에 가자."

"집에 가봐야 복남이도 없고…… 복남이가 있었으면 이런 일은 안 일어났을지 모르는데……. 아! 복남이 보고 싶다."

"복남이가 누구야? 개 키워?"

“쓰읏! 어디 우리 복남이한테 개를 가져다 붙여!”

하나가 수정을 향해 눈을 부라리며 화를 냈다. 하지만 곧 복남이가 집에 있다가 떠나기까지의 사연을 이야기해 주었다. 더불어 수정에게 100만 원을 빌려야 했던 기가 막힌 사연까지.

“복남이가 있었어도 정선경 꼬리 치는 건 못 막았을 거다. 그 계집애가 어지간해야지.”

“오늘부터 정화수 떠놓고 기도할 거다. 둘이 꼭 찢어지게 해달라고. 빨리 가서 기도해야겠어.”

하나가 자리에서 벌떡 일어서 술집을 나왔다.

“내가 다시 좋은 남자 알아봐 줄게. 진호 선배한테 너무 미련 갖지 마.”

“여자 가슴에 눈 돌아가서 후배와의 약속을 저버리는 그런 남자는 필요 없어!”

큰소리 빵빵 치며 호기 있게 돌아섰지만 하나의 가슴에서 계절과 다르게 싸늘한 바람이 불어왔다.

‘봄인데……. 외롭다.’

이른 아침 하나를 깨운 것은 알람이 아닌 숙취로 인한 두통이었다.

“아, 머리 아파.”

머리를 부여잡고 자리에서 이리저리 몸을 굴리고 있는 그때, 조 여사가 하나의 방으로 들어왔다.

"일어났으면 아침 먹자. 해장국 끓여놨어."

평소라면 음주와 늦은 귀가로 인한 잔소리, 그리고 등짝을 후려치는 손바닥 매로 하나를 깨웠을 조 여사의 음성이 너무도 다정하게 들려왔다.

"많이 아파?"

게다가 이마를 짚으며 걱정까지 해주어 하나는 자신이 술이 덜 깬 게 아닌가 싶었다.

"엄마, 무섭게 왜 이래? 그냥 평소 하던 대로 해."

"얼른 나와. 국 식기 전에 먹자."

조 여사가 나가고 하나가 침대에서 벌떡 일어나 앉았다.

'이상해. 아무리 취업해서 내가 돈을 벌어오게 됐다고 해도…… 울 엄마가 저렇게 달라질 양반이 아닌데…….'

고개를 갸웃거리며 하나가 방에서 나오자 조 여사가 약과 물을 내밀었다.

"약부터 먹어."

"엄마……."

조 여사는 의아해하는 하나를 무시하고 식탁 의자까지 빼주며 딸을 귀빈 모시듯 대했다.

"왜, 왜 이래? 다음부터는 술 조금만 마시고 일찍, 일찍 다닐게. 이러지 마, 엄마. 무섭다."

"갈비도 식으면 맛없어지니까 얼른 먹자."

식탁에는 해장국뿐 아니라 생일에도 받아본 적이 없는 진수성찬이 차려져 있었다.

"엄마……."

하나가 조 여사가 빼준 그 자리에 조 여사를 앉히고 자신은 그 맞은편에 자리를 잡고 앉았다. 그리고 빤히 조 여사의 표정을 살폈다.

퉁퉁 부은 눈은 하나의 시선을 피했고 입술이 처져 있는 것이 수심 가득해 보이는 표정이었다.

"엄마, 무슨 일 있지?"

"없어."

"진짜 없어?"

"없어. 있을 게 뭐 있어?"

"그러니까…… 있을 게 없는데 엄마가 아침부터 이상하게 나오니까 뭐가 있는 거냐고 묻는 거잖아!"

"없어. 그냥 우리 딸…… 취직해서 회사 다니는 게 대견하고 고맙고…… 그런데 엄마가 그동안 해준 게 너무 없는 것 같아서."

"그런데 눈은 왜 이렇게 부었어? 울었지?"

"……복남이 생각나서. 그 어린 게 엄마 품도 모르고 다른 사람 손에 키워지는 게 불쌍해서……. 늦기 전에 얼른 먹고 출근해야지."

말은 그럴듯했지만 하나는 그 말을 곧이곧대로 믿어야 할지 갈피를 잡을 수 없었다. 그렇다고 조 여사를 잡고 앉아 계속 따질 수는 없었다. 지각을 면하기 위해서는 조 여사 말대로 당장 아침을 먹고 출근 준비를 해야 하는 상황이었다.

"엄마, 이따 나 퇴근해서 얘기해."

하나는 해장국만 몇 숟가락 떠먹고 출근을 서둘렀다.

"다녀오겠습니다."

"그래."

현관까지 나와서 배웅을 하는 조 여사를 뒤로하고 하나는 로펌으로 향했다.

'무슨 일이지? 그 싸가지, 복남이 아빠가 뭐라고 했나?'

다시 일을 시작한 지 며칠 되지 않았으니 원인이라면 조 여사의 보스라고 할 수 있는 도경에게 있지 않나 싶었다.

그러나 그렇다고 단정할 수는 없었다. 분명 조 여사에게 무언가 있는 것 같았지만 어떤 문제인지 쉽게 짐작이 되지 않았다.

'별거 아니겠지.'

하나는 조 여사에게 신경이 쓰였지만 쉽게 생각하고 넘겼다.

하지만 퇴근길에 걸려온 한도경의 전화가 하나의 신경을 곤두서게 만들었다.

"여보세요?"

[한도경입니다.]

"그런데요?"

[조 여사님 지금 어디 계십니까?]

"엄마요? 엄마…… 출근 안 하셨어요?"

[그만두겠다는 문자만 보내시고 연락이 되지 않고 있어요. 이러실 분이 아니라 걱정돼서 전화하는 겁니다.]

하나는 도경과의 통화를 끝내고 조 여사에게 전화를 걸어봤지만 전원이 꺼져 있는 상태였다. 갑자기 스치는 불안감이 그녀 심장을 조여왔다.

'도대체 무슨 일인 거야?'

지하철역에서 전력 질주를 하듯 집까지 뛰어왔다.

현관에 열쇠를 꽂고 돌리면서 하나는 안을 향해 소리쳤다.

"엄마! 엄마, 안에 있어?"

기척 없는 집 안으로 들어왔을 때, 집 안은 캄캄하기만 했다.

"엄마!"

안방과 욕실 그리고 자신의 방까지 확인했지만 조 여사는 없었다.

'어떻게 된 거야?'

식탁 의자에 털썩 주저앉는 순간, 식탁 위에 놓인 편지 봉투가 눈에 들어왔다.

봉투 안에 있는 편지지를 펼 때만 해도 별일 아닐 거라고 스스로 위로했고 그렇게 믿었다. 그러나.

—딸. 미안해. 엄마 아빠한테 간다. 네 아빠 시한부 선고 받으시고 투병 중이시다. 너한테 말을 할까 했지만 네가 못 가게 할 거 같아서 말하지 않고 갑자기 떠나는 거야. 이제 너도 직장인이 되었으니 걱정 덜고 가마.

넌 아빠를 용서할 수 없겠지만 엄마는 이젠 용서해 주려고 한다. 나를 그리워한다는 네 아빠를 용서 없이 그대로 보내면 사는 동안 후회가 되고 아픔이 될 것 같아서 가는 거야. 엄마를 이해해 주길 바라.

퇴근해서 네가 이 편지를 읽을 때쯤이면 엄마는 미국 가는 비행기 안에 있을 거야. 아주 가는 게 아니고 상황 봐서 다시 올 거니까 너무 화내지 마.

당분간 연락은 안 하마. 건강하게 잘 지내, 우리 딸. 사랑한다.

엄마가.

조 여사가 무사해서 다행이라는 안도감보다 가슴 안에서 무언가 와르르 무너져 버린 허탈감이 번져 왔다. 그리고 이어서 헛웃음이 새어 나왔다.

반대하는 결혼을 하기 위해 사랑을 좇아 나간 딸의 쪽지를 펴본 엄마 심정이 이럴까?

속상하고 가슴이 아프면서도 분노와 배신감이 부글거렸다. 조 여사를 이해하려고 해도 제대로 된 사랑을 해보지 않아서인지 아니면 결혼을 해보지 않아서인지 아무것도 이해하고 받아들일 수가 없었다.

가정은 돌보지 않고 자신의 일과 친구와 술에만 빠져 있던 전남편의 시한부 인생이 삶에 있어 친구이고 남편이고 전부였던 딸이 받을 상처보다 더 절실했단 말인가.

열이 펄펄 끓는 아내의 약을 산다고 나갔다가 이틀을 집에 오지 않은 남편이다. 아픈 엄마를 바라보며 엄마가 죽을까 봐 두려워, 밤새 울어야 했던 딸의 두려움 따위는 안중에도 없는 아빠였다.

사탕 하나 사준 적이 없으면서 작품 사진을 찍겠다며 어린 딸을 맨발로 눈밭에 세워 동상 직전까지 가게 만들었던, 부성애라고는 눈곱만큼도 없던 아빠. 그럼에도,

"그래도 네 아빠 연애할 때는 따뜻한 남자였어. 그러니까 엄마가 아빠하고 결혼했지."

라고 했던 조 여사의 말이 귓가에 맴돌았다.

"그래도 이건 아니지, 엄마!"

허공을 향해 화를 뿜어내고 있을 때 휴대폰 벨이 울렸다. 저장되어 있는 연락처가 아니지만 발신인이 한도경이라는 것을 알고 받지 않았다. 지금 그와 통화를 할 마음이 아니었다.

하나는 휴대폰 벨 소리를 무시하고 조 여사의 방으로 들어갔다.

많은 짐을 챙겨간 건 아니지만 장롱 안과 화장대 위가 허전해 보였다.

"가서 얼굴만 보고 오면 되는 거지! 병수발까지 들기에 엄마는 엄마 인생이 억울하지도 않아? 이혼해서 이제는 남편도 아니고 이혼할 때 돈도 안 되는 파주 땅 하나 달랑…… 설마 파주 땅 판 돈도 챙겨간 거야? 생전 생활비 한 번 대주지 않았던 아빠 병원비로 쓰려고?"

하나와 조 여사는 상가를 분양받아 볼까 했지만 마땅치 않아 어떡할지 고민 중에 있었다.

하나가 여기저기 뒤져 보았지만 조 여사의 통장은 찾을 수가 없었다.

"엄마, 그렇게까지 하면 엄마…… 정말 안 보고 살 거야."

자리에 털썩 주저앉은 하나는 눈앞이 캄캄해 왔다.

믿고 의지할 수 있는 버팀목이 사라졌다는 두려움과 외로움을 버틸 수 있을까.

심한 배신감까지 얽힌 복잡한 감정들로 인해 한 줄기 눈물이 떨어져 내릴 때, 현관 벨이 울렸다.

"엄마?"

그럼, 그렇지 하는 심정으로 발딱 일어나 현관문을 벌컥 열었다.

한도경이 현관 밖에 서 있었다.

여기까지 찾아와 벨을 누른 주인공이 한도경이라는 사실에 놀라야 할 사람은 하나인데 눈물 흘린 흔적으로 인해서인지 그가 놀란 듯 물었다.

"괜찮은 거예요?"

"복남이 아빠가 여기는 왜……?"

"집에 가서 확인하고 전화하겠다던 이하나 씨까지 연락이 안 되니까 온 거 아닙니까? 왜 전화는 안 받습니까?"

"……벨 소리를 못 들었어요."

"조 여사님은요?"

"……엄마가 그만둔다는 문자 보낸 게 오늘이죠?"

"그렇습니다."

"음…… 엄마 일 그만두신 거 맞아요. 내일부터 못 가실 거예요. 엄마…… 미국 가셨어요."

도경의 눈썹이 꿈틀했다.

"갑자기 미국을 가셨단 말입니까?"

"네."

"알겠습니다."

도경의 인상이 좀 더 심하게 찌푸려지는가 싶더니 형식적인 묵례를 하고 몸을 돌렸다.

인사랍시고 고개를 까딱인 도경의 모습에 하나의 입가가 비틀어졌다.

'하여튼 예의범절이라고는 눈곱만큼도…….'

그러다 문득 복남이의 안부가 궁금해진 하나가 표정을 바로 하며 도경을 불렀다.

"복남이 아빠! 복남이 잘 있어요? 어디 아픈 데 없고, 잘 먹고 잘 커요?"

고개를 돌린 도경의 표정이 너무도 차가웠다. 하나가 움찔할 정도의 싸늘한 시선을 던지며 도경이 대답했다.

"준후는 잘 있습니다."

"다행이네요."

하나 역시 도경 못지않은 쌀쌀맞은 얼굴로 대답하고 문을 닫아 버렸다.

'아들 안부 묻는 게 잘못이야? 준후라고 안 하고 복남이라고 한 게 그렇게 대죄냐고? 별꼴이야, 진짜! 가뜩이나 열불 나 죽겠는데.'

하나가 냉수를 들이켜고는 침대에 누웠다.

'그래도 아들이라고 제가 잘 키우나 보네. 누구보다 훨씬 낫네. 엄마 없이 혼자 키우는 게 쉬운 일은 아닐 텐데……. 엄마라는 존재는…….'

서른이 되었지만 갑자기 사라진 엄마의 존재가 가슴을 때리는데 그 어린 복남이에게 엄마가 없다는 사실이 얼마나 큰 상처인지 헤아려졌다.

'복남아…… 그냥 널 맡아서 키울 걸 그랬나? 그랬으면 엄마도 아빠한테 안 갔을지도 모르고…….'

그러고 보니 복남이 떠난 이후로 꼬인 일들이 많았다.

상가 계약도 쉽게 이루어지지 않았고, 그녀의 소개팅남도 원수보다 못한 친구에게 빼앗겼다. 그리고 조 여사가 갑자기 미국으로 떠나 버렸다.

'복남아…… 누나 너무 많이 힘들다. 흑흑흑. 떨어져 있어도 누나 마음 생각해서 복 좀 줘라.'

가눌 수 없는 허전함과 배신감 그리고 혼자라는 두려움과 외로움만 벗어나면 모든 게 다 괜찮아지리라 자신을 다독였다.

'나이 서른이야. 남들은 다 독립하거나 독립하고 싶어 안달 날 나이라고. 그래, 독립했다고 생각하자. 난 독립한 거야. 이제 돈도 벌겠다, 배우고 싶은 거 배우고, 즐기고 싶은 거 즐기면서 사는 거야. 그래, 그러면 되는 거야.'

조 여사가 갑자기 떠난 것 이상의 불행은 없으리라 생각했다.

❖

하나는 시간이 지날수록 그 모든 상황에 익숙해질 거라 자신했다.

조 여사 없이 일상을 보내는 일에는 생각한 대로 익숙해져 갔다. 하지만 조 여사를 향한 배신의 감정이 가라앉은 건 아니었다. 웃음도 사라지고 마음도 건조해 갔다.

수정과 한잔하며 속에 쌓인 울분 같은 것들을 터뜨리고 싶은데 수정은 출장 중이었다.

집으로 향하는 퇴근길의 발걸음조차 버겁게 느껴질 때, 휴대폰 벨이 울렸다. 저장은 되어 있지 않고 외우지도 않았지만 누구인지 알 수 있는 번호.

받을까, 말까 망설인 하나가 고민 끝에 전화를 받았다.

"여보세요?"

[한도경입니다.]

"그런데요?"

[혹시 퇴근했습니까? 만나서 할 말이 있습니다.]

"무슨 할 말이요?"

[만나서 얘기하죠.]

"혹시…… 엄마하고 관련된 건가요?"

[……그렇습니다.]

"우리 엄마가…… 그만두기 전에 무슨 사고라도……."

[일단 만나죠. 그때 그 카페에서 기다리겠습니다.]

한도경을 만나야 하는지 고민하는 사이 그가 전화를 끊었다.

"아, 이 싸가지! 답은 듣고 끊어야 할 거 아니야!"

한도경을 만나고 싶지는 않았다. 하지만 조 여사와 관련된 문제라고 하니 그를 만나지 않을 수가 없었다. 혹시라도 자신이 알지 못하는 무언가를 한도경은 알고 있나 싶어서 만나기로 마음먹었다.

'엄마가 아빠 때문에 말도 안 되는 사고를 친 건 아니겠지?'

조 여사는 절대 그런 성격의 소유자가 아니다. 하지만 딸을 내던지고 배신한 남편을 찾아갈 리 없다는 믿음이 깨져 버린 이상 그 어떤 경우도 장담할 수는 없는 일이었다.

'여차하면 미국 들어가서 아빠고 뭐고 난장을 치고 올 거야.'

괜한 불안감이 부친을 향한 미움으로 변할 즈음 도경과 약속된 카페에 도착했다.

굳이 찾지 않아도 절로 눈에 띄는 훈훈한 외모로 앉아 있는 도경이 보였다.

'저 외모에 성격까지 좋았으면 신은 불공평한 거지.'

도경은 오늘도 눈인사 한 번 하지 않고 하나의 모습을 무표정하게 바라보고 있었다.

하나도 새치름한 표정을 지으며 도경 맞은편에 자리를 잡고 앉았다.

"조 여사님 미국에 잘 도착하셨답니까?"

'인성이 완전 밑바닥은 아닌가 보네. 엄마 안부를 묻는 거 보면.'

하지만 하나는 표정을 풀지 않고 대답했다.

"네."
"갑자기 왜 가신 겁니까?"
"그걸 꼭 복남이 아빠한테 말해야 하나요?"
도경의 눈썹이 꿈틀거렸지만 아무렇지 않은 듯 고개를 끄덕였다.
"꼭 말할 필요는 없습니다. 하지만 언제 오시는지는 알아야겠습니다. 언제 오십니까? 전화도 안 되던데."
"……바로는 못 오실 거예요."
무표정했던 도경의 얼굴이 심각하게 변해갔다.
'엄마가 정말 무슨 사고를 친 걸까?'
"조 여사님하고 약속을 한 게 있습니다. 그런데 그걸 지키지 못하고 미국으로 가셔서 제가 많이 곤란하고 힘든 상황에 처해 있습니다."
"약속이요?"
"네. 조 여사님께서 준후를 1년 동안 돌봐주시기로 했습니다."
충분히 그럴 수 있는 일이었다. 복남이 떠난 후로 하나보다 조 여사가 더 많이 허전해하고 마음 아파했으니까. 어쩌면 돌봐주는 중간에 일이 벌어지지 않은 게 다행이다. 딸도 버리고 가는데 복남이라고 해서 미국으로 가지 않고 계속 봐줬을까?
'그런데 왜? 설마 엄마가 그 약속을 지키지 못하고 미국으로 갔으니까 나보고 복남이를 돌보라는 건가?'

하나의 생각이 끝나자 도경이 그녀의 생각을 읽은 것처럼 말했다.

"그런데 조 여사님이 미국으로 가셨으니 이하나 씨가 준후, 그러니까 복남이를 1년 동안 봐줘야겠습니다."

도경의 말에 기가 막힌 하나가 헛웃음을 지어댔다. 그러나 이내 인상을 쓰며 말도 안 되는 소리 하지 말라고 한마디 쏘아붙이려는데.

"연봉 오천에 1년 후 퇴직금으로 강남 상권 좋은 곳에 전용면적 30평의 상가 하나. 임대료만도 최하 1,000만 원 받을 수 있는 곳이죠. 거기에 준후에게 들어가는 비용은 별도 지급. 어떻습니까? 1년만 준후 맡아서 키워주는 거."

"헐!"

"조 여사님에게 제시했던 조건보다 더 좋은 조건입니다."

"저기요, 복남 아빠! 돈도 많으신 거 같은데 왜 저한테 복남이를 맡기려고 하는지 이해가 안 가거든요. 최고의 육아 전문가를 고용하면 쉬울 일을 왜……? 난 엄마하고 다르게 육아는커녕 출산의 경험도 없는 싱글인데다…… 딱 봐도 애 못 키울 것같이 생겼는데, 왜 나한테 이러는 거예요?"

"조 여사님만큼 이하나 씨도 적임자라서요."

"무슨 적임자요? 난 육아하고는 거리가 먼…… 이제 겨우 백수 탈출한 싱글녀라고요! 그런 내가 백일도 안 된 갓난아이를 키운다는 게 말이 되요?"

"네."

"아 놔! 진짜! 진심으로 복남이를 생각해서 하는 말인데요…… 전문적인 육아 도우미를 고용하세요. 그게 복남이를 위해서도 그리고 복남 아빠를 위해서도 가장 현명한 방법이에요."

하나가 자리에서 일어섰다.

"생각해 보고 연락 주십시오. 기다리겠습니다."

'개떡 같은 성격에 고집도 쇠심줄이야.'

포기를 할 것 같은 상황임에도 자신의 뜻을 단호하게 말하는 도경에게 혀를 내두르며 하나는 카페를 나섰다.

'옛말에 애를 키우느니 나가서 밭맨다는 말이 있어. 거지가 애 키우다 동냥 그릇 다시 내놓으라고 했다는 말도 있고. 애는 아무나 키우니? 돈도 많으면서 왜 저래?'

다시 생각해도 복남이를 자신에게 맡기려는 한도경이 이해가 되지 않았다. 하지만.

'조건은 혹할 만하던데…….'

그 조건은 다시 생각해 보니 꽤나 달콤한 것이었다.

❖

처음엔 팀 변호사들과 비서 두 명이 식사를 하는 회식 자리로 시작했다.

어쏘 변호사들이 하나둘씩 자리를 떠나고 워킹맘인 다른 비서도 2차에서 끝내고 귀가했다. 남은 사람은 하나와 진 변호사뿐이었다.

"그러고 보니 싱글만 남았네요. 외로운 싱글끼리…… 어떻게 3차 갈까요? 이 비서님."

"에이, 변호사님은 여친 있으시잖아요."

"어? 어디서 그런 유언비어를 들었어요? 로펌에 나도 모르는 루머가 도나?"

"저번에 꽃다발 보내셨잖아요."

"꽃다발 보낸 상대가 여자 친구라고 하지는 않은 것 같은데."

진 변호사의 말에 하나가 당황하며 난감한 표정을 지었다.

"……죄송해요. 여자분한테 보내시는 것 같아서 당연히……."

"죄송할 건 없고. 혼자 마시는 거 싫어서 그러는데 다른 데서 한잔 더 마시자고 하면 부담스러운 부탁을 하는 걸까요?"

어렵지 않은 부탁이라 하나는 그렇지 않다고 대답했다.

그러나 그 대답이 잘못된 선택이었다는 건 호텔 엘리베이터에 올라타서야 알게 되었다. 진 변호사가 스카이라운지가 있는 꼭대기 층이 아닌 룸이 있는 25층을 누르는 것이 아닌가.

"어? 25층은 객실만 있는 층인데요……."

"호텔 룸에서 술 마셔본 적 없어요?"

미소를 지으며 말하는 진 변호사의 얼굴에서 여태껏 보지 못했던 음흉함이 보였다.

그 순간 하나의 온몸에 소름이 돋으면서 두려움이 몰려왔다.

"없어요. 변호사님, 룸에서 마시는 건 아닌 것 같은데요. 그럴 거면 저 그냥 가야겠어요."

하나가 1층을 눌렀다.

"왜 이래요? 이 비서님. 오래 안 붙잡아요."

진 변호사가 하나를 구석으로 밀어붙였다. 그의 얼굴에는 여전히 미소가 서려 있었다.

"진 변호사님!"

하나가 정색을 했지만 그의 표정은 여전했다.

"나 정도면 괜찮은 거 아닌가? 촌스럽게 굴지 말고 조용히 갑시다, 이 비서님."

하나는 18까지 올라간 숫자를 확인하고 20층을 눌렀다.

"이러면 계속 일하기 힘들 텐데. 해고당하고 싶지 않으면, 좋은 게 좋은 거라고……."

엘리베이터가 20층에서 멈췄고 문이 열렸다. 하나는 탈출하듯 튀어나왔다.

"진 변호사님이 이런 사람인 줄 몰랐어요."

"진짜 같이 안 올라갈 거예요? 처음엔 다 그렇게 나와도 올라가면 달라지던데. 앙탈하고 내숭은 이제 그만해도 되니까 어서 타요."

엘리베이터를 잡고 있는 진 변호사는 끝까지 여유 있는 미소를 짓고 있었다. 하나의 가슴에 불이 일었다.

"야! 너 사람 잘못 봤어! 나 그렇게 만만하고 쉬운 여자 아니거든!"

하나의 말에 진 변호사의 얼굴에 내내 머물러 있던 미소가 순식간에 사라졌다.

무섭게 일그러진 그의 변화에 하나는 순간적으로 겁이 났다. 당장이라도 밖으로 내려 그녀에게 어떤 물리적 힘을 가하는 건 아닌지.

"이 비서님, 그렇게 나오면 회사 다니기 힘들 텐데……."

"당신 같은 사람 아래서 더 이상……."

하나의 말이 다 끝나기도 전에 엘리베이터 문이 닫혔다. 단단하게 서 있던 다리에 힘이 풀리며 그녀가 자리에 주저앉았다.

"왜 이래? 나한테 왜 자꾸…… 이런 일이 일어나는데…… 왜?"

눈물이 고였지만 하나는 울지 않기 위해 이를 악물었다. 가슴이 더 아파왔다.

3. 복남이 좀 봐주세요

다음 날 하나는 전화로 퇴사를 알렸다. 한 달도 못 채우고 나오는 회사라 사직서를 낸다는 자체가 우스웠고 무엇보다 진 변호사의 얼굴 보는 게 끔찍했다. 그리고 진 변호사에게 해고되기 전에 먼저 그만둔다고 말하는 것으로 마지막 자존심을 지키고 싶었다.

그러나 스스로 자존심을 지켰는지 모르지만 다시 백수로 돌아온 그녀의 일상은 엉망이 되어갔다.

'이렇게 살면 안 되는데…….'

자신이 봐도 인간답지 못한 삶을 살고 있다는 자괴감에 빠져 있을 때, 초인종 소리가 요란하게 울렸다.

출장을 다녀와서 하나의 사연을 전화로 들었던 수정이 참지 못하고 찾아온 모양이었다.

"그만 눌러."

하나가 문을 열어주자 수정이 급하게 안으로 들어왔다. 그리고 속사포처럼 쏘아대기 시작했다.

"야! 너는 그런 일들이 있었으면 전화를 했어야지! 혼자 집에 처박혀 좀비처럼 이러고 있으면 어떡해? 전화해서 속이 터질 것처럼 답답하니 술 한잔 사달라고 하면 어디 덧나냐? 이러고 있으면 그 가슴이 시원해지냐? 도 닦아? 해탈했어? 꼬라지 한번 보기 좋다!"

애정 어린 화를 내뿜는 것이라는 걸 알기에 하나는 수정의 말을 고스란히 듣고만 있었다.

"잔이나 가지고 와!"

수정은 식탁에 앉아 손에 들고 온 봉투 안에서 소주 2병을 꺼냈다.

"술은 마실 만큼 마셔서 별로 생각 없는데."

"뭐?"

"봐봐."

하나가 주방 한구석을 가리켰다.

2열 횡대로 가지런하게 세워진 빈 소주병들이 수정의 눈에 들어왔다. 못마땅한 듯 혀를 끌끌 차던 수정이 물었다.

"그럼 해장국 사줘? 어제 마신 술이 아직 덜 깬 거 같은데."

"해장국 대신 라면이나 끓여줘."

"밥 먹어! 라면은 무슨. 보아하니 곡기도 끊고 술만 마신 거 같은데."

"미쳤니? 곡기를 끊게. 내가 죄인도 아닌데 왜 곡기를 끊어? 내가 그렇게 미련하지는 않다, 친구야."

수정이 한숨을 내쉬더니 이내 자리에서 일어나 라면 끓일 준비를 했다.

"그 새끼 고소해 버리자! 성희롱으로."

냄비에 물을 받던 수정이 제가 억울한 것처럼 냄비를 집어 던지고 흥분하기 시작했다.

"그런 새끼는 앞으로도 계속 그럴 거라고! 그리고 네가 피해자인데 왜 가해자처럼 회사도 잘리고 집에서 이러고 있는 거냐고!"

"내가 그 생각을 안 해봤겠니? 그런데 국내 알아주는 로펌의 파트너 변호사를 상대로 가능할 것 같니? 성폭행도 아니고 성희롱으로. 내가 그쪽을 좀 알아서 그러는데 나만 등신 돼."

"열 받잖아!"

"그 얘기 그만하자. 생각하면 또 뚜껑 열리니까."

"어머니는 또…… 너 정말 요새 왜 이렇게 일이 꼬이니? 어휴."

수정의 한숨에 이어 하나에게서도 무겁고 긴 한숨이 흘러나왔다. 그때 하나의 휴대폰 벨이 울렸지만 발신인을 확인한 하나가 그대로 무시해 버렸다.

"왜? 누군데? 그 진 변 새끼 아니야?"

"그 새끼보다는 좀 나은…… 왕 싸가지."

"응?"

"복남이 아빠."

"복남이 아빠? 아, 그놈! 그놈은 왜 너한테 전화야? 엄마 때문에?"

"아니. 복남이 때문에."

하나는 얼마 전 도경이 제시했던 복남이 양육에 관한 제안 조건들을 이야기해 주었다.

"그래서? 그걸 거절했다고?"

"그래. 그런데 너 어째 그 표정과 말투가 로또를 버린 멍청이한테……."

"로또 버린 거 맞아."

"어째서?"

"임대료만 월 천만 원인데! 막말로 월 천만 원 버는 억대 연봉자의 꿈도 상가 하나 가지고 월세 받아먹는 거라고! 그리고 그런 상가는 로또나 맞아야 살 수 있는데, 딱 1년만 참으면 그 꿈이 이루어지는데, 그걸 뻥 찼잖아! 그게 멍청이지! 천재냐?"

"1년 동안 애를 키워야 하는데! 그것도 갓난아이! 그냥 1년 동안 싱글맘처럼 다 포기하고 방구석에 처박혀 애만 키우고 살아야 한다고! 그게 가능할 거 같아?"

"못할 건 뭐야? 북한군도 무서워한다는 질풍노도의 시기인 중2도 아닌데. 그리고 방구석에 처박혀 공무원 시험 준비도 몇 년을 했는데 그깟 1년이 뭐? 게다가 너 복남이, 그 애 예뻐하잖아. 보고 싶다고 그랬잖아!"

아무리 좋은 조건이라도 능력 밖에 일이라 할 수 없다는 하나와 충분히 할 수 있는 능력의 일이라는 수정이 팽팽하게 맞서 싸웠다.

서로의 언성이 조금씩 높아질 때, 수정이 갑자기 목소리를 내리깔며 하나를 달래기 시작했다.

"복을 가져다줘서 복남이었다며? 생각해 봐. 그 복남이 가고 일이 어떻게 꼬였는지."

수정의 말에 하나가 생각에 잠긴 듯 눈동자를 굴렸다.

"키워. 딱 1년이야. 지극정성 다해서 키워줘. 그럼 그 애가 대박을 물어다 줄 거야."

"복남이가 무슨 흥부네 까치냐?"

말은 그렇게 했지만 하나의 마음은 흔들리고 있었다.

수정의 말대로 월 천만 원씩 나오는 강남의 상가를 하나 가질 수 있는 확률은 로또나 맞아야 가능한 이야기다.

'키워봐?'

하나의 마음이 흔들리고 있다는 걸 감지한 수정은 라면을 끓여 하나 앞에 놓아주며 살살 구슬렸다.

"일 년 놀고먹어도 1억이 생기는 거야. 그건 로또 가지고도 안 되는 거야. 복남이가 진짜 복 가지고 오는 애 맞네. 복이 아주 그냥 넝쿨째 굴러들어 왔네."

수정의 예상대로 하나의 눈동자가 심하게 흔들렸다.

'키우느냐? 마느냐?'

3일 고민을 해도 그 결론은 나오지 않고 있었다.

조 여사 없이 복남이를 혼자 돌보는 것도 자신 없었고 1년 후 복남이와 정을 뗄 자신도 없었다.

'놀고먹어도 1억…….'

그 유혹으로 인해 휴대폰을 들고 도경의 전화번호를 누르려고 한 적도 여러 번.

오늘도 그 고민으로 하루를 보내고 말았다.

'수정이 돈도 갚아야 하는데……. 당장 먹고살 일도 걱정이고. 내일은 어디든 아르바이트 자리 잡아서 면접 가야지.'

텅텅 빈 냉장고를 보며 심란한 한숨을 내쉰 하나가 지갑을 들고 동네 슈퍼로 향했다.

빌라를 나서는데 어디선가 어린아이의 울음소리가 들려왔다. 그 울음소리에 복남이가 떠올랐다.

'잘 자라고 있겠지? 그래도 제 아빠가 능력이 있으니까 좋은 환경에서 잘 자랄 거야.'

하지만 점점 더 커지는 아이의 울음소리는 하나의 이상한 상상력을 자극시켰다.

'인성이 선경이 년 같은 거 만나서 학대 같은 거 당하는 건 아니

겠지?'

상상하기도 싫은 하나가 고개를 저으며 생각을 털어낼 때였다.

"내가 못 키운다고 했잖아! 제 엄마한테 보내라고!"

"애 엄마도 못 키우겠다잖아. 그러니 우리가 키워야지. 내 자식이면 네 자식도 되는 건데 못 키우겠다는 게 말이 돼?"

"그러니까 애는 어머니한테 맡기고 분가를 하자고! 내가 왜 네 엄마, 네 자식하고 같이 살아야 하는데! 내가 너하고 결혼했지, 네 엄마, 네 자식하고 결혼한 거 아니잖아! 이렇게 살 거면 너하고 결혼 안 했어!"

"그렇다고 애를 어디다 버려? 그리고 엄마하고 사는 것도 당분간인데 그것도 못 참아?"

유모차에서 울고 있는 아이는 보이지도 않는지 부부가 길거리에 서서 싸움을 하고 있었다. 가정사가 다 드러남에도 불구하고 두 사람은 주위의 시선 따위는 신경 쓰지도 않았다. 그저 언성을 높이며 서로에게 화를 뿜고만 있었다.

하나의 시선은 두 사람 사이에 있는 유모차로 향했다. 복남이보다 좀 더 큰 아이가 몸을 부들거리며 숨이 넘어갈 듯 울고 있었다.

'저런 못된 인간들!'

부부 싸움에 끼어드는 꼴이 될 것 같아 안절부절못하던 하나는 더 두고 볼 수가 없었다. 아이가 울다가 잘못되는 건 아닌가 싶은 마음에 부부에게로 다가가려 할 때.

"됐다, 그만들 해라. 애는 내가 데리고 나갈 테니까, 니들끼리 잘살아봐! 못된 것들!"

좀 떨어진 곳에서 둘의 싸움을 지켜보던 노인 한 분이 다가와 유모차를 밀며 가까운 집으로 들어갔다.

그 모습을 본 여자가 집과 다른 방향으로 걸어갔고 남자가 그 여자를 뒤따라가며 또다시 언성을 높이기 시작했다.

'저런! 저…… 뭐 저런 인간들이 다 있어? 둘 다 인간 말종들이네. 어이구 저런 인간들에 비하면 복남 아빠는…… 그래도 나은 거지. 어떻게든 제 아들 키우려고……. 설마 복남이가 저 꼴을 당하고 있는 건 아니겠지?'

그 뒤로 유모차에서 울던 아이의 얼굴에 복남이가 겹쳐 보여 아무것도 할 수가 없었다.

그리고 그날 밤 계모에 의해 감금 생활을 당하던 아이가 영양실조로 사망했다는 뉴스가 나왔다.

'복남아…… 넌 잘 있는 거지?'

하지만 머릿속에는 학대받고 있는 복남이가 상상되어 하나는 잠조차 이룰 수가 없었다.

'복남이를 맡아줘야겠어.'

밤새 잠을 못 자며 낸 결론이었다.

친엄마가 아닌 타인의 손에 의해 키워진다면 어제 그녀가 본 아이들처럼 학대받을 수 있다는 불안함이 하나를 끝없이 괴롭혔다. 조 여사만큼은 못하겠지만 자신처럼 복남이를 생각하고 아껴줄 만한 사람은 없을 것 같았다.

육아에 대해 아는 것이 없다는 게 문제지만 처음부터 엄마였던 사람은 없지 않은가. 다른 초보 엄마들처럼 부딪쳐 나가면 언젠가 육아에 대해 익숙해지지 않을까.

'그래, 복남이를 다른 사람 손에 맡길 수 없어.'

마지막으로 마음을 정리한 하나가 휴대폰을 잡고 도경의 전화번호를 누르려 할 때 우연찮게도 그에게서 먼저 전화가 걸려왔다.

"엄마, 깜짝이야! ……통했나?"

숨을 고른 하나가 전화를 받았다.

"여보세요?"

[드디어 받는군요. 한도경입니다.]

"네."

[만납시다.]

"네. 그럽시다."

약속을 정하고 통화를 끝냈다.

"복남아, 조금만 기다려라! 누나가 간다!"

마음을 정하기 전과 다르게 복남이를 다시 만난다고 생각하니 헤어진 연인과 재회를 하는 것처럼 가슴이 설레었다.

"애 키우는 거, 별거 있겠어? 잘 먹이고, 잘 재우고, 애정 듬뿍

주고. 그럼 되는 거지. 아자! 이하나 할 수 있어!"

약속 장소에는 도경이 먼저 와 있었다.

"조 여사님은 미국에서 잘 지내고 계십니까?"

'저 인간 인사법은 왜 저러는 거야? 나한테 먼저 인사를 하고 엄마 안부를 묻는 게 순서 아니야? 어우, 싸가지!'

하지만 하나는 자신의 진심을 숨기고 순한 얼굴로 대답했다.

"네."

"조 여사님께서 준후 얘기 따로 안 하시던가요?"

예상하지 못한 난감한 질문에 하나가 망설였다.

"음…… 다른 얘기하느라 복남이 얘기는 못했어요."

"상관없습니다."

그리고는 말없이 하나를 뚫어지게 바라봤다.

그의 시선을 마주한 하나는 복남이를 봐주겠다는 말을 꺼내야 하는 타이밍이 지금인지를 고민했다. 그런데.

"복남이 좀 봐주세요."

도경이 먼저 사정조로 그녀에게 부탁을 해왔다.

'그래, 그렇게 나와야 정상이지.'

하나는 일부러 고민스러운 표정을 지으며 시간을 끌었다.

도경을 애태우기 위해 시간을 끌고 싶었지만 얼핏 살핀 도경의 얼굴에서는 애가 타거나, 마음 졸이는 것 같은 표정이 보이지 않았다.

오히려 싫으면 관두라는 말이 나올까 싶어 하나가 급하게 대답을 꺼냈다.

"복남이…… 봐드릴게요."

"고맙습니다. 그런데 바로 퇴사를 하고 준후를 맡아줬으면 합니다."

'아이고, 고맙다는 말도 할 줄 아네.'

문제는 도경의 말이 아니었다. 하나는 이미 퇴사한 상태라고 말을 하지 못했다. 괜히 회사에서 잘리고 할 일 없어 복남이를 맡겠다는 걸로 오해받고 싶지는 않았다.

"그럴게요."

"그럼 퇴사 날짜 잡히면 알려주십시오. 그 날짜 맞춰서 준후 데리고 집으로 가겠습니다."

"집으로 온다고요? 저기…… 출퇴근하면서 보는 거 아니었어요?"

"아니요. 조 여사님 집에서 봐주는 조건이었습니다. 조 여사님께 확인해 봐요."

"뭐 확인까지……. 그럼 저는 언제 쉬죠? 일요일과 공휴일 보장은 되는 건가요?"

하나는 연봉과 퇴직금 조건에 변함이 없냐는 질문까지 하고 싶었다. 하지만 어린아이를 맡아 키우는 일에 너무 돈을 앞세우는 건 아닌가 싶어 그 말은 꺼내지 않고 입을 다물었다.

"준후 데리고 가는 날 변호사도 함께 가겠습니다. 자세한 조건

들은 그날 조정하면서 계약서 작성하는 걸로 하죠."

'거참, 뭐 쓰는 거 되게 좋아해.'

하지만 이번에야말로 문서로 남기지 않으면 뒤탈이 날 가능성이 많은 상황이다.

하나는 흔쾌히 수락했다.

"그러세요."

"그럼 연락 기다리겠습니다."

"네."

도경이 자리를 벗어나자 하나에게서 깊은 한숨이 새어 나왔다.

'주사위는 던져졌다. 이하나! 복남이의 인생이 너의 손에 달렸어. 정신 바짝 차려서 잘 키워보자. 엄마가 늦둥이 낳아놓고 미국으로 아빠 찾아갔다고 생각하면 되는 거야!'

하나는 카페를 나와 집으로 향하는 길에 수정에게 전화를 했다. 1년간 복남이를 맡아 키우게 됐다는 걸 알려주기 위해서였다.

"수정아."

[너 복남이 키우는 거 어떻게 됐어? 하겠다고 했어? 아니면 그거 마다하고 아르바이트 자리 구하는 거야?]

"하기로 했어. 복남이 내가 키워보려고. 그 어린 거 믿을 만한 사람한테 간다는 보장도 없고."

[잘했어! 진짜 잘했어!]

수정의 반응이 이상했다. 마치 도경의 부탁이 아닌 자신의 부탁을 들어준 것처럼 기뻐 날뛰는 것 같았다.

"왜 네가 더 난리니? 복남이가 네 애야?"

[너 무조건 1년 후에 지금하고 달라져 있어야 해. 정선경 그거…… 진호 선배하고 결혼해.]

선경의 이름을 듣자 뇌에서 혈관이 터진 것처럼 뒷골이 뻐근해왔다.

[만난 첫날 그년이 작정하고 애부터 만들었더라.]

"미친 거 아니야? 처음 만난 남자하고 바로……. 그리고 그 선배는 그런 여자하고 결혼이 하고 싶다니?"

[그게 문제가 아니야! 신혼집이 판교에 34평 아파트고 진호 선배 어머니가 자기 아들 구제해 줬다고 외제차 사줬단다! 결혼반지는 1캐럿 다이아몬드고.]

"뭐야?"

[그러니까 딱 1년 후에, 그 계집애 애 낳고 퍼진 몸으로 있을 때 넌 강남 상가 하나 굴리고 외제차도 굴리면서 살아야 할 거 아니니? 그리고 1년 뒤면 정선경 본성 드러날 텐데, 그때 진호 선배 땅을 치고 후회하게 만들어줘야 할 거 아니냐고?]

"1년 뒤에 그 선배가 땅을 치고 후회하는 게 아니라 선경이 그게 나를 보고 부러워 죽게 만들어 버릴 거야."

수정과 더불어 흥분을 하고 통화를 끝냈다.

'지지리 복도 없는 내 인생. 복남아, 누나하고 빨리 만나자.'

❖

원양어선 타고 나갔던 연인과의 재회를 앞둔 설렘이 이런 것일까?

복남이가 집으로 오고 있다는 사실에 하나의 가슴이 살랑거렸다. 복남이를 맞이하기 위해 쓸고 닦은 집을 다시 휘둘러보는데 벨소리보다 먼저 들리는 아기의 울음소리에 하나가 현관문을 열었다.

도경의 품에 안겨 숨넘어갈 듯 울고 있는 복남이가 눈에 들어오자 하나는 계단을 뛰어 내려가 그에게서 복남이를 받아 안았다.

"아이고, 우리 복남이를 누가 울려쪄요? 복남아, 뚝! 우리 복남이 착하지? 뚝!"

하나가 품에 안고 복남이를 어르자 거짓말같이 울음을 그쳤다.

복남이 울음에 쩔쩔매던 세 남자가 안도의 한숨을 내쉬었다.

"올라가시죠? 복남 아빠."

하나가 앞장서서 집으로 들어왔고 그 뒤로 두 남자가 들어왔다. 하나의 시선이 두 남자에게 향하자 도경이 소개를 시켜주었다.

"이분은 변호사님이시고 이분은 비서실장님인데 복남이한테 필요한 물건들을 옮길 겁니다."

'헐, 비서실장까지 있어? 복남 아빠, 당신 정체가 뭐야?'

하지만 도경의 정체를 상상하기도 전에 변호사가 가방 안에서 서류 뭉치를 꺼냈다. 그 서류에는 복남이, 아니, 준후를 양육하는데 있어 하나가 지켜야 하는 것들과 도경이 하나에게 지급해야 하는 것들에 대한 내용들이 적혀 있었다.

변호사가 하나하나 짚어가며 상세하게 설명을 해주었다.

연봉 오천만 원 중에서 계약금 조로 천만 원이 선입금 된다는 것은 맘에 들었지만 휴일 보장이 제대로 이루어지지 않는다는 것과 매일매일 육아 일기를 작성해야 한다는 조항은 상당히 맘에 들지 않았다.

하지만 보장된 날짜 이상으로 휴일을 사용하거나 육아 일기를 작성하지 않을 경우, 퇴직금으로 지불될 상가의 평수가 적어진다는 말에 하나는 눈물을 머금고 그 조항마저 받아들여야만 했다.

계약서에 도경과 하나가 서명 날인을 끝내자 변호사는 돌아갔다. 그사이 비서라는 사람도 복남이의 물건들을 집 안으로 모두 들여놓았다.

도경이 하나에게 카드를 내밀었다.

"복남이에게 더 필요한 물품이나 비용은 이걸로 처리해요."

"네."

"그리고 이건 송병준 실장님, 제 비서실장님 전화번호입니다. 나하고 연락이 되지 않을 때는 이분하고 통화하면 됩니다."

"네."

"예방접종이 있는 날은 송 실장님이 미리 전화하고 찾아올 겁니다. 함께 병원 가면 되고, 그 외 준후가 아플 때 아무 병원이나 가지 말고 송 실장님에게 연락해서 지정 병원으로 가도록 해요."

"네."

"궁금한 거 있습니까?"

"1년 후에 복남이는…… 누가 키우나요?"

복남이를 데리고 오겠다고 마음먹었을 때부터 궁금했던 부분이다. 1년 귀하게 키워놓고 엄한 곳에 빼앗기는 건 아닌가 하는 이상한 걱정이 들어서였다.

"……아이 엄마가 데리고 갈 겁니다."

다행이라는 생각에 하나가 고개를 끄덕거렸다.

"그럼 가보겠습니다."

"네."

현관 앞에서 신발을 신은 도경이 문을 열려다 말고 하나를 향해 똑바로 섰다.

"……?"

"복남이 잘 부탁합니다."

허리 숙여 인사하는 도경을 보며 하나의 눈동자가 커다래졌다.

'척추에 철심 박아서 꼿꼿한 줄 알았는데…… 저 인간이 저렇게 인사할 줄도 아네.'

"최선을 다해 돌볼게요."

도경이 눈인사를 하고 현관 밖으로 나갔다.

'그럼, 애도 있는데 철 좀 들어야지.'

하나가 문단속을 하고 거실로 들어왔다.

"복남아! 누나 보고 싶지 않아쪄요?"

하나가 복남에게 다다다 뛰어와 볼을 비벼댔다.

"우리 복남이. 예쁜 복남이. 누나하고 잘 지내보자."

하나의 집에서 나온 도경의 등 뒤로 현관 잠기는 소리가 들렸다. 문단속을 철저히 하는 것 같아 안심이었지만 집 자체가 보안이 안전하지 않은 빌라라 걱정이었다.

'아파트로 옮기게 해야 하나?'

하는 고민을 하는 순간.

"복남아! 누나 보고 싶지 않아쪄요?"

하나의 커다란 목소리가 안쪽에서 들려왔다.

'누나?'

준후 같은 아이를 낳아도 둘을 낳았을 나이에 누나라니?

도경에게서 헛웃음이 새어 나오며 입가에 미소가 떠올랐다. 하지만 그 미소는 바로 사라졌다. 도경은 휴대폰을 꺼내 어딘가에 전화를 걸었다.

"나야. 준후 잘 도착했어. 이제 신경 쓰지 말고 처신이나 잘해."

휴대폰 너머로 여자의 울음소리가 들려오자 도경이 신경질적으로 전화를 끊었다.

도경이 한숨을 내쉬며 하늘을 바라봤지만 답답한 가슴이 시원해지지는 않았다.

'부디 무사히 1년만…….'

그날 밤, 복남이를 보겠다며 수정이 밤늦게 찾아와 벨을 누르고 있었다.

"기다려 봐!"

복남이의 목욕을 겨우 마친 하나가 복남이를 이불 위에 눕혀놓고 후다닥 달려가 현관문을 열어주고 다시 후다닥 달려왔다.

"문 잠그고 들어와!"

"알았어."

하나의 말에 문단속을 하고 조 여사의 침실로 들어온 수정은 기함하고 말았다.

방바닥에 흥건한 물과 머리에서부터 입고 있는 옷까지 다 젖은 하나의 몰골이 마치 홍수 피해를 입은 꼴이었다.

아이는 빽빽 울어대는데 울고 있는 아이에게 베이비파우더를 바르고 기저귀를 채우며 쩔쩔매고 있는 하나의 얼굴에서는 땀인지, 물인지 알 수 없는 물방울이 뚝뚝 떨어졌다.

"수정아, 우유 좀 타줘."

"우유? 나 못 타는데."

"저기 우유병에 물 붓고 분유 넣어서 150에 맞춰. 분유 양은 분유

통에 쓰여 있어. 복남아, 조금만 기다려 봐, 이것만 하고 맘마 줄게."

힘겹게 옷을 입히는 하나를 보며 수정은 주방으로 가서 분유를 타기 시작했다.

분유통에 적혀 있는 대로 분유를 타고 나니 하나도 복남이의 옷을 다 입혔는지 아이를 안고 거실 겸 주방으로 나왔다.

"자자, 맘마."

숨이 넘어갈 것처럼 울던 복남이가 젖병을 물자마자 바로 멈추며 허겁지겁 젖병 꼭지를 빨기 시작했다. 그런 복남이의 모습을 보며 안도를 하는 것도 잠시 하나의 눈에서 눈물이 흘러내렸다.

"하나야……."

"애 보는 게 이렇게 힘든 줄 몰랐어. 훌쩍훌쩍. 나 괜히 한다고 했나 봐."

그 모습을 안쓰럽게 바라본 수정이 티슈를 뽑아 하나의 눈물과 콧물을 닦아주었다.

"애 목욕시키는 거 한 시간 걸렸어. 애가 물속에 빠져서 잘못될까 봐 두 손으로 받치고만 있었어. 한 손으로 받치고 한 손으로 씻겨야 하는데 한 손을 못 떼고 계속 잡고만 있느라고. 그래서 우유 줄 타이밍도 놓치고. 흑흑흑. 오늘이 첫날인데 벌써부터 힘들어서 죽을 것 같아."

하나의 눈에서는 눈물이 멈추지 않았다.

"처음이라 그런 거지. 점점 더 익숙해지겠지."

수정이 위로를 하며 계속 그녀의 눈물을 닦아주었다.

"정말 애하고 같이 울고 싶은데 울 수도 없고."

"그런데 하나야, 복남이 애 진짜 잘생겼다. 애기가 왜 이렇게 이목구비가 뚜렷해? 성형한 것같이 완벽해. 애가 이럴 수 있는 거야?"

훌쩍이던 하나가 수정을 따라 복남이를 바라봤다.

방금 전까지 자신을 지옥으로 몰아쳤던 원흉이라고 볼 수 없게 복남이는 평안한 얼굴로 쪽쪽거리며 우유를 먹고 있었다.

"복남아!"

자신을 부르는 수정의 목소리에 우유를 먹다 말고 방긋 웃기까지 하자 수정이 자지러지듯 웃었다.

"어머, 어머! 어쩜 좋아. 애 애기 맞아? 사람 녹이네, 녹여."

수정뿐 아니라 그 미소 한 방에 복남이를 당장 도경에게 보내고 싶던 하나의 마음마저 녹아내렸다.

"애 아빠 잘생겼니?"

"어마어마하게 잘생겼지. 내로라하는 대한민국 남자 배우 뺨치게. 바디 또한 훌륭하고. 복남이 애가 양쪽 우월 유전자 몰빵인가 봐."

"애 아빠 재력도 상당한 거 같은데 왜 여자가 아이만 낳고 도망갔을까? 애 아빠를 보지 못했지만 복남이 보니까 인물이 상상 가는데, 나 같으면 그냥 애를 핑계대서라도 잡고 살 것 같은데."

"복남 아빠 성격에 좀 문제가 있다니까. 왕 싸가지."

"싸가지면 어때? 돈 없고 못생긴 싸가지들이 세상에 더 많이 널

렸는데.”

“내가 보기에는 복남이 아빠…… 조폭 같아.”

“조폭?”

그사이 분량의 우유를 다 먹은 복남이는 잠들어 있었다.

하나는 도경이 가져다 놓은 아기 침대에 조심스럽게 눕히며 주문을 외웠다.

‘깨면 안 돼. 깨면 안 돼. 깨지 마라, 깨지 마라.’

빌고 빈 덕이었는지 낮에 눕힐 때와 다르게 복남이는 침대에 누울 때까지 깨지 않았다.

“어휴, 삭신이야.”

한숨을 내쉰 하나가 허리를 펴고 어깨와 허리를 두드리며 거실로 나오니 물바다가 된 조 여사의 침실을 수정이 치우고 있었다.

“수정아, 이왕 손댄 거 네가 다 치워줘라. 나 손 하나 까딱할 힘도 없어.”

“커피 한 잔도 타줄까?”

“응. 나 오늘 한 잔도 못 마셨어. 커피는커녕 저녁도 못 먹었어.”

“뭐? 저녁부터 먹어.”

“아니. 생각 없어. 너무 진을 빼서. 커피나 한 잔 타줘.”

침실을 치운 수정은 주방 살림이 제 살림인 것처럼 익숙하게 포트에 물을 넣고 전원 버튼을 눌렀다. 그리고 머그컵을 꺼내 노란색의 커피 믹스를 부었다.

"그 얘기나 계속해 봐. 복남이 아빠가 조폭 같다는 거."

"오늘 비서라고 하면서 나이 좀 있는 사람하고 왔는데 그림이 나오더라. 돈 많으면서 전문적인 보모한테 맡기지 않는 거 하며, 아이를 낳고도 여자가 도망간 거 하며, 지정된 병원으로만 가라는 거 보면 뭔가 많이 구린 거지. 딱 조폭이야. 수정아, 나 괜히 복남이 맡았다가 반대파 조폭한테 봉변당하는 거 아닐까?"

"영화 찍냐? 헛소리 그만하고 커피나 마셔."

하나는 수정이 타다 준 커피를 한 모금 마셨다.

"수정아……."

"딱 1년이야. 참아. 리틀 이민호를 매일 본다고 생각해. 그것도 안 되면 이거 봐."

수정이 휴대폰에서 무언가를 찾아 하나 앞으로 내밀었다. 선경의 SNS였다. 그 안에는 염장을 지르는 사진과 글귀들로 가득했다.

외제차, 드레스, 반지, 꽃다발, 고급 음식.

사랑, 감사, 행복, 새 출발, 설렘.

"젠장!"

하나가 휴대폰을 수정에게 던지며 뒷목을 잡았다.

"야, 이 계집애가 이 남자만 안 뺏어갔어도 내가 지금 이 꼬락서니로 있지는 않았을 거라고! 이게 다 내 거가 되는 거였는데……."

하나가 선경의 SNS 사진 속의 것들을 떠올리며 애틋한 눈빛으로 허공을 바라보았다.

"이하나, 걱정 마. 1년 뒤에는 너하고 선경이하고 꼬락서니가 바뀌어 있을 테니까. 그러니 저기 저 복남이 잘 키워 보내."

"짜증나! 밥도 못 먹고, 꼴은 엉망이 되고. 누구는 남의 남자 빼앗아 럭셔리한 결혼식을 준비하는데……."

"너에겐 사랑스러운 복남이가 있잖니."

하지만 지금 이 순간 하나에게는 그 어떤 말도 위로가 되지 않았다.

반가운 복남이를 안아 들고 감격하고 행복해한 지 만 하루도 지나지 않아 모든 걸 놓아버릴 만큼 지쳐 있었다. 지금의 상태로는 1년은커녕 일주일도 버틸 수가 없을 것 같았다.

이제는 자신을 남겨두고 가버린 조 여사 생각에 눈물이 흘렀다.

"엄마가 있었으면 이런 건 일도 아니었을 텐데……. 야, 우리 엄마 진짜 너무하는 거 아니니? 연락을 안 한다고 했어도 어떻게 진짜 안 할 수 있어? 걱정도 안 되나? 내가 죽었는지 살았는지! 우리 엄마가 이렇게 냉정한 사람인 줄 몰랐어. 배신감 느껴."

"네가 먼저 해보면 될 거 아니야?"

"싫어! 나 버리고 나간 엄마한테 내가 왜 해? 미안하다고 먼저 전화해 와도 용서할까 말까인데."

조 여사를 향한 서운함을 토해냈지만 그녀의 눈물은 계속 흘러내렸다.

"하나야, 자라. 복남이 잘 때 자. 너 너무 지쳐 보인다."

"우쒸. 육아 일기도 써야 하는데."

"뭔 일기?"

"아, 몰라! 내일 쓰지 뭐. 지금 내가 그것까지 썼다가는 돌고 말 거야."

하나는 수정을 보내고 젖은 옷만 갈아입었다. 그리고 씻지도 않은 채 침대에 쓰러졌다가 벌떡 일어났다. 그래도 복남이가 잘 자고 있는지는 확인해야 할 것 같았다.

'천사의 얼굴이 이럴 거야.'

자고 있는 복남이의 얼굴은 순수 그 자체였다. 힘들어서 다시 보내고 싶은 마음이었다는 게 미안해질 정도로 복남이는 말간 얼굴을 하고 새근거렸다.

'누나가 미안. 내일부터는 정말 사랑만 줄게. 잘 자.'

다음 날 아침 8시. 우유를 먹은 복남이를 재우고 하나는 세수를 하며 거울 속 자신의 얼굴을 들여다보았다. 다크서클이 턱밑까지 내려왔다는 표현이 딱 맞을 만큼 낯빛 어두운 얼굴이 눈에 들어왔다.

'공무원 시험 준비를 할 때도 이 정도는 아니었는데…….'

어젯밤 복남이는 거의 세 시간 단위로 한 번씩 잠에서 깨어나 울어댔다. 그 소리에 잠이 깬 하나는 기저귀를 갈아주고 우유를 먹여 다시 잠재웠다. 그리고 좀 잠들라치면 또다시 복남이가 깨서 울었고 하나는 또다시 기저귀를 갈고 우유를 먹였다.

'졸려 죽겠다. 나도 좀 자자.'

어제 못 잔 잠을 보충하기 위해 욕실에서 나와 침대로 향하는데, 어제 먹은 복남의 젖병들이 눈에 들어왔다.

'저거 삶아야 하는데…….'

지금 젖병을 삶지 않고 잠을 잤다가는 복남이가 깼을 때 먹일 젖병이 없다. 잠보다 더 급한 건 젖병을 삶는 일이었다.

"아, 정말!"

하나는 반쯤 감긴 눈으로 젖병을 닦고 삶았다.

"젖병을 넉넉하게 사서 써야지, 이건 뭐 젖병만 삶다 하루 다 가겠네."

자고 싶은 마음을 누르고 컴퓨터 앞에 앉아 인터넷을 접속할 때, 수정에게서 문자가 들어왔다.

「회사 언니가 알려준 괜찮은 육아 카페들이야. 여기에 가입하면 좋은 정보들 많이 얻을 수 있대.」

「고맙다 친구. 이 은혜는 퇴직금 받고 갚으마.」

「걱정 마라, 꼭 받으마.」

수정이 알려준 육아 카페에 들어가 보니 수많은 정보들이 올라와 있었다. 그중에서 젖병 소독기와 아기 옷 세탁기가 있다는 사실에 눈이 반짝였다.

"이 좋은 게 있는데…… 당장 사야지."

육아용품 쇼핑몰에 들어가 젖병과 아기 옷을 장바구니에 담았지만 도경이 주고 간 카드의 비밀번호를 알 수 없어 결제가 불가능했다.

"이걸 쓰라고 준 거야? 생색내려고 준 거야?"

하나는 도경에게 전화를 걸었다.

[한도경입니다.]

"이하나예요. 어제 주고 간 카드 말인데요, 비밀번호를 몰라 인터넷 결제를 할 수가 없네요. 나중에 본인인증이 필요한 경우도 있을 텐데, 그때는 이거 완전 무용지물이에요."

[거기까지 미처 생각을 못했는데. 기다려 봐요. 조치 취해서 전화할 테니.]

"알았어요."

통화를 끝내고 5분도 되지 않아 하나의 인터넷 결제 시 필요한 내용들이 문자로 들어왔다.

"일은 참 깔끔하게 처리 잘하네."

인터넷으로 복남이 물품을 사는 것도 쇼핑이라고 신나게 쇼핑을 하니 밤새 쌓인 불면의 스트레스가 사라지는 기분이었다.

'은근슬쩍 내 것도 뭐 하나 사면…… 걸릴라나?'

회의 준비가 끝났다는 비서의 말을 듣고 자리에서 일어서는데 휴대폰으로 문자가 들어왔다.

「베베러브 250,000 마마젖병 외. 일시불.」

'인터넷으로 뭘 산다더니 젖병이었나?'

휴대폰을 재킷 주머니로 넣으며 집무실을 나오는데 다시 울리는 문자 알림음.

「베이비몰 220,000 젖병 소독기. 일시불.」

'젖병 소독기? 이런 것도 있나?'

도경은 하나가 준후에게 필요한 물건을 구입한다고 생각했다. 하지만 2 시간의 회의가 끝난 후 그의 휴대폰에 온 카드 사용 문자는 무려 20개.

젖병, 기저귀, 분유, 내의, 유모차 등은 이해할 수 있는 내용이었다. 하지만.

「밤비몰 200,000 힙 시트 일시불.」

「굿숍 80,000 하트 감각자극 일시불.」

이 두 가지는 도대체 뭔가 싶었다.

힙 시트? 감각자극?

'이 여자 이거…….'

도경은 그녀의 이름과 같은 2121(이하나이하나)로 끝나는 휴대폰 번호를 눌렀다.

[여보세요?]

"한도경입니다."

[알고 있으니까, 이름 빼고 용건만 말하세요.]

"쇼핑 목록 중에 의심스러운 것들이 있어서요."

[……와! 되게 철저하시네요. 내가 뭐 이 카드로 내 거 사서 횡령이라도 했을까 봐 그러세요? 쳇, 뭐가 의심스러운데요?]

굉장히 억울하고 화가 난 것 같은 하나의 목소리에 도경은 잠시 당황했다.

'오해인 건가?'

하지만 깔끔하게 풀고 가야 훗날 다른 오해가 생기지 않을 것 같아 단도직입적으로 물었다.

"힙 시트가 뭡니까?"

[아기 띠요.]

"아기 띠요?

[앞으로 아이를 앉힐 수 있는 받침대 같은 게 있는 포대기 같은 거예요.]

"흠흠. 그럼 하트 감각자극은 뭡니까?"

[……하트 감각자극…… 아, 그건 딸랑이예요.]

"딸랑이?"

[또 뭐요?]

"다른 건 없습니다."

[3일 후에 오셔서 확인하세요. 문자로 간 내역대로 구매한 게 맞는지, 3일 뒤에 오시면 품목별로 확인해 드릴게요. 그중에 복남이와 관련되지 않은 거 하나도 없다는 것 확인하세요. 꼭 확인하세요!]

단단히 화가 난 것 같은 하나의 목소리에 도경이 사과했다.

"불쾌했다면 미안합니다. 아기 물품에 대해 잘 몰라서 오해했습니다."

[오해만 마시고 오셔서 이해와 확인도 하시라고요.]

"아닙니다."

[용건 끝났으면 전화 끊을게요. 복남이 우유 먹여야 해서.]

너무 쉽게 오해하고 하나에게 전화부터 한 자신이 못마땅했다. 좀스럽게 굴었던 자신의 행동에 인상이 구겨졌다.

'내가 지금 이런 거에 신경 쓰면서 일일이 체크하고 전화할 때가 아닌데…….'

하지만 그의 의식은 계속 이하나에게 머물러 있었다.

'이하나가 나를 좀팽이로 보겠군. 보증금 때도 마지막 만 원까지 철저하게 받아냈으니.'

괜한 한숨이 새어 나왔다.

'준후를 돌봐주는 그녀에게 나쁜 이미지를 줘봐야 좋을 게 없는데…….'

또 한 번 한숨이 흘러나왔다. 마치 그녀를 의식하는 것에 준후를 핑계대고 있는 것 같은 자신이 맘에 들지 않았다.

'그 여자가 나를 어떻게 보든 무슨 상관이라고……. 처음부터 따박따박 제 할 말 하면서 사람 신경을 긁더니 계속 신경 쓰이게 만드네.'

4. 나도 좀 봐주세요

1시간 걸리던 복남이의 목욕 시간이 3일을 지나면서 15분 정도 줄었다. 그러나 오늘은 15분이나 더 걸렸다. 여전히 방바닥은 물바다고 하나의 모습은 물에 빠진 생쥐처럼 흠뻑 젖었다.

목욕하는 동안 우유 먹일 시간을 놓쳐 오늘은 미리 먹이고 목욕을 시켰더니 이번에는 목욕 중에 구토를 일으켰다. 혹시 장이나 위가 탈이 난 건 아닌지 겁이 나는 바람에 허둥거리다 보니 시간만 지체하고 복남이만 더 힘들어했다.

목욕을 마치고 우는 복남이를 겨우 달래고 나니 유체 이탈이 된 것처럼 정신 따로, 육체 따로 널브러진 것처럼 할 수 있는 게 아무것도 없었다.

'내가 무슨 부귀영화를 누리자고 이러고 있는지…….'

자조적인 헛웃음이 새어 나왔다.

그러고 보니 오늘 하루 종일 먹은 게 없었다. 게다가 양치질과 세수도 하지 않았다.

젖병 소독기를 사면 좀 편해질 줄 알았다. 하지만 나아진 건 아무것도 없었다.

옆에서 방긋거리는 복남이의 예쁜 미소도 지금은 위로가 되지 않았다. 멍하니 복남이의 미소를 보고 있자니 알 수 없는 설움이 눈물샘을 자극했다. 한 방울의 눈물은 한 줄기 눈물이 되어 쉴 새 없이 뺨을 타고 흘러내렸다. 손으로 스윽 닦아보지만 닦을수록 두 뺨은 더 젖어갔다.

"웃지 마, 이 녀석아. 이 누나 지금 심정이 어떤지 알아? 네 아빠 미끼에 걸려 이러지도 못하고 저러지도 못하는 생선이 된 기분이야. 네 아빠는 왜 그 미끼를 나한테 던져서…… 그래 놓고는 저는 편하게 먹고 마시고 놀겠지? 복남아, 이런 네 아빠를 너는 용서할 수 있니? 너하고 나는 이 좁은 집에서 매일 전쟁을 치르는데 혼자 호의호식하는 거 용서가 안 되지?"

그래, 용서가 안 된다.

복남이의 안위를 돌보고 있는 보모가 하루 종일 밥을 굶고 세수도 못하고 물에 빠진 생쥐 꼴로 울고 있는데 전화 한 통 없는 도경이 얄미워졌다.

게다가 복남이를 위해 이것저것 사들인 것 가지고 의심까지 하고.

생각할수록 도경이 괘씸해진 하나가 그에게 전화를 걸었다.

[한도경…….]

"당신 한도경인 거 알고 있으니까 이름은 빼라고요!"

[무슨 일 있습니까?]

"있죠! 복남이 아빠, 당신 그러는 거 아니야! 내가 당신 아들 키우느라 밥도 못 먹고 아사 직전에 놓였다고! 이러다 내가 잘못되면 복남이도 잘못되는 건데, 당신 그렇게 무관심으로 전화 한 통 없으면 어떻게 되겠냐고! 내가 지금도 하루 종일 먹지 못해서 현기증이 나는데 이러다 쓰러져 뇌진탕이라도 걸리면 우리 복남이, 아니, 당신 아들은 어쩔 건데! 애는 건강하냐? 잘 먹냐? 이하나 당신은 애 보는데 힘든 건 없냐? 적어도 하루에 한 번 전화 걸어 관심은 가져야 되는 거 아니에요?"

[지금까지 밥을 못 먹었단 말입니까?]

"그래요! 복남이 먹이고 씻기고 기저귀 갈아주고 재우느라 밥은 커녕 커피도 한 잔 못 마셨다고요! 정말 죽을 것같이…… 힘들단 말이에요."

마지막 힘들다는 말을 할 때 눈물이 찔끔 나올 것 같았다.

[……내가 가죠.]

"온다고요?"

[20분 안으로 갈게요.]

와서 뭐 어쩔 건데? 밥이라도 해줄 건가?

하지만 누군가 온다는 것이 왜 이렇게 안심이 되는지 모를 일이었다. 반갑지 않은 도경이라도 와준다면 혼자 버텨야 하는 인고의 시간이 덜 외로울 것 같았다.

'육아도 힘들지만 외로운 게 더 힘든 거 같아. 집에서 애만 키우는 애 엄마들 정말 대단하다, 대단해. 모성애라는 것이 괜히 나온 게 아니었어.'

벽에 기대어 앉아 멍하니 있던 하나의 눈이 무겁게 내려왔다.

'방도 치워야 하고…… 옷도 갈아입어야 하는데…….'

하지만 며칠 이어진 불면으로 인하여 하나는 눈꺼풀의 무게를 이기지 못하고 잠 속으로 빠져들었다.

앉은 자세로 얼마나 자고 있었던 것일까?

요란하게 울리는 벨 소리에 복남이가 깼고, 그 울음소리에 하나의 눈이 떠졌다. 울고 있는 복남이를 먼저 안아 들어 토닥거렸다.

"누구세요?"

자신과 복남이의 단잠을 깨운 원흉이 있는 밖을 향해 신경질적으로 물었다.

"한도경입니다."

'맞아, 복남이 아빠 오기로 했지.'

도경이 이렇게 반갑기는 처음이었다.

하나가 빠르게 문을 열어주었다.

문밖에 있던 도경은 멈칫하며 하나의 머리부터 발끝까지 훑어보았다. 반면에 문 안쪽에 있는 하나의 시선은 도경이 들고 있는 종이 백과 커피 캐리어에 고정되어 있었다.

'커피다! 먹을 것도 사가지고 왔나 봐?'

"들어가도 되는 겁니까?"

도경의 말에 하나는 얼른 옆으로 비켜섰다.

"들어오세요."

"뭘 좋아하는지 몰라서 종류별로 사왔습니다."

도경이 식탁 위로 양손에 든 종이 백과 커피 캐리어를 내려놓았다.

"지금 상태로는 돌도 씹어 먹을 수 있을 것 같아요. 복남이 좀 안아주세요. 아니, 그전에 손부터 씻어요."

도경은 하나의 말대로 욕실에서 손을 씻고 나왔다.

"재킷은 벗는 게 낫지 않을까요? 안고 있기도 불편하고 복남이 침이라도 묻으면……."

이번에도 도경은 하나의 말대로 재킷을 벗어 식탁 의자에 걸쳐 놓았다.

"복남아, 누나 밥 먹을 테니까, 아빠한테 가 있어."

하나가 복남이를 안겨주려는데 도경이 비웃듯 피식 웃는 게 아닌가.

"왜요?"

"아닙니다."

"왜 웃었어요?"

"준후, 오랜만이다."

도경은 눈꼬리를 올리며 묻는 하나에게서 등을 돌리며 복남이에게 말을 걸었다.

"아빠 맞아요? 옆집 아이도 아니고 오랜만에 보는 아들한테 그게 뭐예요?"

도경은 아무 반응 없이 복남이만 안고 서 있었다. 뒷모습만 봐도 안고 있는 도경이나 안겨 있는 복남이나, 둘 다 불편해 보일 만큼 도경의 자세가 어정쩡했다. 그리고 역시나 복남이가 칭얼거리더니 이내 앙앙거리며 울어댔다.

영원히 돌아서지 않을 사람처럼 등만 보이고 있던 도경이 서서히 하나를 향해 돌아섰다.

"어떡해야 합니까?"

"뭘 어떡해요? 달래서 그치게 만들어야죠."

"내가요?"

"복남이가 그쪽 아들이고, 또 그쪽이 울렸으니까……."

"난 이하나 씨를 준후 돌봐주는 조건으로 고용한 걸로 아는데."

"물론…… 그렇기는 하지만 부자간에……."

하나의 말이 맘에 들지 않았는지, 아니면 고용주를 향한 고용인의 말대꾸가 괘씸했는지 도경의 인상이 구겨졌다. 까딱하다가는 진 변호사한테 들었던 '해고'라는 말이 그의 입에서 나올 것 같은 분위기였다.

해고로 인한 쓴 눈물과 현실을 맛보고 싶지 않은 하나는 복남이를 흔들 침대에 눕혔다. 그리고 딸랑이를 도경에게 건넸다.

"옆에서 이거라도 흔들어주세요. 제가 아사로 죽지 않고 고용인의 임무와 의무를 다하기 원한다면."

도경이 딸랑이를 받아 들자 하나가 식탁 위에 놓인 커피 캐리어에서 아이스 아메리카노를 빼내어 스트로우를 급하게 빨았다.

"맛있어!"

감탄사만 절로 나오는 것이 아니었다. 그 황홀한 맛과 커피 한 모금의 소중함에 눈물까지 쏟아질 것 같았다. 하나는 도경 앞에서 눈물을 보일까 싶어 얼른 종이백에서 두 개의 도시락을 꺼냈다. 비싼 자태로 가지런하게 놓여 있는 초밥 도시락과 생선 튀김이 들어 있는 도시락, 두 가지였다.

하나는 초밥을 꺼내 허겁지겁 씹어 삼켰다.

얼마 만에 먹어보는 밥알인지 모르겠다. 밥이나 반찬을 만들 시간도 없고 그나마 라면이라도 먹을 수 있는 짬이 생기면 다행이었던 며칠. 입안으로 넘어가는 초밥은 그냥 초밥이 아닌 눈물 젖은 빵과 같았다.

도경은 그런 하나의 모습을 보고 있다 이내 준후에게로 시선을 돌렸다. 하지만 그의 의식은 하나에게 있었다.

묶은 건지 풀은 건지 알 수 없게 엉망인 머리, 남자의 메리야스처럼 보이는 목이 늘어난 흰 면티에 색 바랜 트레이닝 바지. 그동안 보아왔던 뺀질뺀질 이하나의 모습이 아니었다. 차림새만이 아니라 당장 쓰러질 것처럼 하얗게 뜬 얼굴에서 그에게 각인되어 있던, 파닥거리는 그녀의 모습은 찾아볼 수 없었다. 모든 걸 내려놓고 준후에게만 몰두하느라 망가졌을 그 모습에 미안함과 고마움이 동시에 생겨났다. 그리고 그녀의 그런 모습이 인간적으로 다가왔다.

"……에요."

생각에 빠져 있느라 도경은 하나의 말을 제대로 듣지 못했다.

"못 들었는데, 뭐라고 했습니까?"

"그게 바로 하트 감각자극! 그 딸랑이라고요."

"아!……."

도경이 자신의 손에 쥔 딸랑이를 보았다.

'딸랑이면 딸랑이지, 유아용품에 감각자극이라는 표현을 쓰다니.'

상당히 맘에 안 드는 딸랑이였다.

"카드로 결제했던 물품 검사하실래요?"

'인간적이라고 생각했는데…… 뒤끝 있는 여자군.'

"식사나 해요."

하나에게서 등을 돌려 앉은 도경의 눈에 물이 흥건한 방 안의 모습이 들어왔다. 그뿐 아니라 집 안이 온통 준후의 물건으로 가득 차 있어 발 디딜 틈조차 없어 보일 만큼 비좁다는 걸 알았다.

'에어컨도 없으니 여름이 오면 무척 더울 텐데……. 아파트를 알아봐야 하나?'

20평대로 알아봐야 하는지, 30평대가 더 나을지 고민 중에 하나의 목소리가 들려왔다.

"복남이 잠들었어요. 그만 흔들어도 돼요."

도경은 그제야 자신이 영혼 없이 딸랑이를 흔들어대고 있다는 걸 알았다. 겸연쩍은 얼굴로 준후를 보는데 평온한 얼굴로 잠들어 있는 준후의 얼굴이 눈에 들어왔다.

준후의 평온함을 위해 하나와 집은 엉망이 되었다는 사실에 다시 한 번 미안한 감정이 들었다.

"아, 이제 살 것 같다."

식사를 끝낸 하나가 일어나 부지런하게 식탁을 정리하기 시작했다. 그러면서도 손에서는 커피를 내려놓지 않았다.

"이제 가셔도 돼요."

"매일 이렇게 식사를 못합니까?"

"네."

"……내일 준후 예방접종 하는 날이라 11시쯤에 송 실장님이 올 겁니다."

"알았어요."

"그럼 난 가보겠습니다."

"그러세요. 아, 그리고 복남이 옷을 빨 전용 세탁기를 사야 하는데 그건 30만 원이 넘어서 인터넷으로 못 샀어요. 하나 사서 배송시켜 주세요."

"……그러죠. 뭐 더 없습니까?"

"없어요."

"그럼."

도경은 간단한 묵례를 하고 돌아갔다.

"아, 뭐야? 매일 식사를 못하냐고 물어봐서 그렇다고 대답했으면 무슨 조치를 취해줘야 하는 거 아니야? 그러려고 물어본 거 아니었어? 하여튼, 맘에 드는 게 하나도 없어. 좋은 거 먹여줘서 고마웠던 마음도 사라지게 만들고."

하지만 더 이상 투덜거릴 여유가 없었다. 복남이가 깨기 전에 물난리가 난 방을 치우고 복남이 옷을 빨아야 했다. 그리고 오늘은 무슨 일이 있어도 샤워를 하겠다는 마음에 하나의 손길이 바빠졌다.

❖

송 실장이 온다는 시간에 맞춰 부랴부랴 준비를 끝낸 하나가 겨우 숨을 돌렸을 때, 문자가 들어왔다.

「송 실장입니다. 집 앞에 도착했습니다. 준비되는 대로 나오십시오.」

'누가 조폭 비서 아니랄까 봐.'

문자에서도 특유의 말투가 느껴지고 있었다.

등에는 기저귀 가방인 백 팩을 매고 앞으로는 복남이를 안은 채 밖으로 나왔다.

"안녕하십니까?"

송 실장이 하나에게 깍듯하게 인사를 하고는 복남이를 보며 '까꿍' 이라면서 웃어주었다. 처음 집에 와서 복남이 물건을 옮겨줄 때는 몰랐는데 가까이서 보니 50대의 인상 좋은 아저씨였다.

'복남아, 네 아빠보다 낫다.'

송 실장은 하나가 차에 오를 수 있도록 뒷문까지 열어주는 매너까지 발휘했다.

'싸가지 상사님과 다르게 매너 좋으시네.'

송 실장의 운전 실력이 좋아서인지 차 안에서 부족함 잠을 보충할 만큼 병원으로 오는 길이 편안하기만 했다.

"다 왔습니다. 이미 예약이 되어 있어 간호사에게 말하고 바로 원장실로 들어가면 될 겁니다. 저는 주차하고 올라가겠습니다."

복남이를 안고 있어서인지 아니면 몸에 밴 행동인지 하나가 내리기 쉽게 송 실장은 뒷문을 열어주었다.

하나는 감사하다는 인사를 하고 내린 후 눈앞에 병원을 보았다.

복남이의 담당 주치의가 따로 있는 것같이 하더니 막상 도착한 곳은 동네 소아과였다.

'여봐, 여봐. 복남이 아빠 뭐가 있다니까. 그 재력에 동네 소아과라니.'

하지만 진료를 봐주는 의사는 실력깨나 있어 보이는 분위기였으며 철저하고 꼼꼼하게 복남이의 성장 상태를 체크해 주었다.

다섯 종류의 예방접종을 한다면서 주사는 3대만 놓아주었다.

그 여린 복남이의 살로 주삿바늘이 들어갈 때, 하나는 차마 바로 볼 수 없어 고개를 돌렸다. 그리고 주사로 인해 복남이가 울음을 터뜨렸을 때는 제 심장이 주사를 맞은 것처럼 가슴이 따끔거리며 아팠다.

"아이고, 우리 복남이. 많이 아파쪄요? 그래도 잘 참아서 예뻐욤."

부작용이 없는지 상태를 봐야 하는 관계로 1시간 정도 병원에서 대기했다. 지루할 것 같은 그 시간에 송 실장이 옆에서 말을 걸어주었다.

"준후, 얼굴이 많이 좋아졌습니다."

"네?"

"준후 조 여사님 집에서 데리고 나와 우리 집에 와 있었습니다. 집사람이 허리가 좋지 않아 준후가 울어도 안아주지 못하고 우유 먹일 때도 안아주지 못해서 둘 다 많이 힘들어했습니다. 그런데 맡아주셔서 다행입니다. 아, 그리고 세탁기 필요하다고 했죠? 집에 가는 길에 백화점에 들러 구입할 겁니다."

"네."

"이 녀석 밤에는 잘 잡니까? 밤마다 여러 번 깨서 꼭 우유를 먹고 자죠?"

"어유, 말도 마세요. 그것 때문에 제가 진짜 폐인이 되고 있어요."

두 사람 사이에 복남이라는 공감대가 형성되면서 병원에서의 1시간은 빠르게 흘러갔다. 그리고 두 사람은 아기 전용 세탁기를 사기 위해 백화점으로 이동했다.

인터넷에서 보았던 세탁기를 구입한 후 두 사람은 유아용품 매장으로 내려갔다.

턱받이만 사가지고 가면 되는데 복남이의 배꼽시계가 울리는 바람에 하나는 수유실로 향했다.

백 팩에서 분유와 젖병을 꺼내 우유를 탄 후 복남이에게 젖병을 물리는데,

"태윤아, 아빠한테 그럼 못 써!"

엄마라고 하기에 너무 젊은 여인이 5살 정도 보이는 아이를 꾸짖으며 안으로 들어왔다.

"아빠…… 라고 부르면 안 된다고 했잖아. 아빠 아니라고 했잖아."

"이제부터 아빠라고 해도 돼. 태윤이 진짜 아빠 맞거든. 이제 태

윤이 동생도 생겨서 우리 같이 살 거고. 그러니까 아빠하고 친해져야지. 아빠가 주는 선물 감사하다고 받고."

여자는 성난 것 같은 아이의 마음을 돌리려 애를 썼다. 그래도 입술이 삐죽 나와 있는 아이의 뿔난 표정은 바뀌지 않았다.

그때, 아이 엄마의 전화벨이 울렸다.

"나예요. 태윤이 달래고 있으니까 그냥 가지 말고 한 번 안아주고 가요. 아빠라고 부르지도 못하고 숨어 살았던 태윤이 생각 좀 해주면 안 돼요?"

옆에서 듣고 있는 하나를 의식했는지 여자가 아이의 손을 데리고 수유실 밖으로 나갔다.

'뭐야? 아버지를 아버지라고 부르지 못하고 산 홍길동도 아니고.'

우유를 다 먹고 잠든 복남이를 조심스럽게 안고 수유실 밖으로 나왔다. 송 실장이 기다리고 있을 매장으로 향하는 길에 수유실에서 만난 모자가 어떤 남자와 함께 비상계단으로 가는 모습이 보였다.

'비밀스런 가족이야. 그런데 아빠가 아들하고 완전 붕어빵이네.'

붕어빵 틀에서 찍어낸 것처럼 두 사람의 얼굴이 똑같아 신기하기도 하고 우습기도 했다.

유아용품 매장에 도착해 턱받이를 산 하나는 송 실장과 함께 주차장으로 내려왔다.

"오늘은 목욕시키지 않아도 돼서 너무 좋아요."

"목욕시키는 거하고 밤에 깨서 우유 먹이는 게 제일 힘들죠?"

"네. 알아주시니 너무 감사하네요."

"나도 겪었잖습니까?"

송 실장이 웃으며 하나를 위해 차의 뒷문을 열어주려 할 때였다.

"어이, 송 실장!"

송 실장을 알은체하며 젊은 남자가 다가오고 있었다.

"안녕하십니까? 조 사장님."

매장에서 봤던 붕어빵 아빠였다. 그런데 깍듯하게 인사하는 송 실장을 바라보는 남자의 눈빛과 입가에 번지는 미소가 비열해 보였다.

"백화점에 송 실장이 무슨 일로 왔어?"

한참 손위 연배인 송 실장을 대하는 태도마저 거만하고 건방졌다.

'금수저 갑질 하는 인간인가 보네.'

송 실장 아는 사람이라고 해서 굳이 인사를 할 필요가 없다고 느낀 하나가 차에 오르려 할 때였다.

"송 실장 능력 좋아. 하하하. 아들이야?"

하나는 자신을 송 실장의 불륜녀로 그리고 복남이를 그의 혼외자로 보는 것 같은 남자의 웃음과 말투가 몹시도 거슬렸다.

"하하하. 언제부터야?"

"죄송합니다. 먼저 가보겠습니다."

송 실장도 분명 남자가 불순하고 잘못된 오해를 하고 있다는 것을 느꼈을 텐데 별다른 반응을 보이지 않았다. 얼굴은 심하게 굳었음에도 송 실장은 끝내 진실을 밝히지 않고 하나를 태우고 차를 출발시켰다.

"실장님 곤란한 오해를 받으신 것 같은데 이대로 가셔도 괜찮으세요?"

"상관없습니다. 하나 씨도 저 사람 말 신경 쓰지 않아도 됩니다."

"저 사람이야말로 보니까 숨겨놓은 자식이 있어 보이던데……."

생각 없이 내뱉은 말이었는데 송 실장이 차를 세우고 뒤돌아보았다.

"지금 뭐라고 했습니까?"

"네?"

굳어진 표정으로 묻는 송 실장을 보며 하나는 자신이 큰 실수를 했다는 생각에 쉽게 입을 열지 못했다.

"방금 저 사람에게 숨겨놓은 자식이 있다고 한 거 맞습니까?"

"……정확한 건 아니고요……."

하나가 쉽게 말을 꺼내지 못하자 굳어졌던 송 실장이 표정을 풀며 부드럽게 말했다.

"사실 부사장님하고 저하고 저 사람의 약점을 캐고 있는 중입니다. 불륜을 저질렀다는 증거가 있어야 하는데 그게 쉽게 잡히지 않아서 고전을 하는 중이었어요. 그러니까 하나 씨가 본 대로 말해주면 고맙겠어요."

송 실장의 태도가 예의 바르고 부드러워서일까.

하나는 수유실에서 봤던 모자의 대화와 방금 전 남자와 아이가 붕어빵이라는 사실을 알려주었다.

그러자 심각하게 이야기를 듣고 있던 송 실장의 얼굴이 금세 환해졌다. 그의 말대로 대단한 물증이라도 잡은 듯 입가에 미소까지 번져 갔다.

"고마워요, 하나 씨."

송 실장은 다시 차를 운전했고 하나는 그의 뒤통수를 멍하니 바라봤다.

나이 지긋한 남자의 아이를 낳은 불륜녀로 취급받은 자신과 달리 뿌듯해하는 그가 조금은 얄밉게 느껴졌다.

'아무리 약점을 잡았다고 해도 자기보다 어린 남자한테 말도 안 되는 취급을 당했는데 아무렇지 않나? 무슨 사이인 거지?…… 복남이 아빠하고도 관계있는 사람인가? 저쪽 사람들은 다 수상해.'

조금은 믿음직스러워 보였던 송 실장마저 별수 없는 도경의 사람이라는 것을 느끼고 있는데 송 실장이 길 가에 차를 세웠다.

"잠시만요."

그리고 차에서 내려 커피숍으로 들어갔다.

하나는 송 실장이 자신이 마실 커피를 사러 갔다고 생각했다. 그런데 커피숍에서 나오는 송 실장의 손에 들려 있는 아이스 아메리카노 한 잔을 보자 괜한 실망감이 생겨났다.

'어떻게 자기 마실 커피만 사가지고 오냐? 그럴 거면 집도 다 왔는데 데려다주고 가지. 그새를 못 참고 저기를 가냐?'

하지만 차에 오른 송 실장은 손에 든 커피를 하나에게 내밀었다.

"부사장님께서 하나 씨에게 꼭 아이스 아메리카노 한 잔 사주라고 하셔서요."

"부사장님이요? ……복남이 아빠가요?"

"……네."

"왜요?"

"왜인지는 설명해 주시지 않고 그냥 사주라고 하셨는데. 좋아하는 커피가 아닙니까? 다른 걸로 사다 드릴까요?"

"아니요. 감사합니다."

멍해진 상태에서 하나가 커피를 받아 들었다.

'어제 커피를 걸신들린 것처럼 마셔서 불쌍해 보였나?'

"저한테 말고 부사장님께 감사하세요."

정신을 차리고 송 실장을 보니 점잖다고 생각한 그의 얼굴에 스민 미소가 짓궂어 보였다. 하나는 다시 한 번 그 상사의 그 직원이라는 생각이 들었다.

그러면서 부사장이라는 말에 도경이 어느 회사의 부사장인지 묻고 싶었다.

물을까? 말까? 고민하는 사이 집에 도착하고 말았다.

"고맙습니다."

"들어가십시오."

하나에게 깍듯하게 인사한 송 실장은 복남이에게 따뜻한 미소를 보이고 돌아갔다.

"복남아, 네 아빠 어느 회사 부사장이니? 설마 직원이 송 실장님 한 명인 회사의 부사장이거나 조직을 이끌기 위한 페이퍼 컴퍼니의 부사장은 아닌 거지?"

동시에 하나는 복남이의 미래가 걱정되었다.

'복남아, 넌 네 아빠의 뒤를 이어선 절대 안 돼.'

❖

자신이 조폭으로 오해받고 있다는 사실을 모르는 도경은 자신의 집무실에서 조용관에 대한 송 실장의 보고를 받고 있었다.

"이하나 씨의 말로는 아이가 네 살 정도로 보였다고 합니다. 동생도 생겼다는 말을 하면서 앞으로는 같이 살 거라는 말을 했답니다. 저는 안 봐서 모르겠는데 부자가 붕어빵으로 닮았다고 하는 거 보면 조 사장님 아이가 맞을 것 같습니다."

"누나 말대로군요."

"그런데 조 사장님이 이하나 씨와 준후를 봐서 그게 걱정입니다. 일단 저하고 이하나 씨 관계를 의심하고 준후를 제 아들로 오해하기는 했습니다만…….”

그 말에 도경이 피식 웃음을 흘렸다.

“아마도 그게 궁금하고 흥미로워서 오늘 안으로 전화하겠네요.”

도경의 말에 끝나자마자 용관에게서 전화가 걸려왔다.

“보십시오.”

도경이 송 실장에게 휴대폰을 내밀며 발신인을 확인시켜 주었다.

“나가보세요. 조 사장은 제가 알아서 하겠습니다.”

송 실장이 자리에서 일어나 나가려는데 도경이 그를 불렀다.

“송 실장님.”

“네.”

“이하나 씨에게 커피는 사주셨습니까?”

“네. 감사하다고 하더군요.”

도경이 알았다는 손짓을 하고 휴대폰을 받았다.

“한도경입니다.”

[처남, 나야.]

“이젠 처남이 아닌 걸로 알고 있습니다, 조 사장님.”

[남매가 쌍으로 냉정하네. 아버님은 아직도 날 조 서방이라고 불러주는데.]

“전화 건 용건이나 말씀하시죠?”

[하하하. 내가 말이야 오늘 진짜 재미있는 걸 봐서…… 송 실장이 무슨 얘기 안 해?]

"무슨 얘기 말입니까?"

[하긴, 그런 얘기를 처남한테 하기는 좀 그렇지. 한잔할까? 누나하고 이혼했다고 해도 우리 아주 못 볼 사이로 갈 필요는 없잖아.]

"물론입니다. 단, 처남이라고만 부르지 않으면 말입니다."

[알았어, 한 부사장. 어디서 볼까?]

"매일 보던 곳에서 보죠."

[7시?]

"괜찮습니다."

통화를 끝낸 도경의 입가에 미소가 떠올랐다.

듣기 좋은 재즈 선율 사이로 쿡쿡거리는 남자의 웃음이 들렸다.

2주 전 끝내, 이혼 서류에 도장을 찍었다. 심심할 때마다 술을 마시고 들어와 행패를 부리며 괴롭히는 게 즐거웠는데 그 낙을 즐길 수 없어 아쉽기만 하다. 하지만 무엇보다 보험이 깨져 버린 것 같아 여태껏 기분이 안 좋았다.

이대로 대경과의 관계를 끊어버리는 게 괜히 억울하고 답답했는데 좋은 건수 하나가 잡힌 것 같아 갑자기 즐거워졌다.

"조 사장님, 무슨 좋은 일 있으신가 봐요?"

평소 알고 지내는 바텐더가 용관이 주문한 칵테일 한 잔을 내밀며 물었다.

"있지. 좋은 일이라기보다 재미있는 일. 세상에는 말이야 비밀이 없어.”

그 말이 끝나는 순간 도경이 용관 옆에 앉으며 맞장구를 쳤다.

“그렇죠, 비밀은 없죠.”

“처남…… 아, 처남이라고 부르지 말라고 했지? 한 부사장 왔어?”

“대단한 비밀을 알고 계시나 봅니다, 조 사장님?”

도경의 질문에 용관은 대답 대신 키득거리기 시작했다.

“내가 아까 송 실장을 봤어. 갓난아이를 안고 있는 젊고 예쁜 여자하고 같이 있더라고. 그 나이에 두 집 살림해서 아들까지 보고……. 송 실장 능력 좋아, 그치?”

도경은 아무 반응을 보이지 않고 바텐더가 건네준 무알코올 칵테일을 마셨다.

“그런데 말이지.”

키득거리던 용관의 목소리와 표정이 순식간에 돌변했다. 도경의 눈동자를 똑바로 응시하며 다부지게 말을 이어갔다.

“송 실장이 그렇게 큰 사고를 칠 만큼 대범한 성격이 아닌 걸 내가 알 거든. 그럼 그 여자하고 아이는 누굴까? 고민 좀 해봤는데…… 자꾸 처남이 떠오르는 거야.”

용관의 말에 이번에는 도경이 키득거리며 웃어댔다.

그 웃음에 용관이 잠시 당황스러운 것처럼 움찔했지만 이내 특유의 비열한 얼굴로 돌아왔다.

“그 웃음의 의미는…… 아니라는 거야?”

"만약 조 사장님이 아이를 안은 젊은 여자하고 함께 있었다면 난 사장님의 지인이거나, 친인척일 거라는 생각이 먼저 들었을 것 같은데, 어째서 조 사장님은 그런 불순한 오해부터 하십니까?"

"……흐흠. 내가……."

"송 실장님의 가족 관계를 다 아는 것도 아니잖습니까?"

"그래서 아니라는 거냐고?"

"아니라고 해도 마음대로 생각할 거라는 거 알고 있습니다. 그냥 마음대로 상상하십시오. 나도 조 사장님이 왜 그런 오해부터 하는지 마음대로 생각할 것 같으니까."

여유 있어 보이는 도경에 비해 용관은 처음과 달리 초조해 보였다.

"누나는 잘 있지? 어떻게 지내?"

"그 어느 때보다 잘 지냅니다."

"연애라도 하나? 아니면 곧 재혼이라도 할 건가?"

도경이 비웃듯 피식 웃음을 내뱉자 용관이 인상을 심하게 구겼다.

"재혼이 급한 건 조 사장님 아닙니까?"

"무슨 말이야?"

"정진 회장님이 아이를 간절하게 원하신다는 이유로 이혼하지 않겠다고 버티던 조 사장님이 누나의 불임을 핑계로 급하게 이혼을 서두르셨잖습니까?"

"……그렇기는 하지만……."

도경이 자리에서 일어섰다.

"오늘 보자는 이유가 송 실장님 이야기인 것 같은데 들을 거 다 들었으니 일어나겠습니다."

"한 잔……."

"먼저 가보겠습니다."

도경이 묵례로 인사를 하고 자리를 벗어났다.

잔을 비운 용관이 거칠게 술잔을 내려놓으며 도경이 나간 출입문을 무섭게 노려보았다.

"재수 없는 새끼."

❖

전쟁 같은 목욕을 시키지 않으니 시간이 여유로웠다. 방을 치워야 하는 수고도 하지 않아 좋았고 옷이 젖는 불편함도 없어 마음까지 쾌적한 저녁이었다. 더구나 수정이까지 찾아와 주어 여유로운 식사도 하고 외롭지도 않았다. 매일이 오늘만 같으면 1년을 행복하게 보낼 수 있을 것 같았다.

하지만 하나의 행복한 마음과 다르게 커피를 마신 수정이 전해준 소식은 비보였다.

"진호 선배가 먼저 보내준 거야."

수정이 보여준 것은 진호와 선경의 모바일 청첩장이었다. 휴대폰 화면에는 행복해 보이는 두 사람의 웨딩 촬영 사진과 인사말이 먼저 보였다.

"호텔에서 하더라."

"선경이는 안 보냈지?"

"응. 아직 날짜가 있으니까."

"내 삶의 목표가 좋은 남자 만나서 결혼하는 게 아니었지만 저 계집애가 내가 만날 남자를 채가서 결혼한다고 하니까 꼭지가 돈다, 돌아. 배 아프고."

"다른 애도 아니고 정선경이니까. 그 마음 나도 이해해. 나 같아도 그랬을 거야. 너 있잖아, 그날 최대한 예쁘게 하고 가야 돼. 신부인 선경이보다 더 예쁘게."

"그럴까?"

"네가 아무리 그래도 난 너 따위 부러워하지 않는다! 이런 여유를 보여주자고."

수정의 말에 하나가 맞장구를 치기보다는 한숨을 내쉬었다.

"왜?"

"그런다고 1년 후 과연 선경이가 부러워할 만큼 내 삶이 달라질까, 그것도 의문스러워. 오늘 무슨 일이 있었는 줄 아니? 복남이 아빠 비서실장하고 백화점에 갔는데 어느 미친놈이 나를 그 실장님의 세컨드로 보더라니까. 복남이를 둘 사이에 낳은 아들로 오해하고."

"뭐?"

"그 실장님이 사람 좋고 뭔가 사정이 있는 것 같아서 내가 그냥 넘어갔지, 복남이 아빠처럼 싸가지였으면 그 자리에서 미친놈한테 사실을 말하라고 난리 쳤을 거야."

"어떤 미친놈인지 참 상상력도 풍부하다. 그냥 같이 있는 것만으로 그렇게 오해하는 것도 쉽지 않을 텐데."

"내 말이. 그러니까 미친놈이라고 하지."

"앉아서 억 버는 거 쉽지 않네."

"생각보다 훨씬 어려워."

"그래도 힘내라, 친구야."

수정이 하나의 등을 두드려 주었다. 아주 작은 행동이었지만 그 행동에 들어 있는 친구의 마음을 알기에 하나는 힘이 났다.

수정이 돌아가고 하나는 도경에게 문자를 보냈다.

「다음 달 첫째 주 토요일, 무슨 일이 있어도 휴무일입니다.」

계약서 작성 시 1년에 10번의 휴무를 할 수 있다는 조항이 있었다. 그 한 번을 선경의 결혼식 날짜로 잡았다.

하나는 도경의 답을 받지 못하고 욕실로 들어가 샤워를 마치고 나왔다. 그때까지 도경에게서 온 답은 없었다.

"복남아 네 아빠는 왜 이러니? 가타부타 답도 안 주고. 어쨌든 우리 복남이 오늘 진짜 예쁘다. 잠도 잘 자고……."

복남이의 머리를 살며시 쓸어주는데 이상하게 이마가 뜨겁게 느껴졌다. 주사를 맞은 날은 미열이 날 수 있다는 의사의 말을 들었지만 막상 아이에게 열이 난다고 생각하니 덜컥 겁부터 났다.

체온계를 꺼내 열을 쟀다. 38.1℃

"어떡하지? 이건 미열이 아닌 것 같은데……."

한참을 당황한 상태로 안절부절못하던 하나는 가입한 육아 카페에 들어가 예방접종 후 후유증이나 열이 날 경우 어떻게 대처해야 하는지를 찾아보았다. 그 와중에도 복남이 잘못될까 싶어 급한 대로 거즈를 적셔 이마에 올려놓았다.

"복남아, 아프면 안 돼."

급하게 마우스를 움직여 게시판에 올라온 글들과 댓글들을 살폈다.

해열제를 먹이라는 내용들도 있었고 미온수로 몸을 닦아주라는 내용들도 있었다.

하나는 집에 해열제도 없고 갓난아이에게 약은 안 좋을 것 같아 복남이의 옷을 벗기고 타월을 미온수에 적셔 몸을 닦아주기 시작했다. 그런데 몸에 닿는 물기가 싫은지 아니면 열이 올라 컨디션이 안 좋아서인지 복남이가 울어댔다.

"이 녀석아, 이런 게 싫으면 열이 나지 말았어야지."

하지만 숨이 넘어갈 듯 우는 복남이가 안쓰러워 더는 닦아줄 수가 없었다. 다시 한 번 체온을 쟀지만 그대로였다.

"어떡해? 어떡하냐고?"

복남이가 울수록 하나의 두려움은 커져 갔다. 결국 하나는 복남이를 들쳐 안고 근처 큰 병원의 응급실로 향했다.

하지만 문제는 복남이의 의료보험이 없고 인적사항에 대해 아는 것이 없다는 것이다. 아이 이름, 생년월일, 혈액형, 출생 시 몸무게, 출산 시 임신 주수, 수유 상태 등등.

머리가 새하얗게 된 하나는 결국 도경에게 전화를 걸었다.

"복남이 열이 나서 병원에 왔는데…… 아는 게 없어서……."

[어느 병원입니까?]

"집 근처 종합병원……."

[응급 시에는 송 실장님께 연락하고 했는데 왜 거기를 간 겁니까?]

복남이의 상태가 걱정되어 초조하고 두려운 자신과 달리 도경은 화부터 냈다.

"그럴 정신이 없어서……."

[일단 병원 나와서 택시 타고 동부이촌동 강변 아파트로 가요.]

"알았어요."

도경의 말대로 하나는 택시를 타고 동부이촌동으로 이동했다.

강변 아파트에 도착해 택시에서 내리자 도경이 먼저 와 있었다. 그는 하나에게서 복남이를 빼앗듯 받아 안고 단지 내에 있는 상가로 향했다.

'어? 여기는…….'

낮에 송 실장과 왔던 소아과였다.

이미 도경과 연락이 되어 있었는지 소아과 안에는 역시나 오전에 보았던 의사가 있었고 침대에 눕힌 복남이 상태를 살폈다.

"열은 언제부터 났습니까?"

"여기 오기 전부터니까…… 한 시간 정도 된 거 같아요."

"목욕은 안 한 거죠?"

"네."

의사는 계속 복남이 상태를 체크했다.

"단순 발열이에요. 접종을 하고 열이 나는 경우는 흔해요. 해열제 투약했으니까 괜찮아질 겁니다. 걱정 마요, 선배."

의사가 별거 아니라는 듯 태연한 얼굴로 도경에게 아이의 상태를 말해주었다.

아이가 잘못될까 심장이 두근거리고 식은땀을 흘렸던 하나는 의사의 말에 긴장이 풀리면서 그 자리에 풀썩 주저앉았다.

"괜찮아요?"

하나를 부축하러 온 사람은 도경이 아닌 의사였다.

"많이 놀라신 것 같은데…… 여기 좀 앉아 쉬세요."

하나를 부축해 일으켜 세워 소파에 앉혀주는 친절한 의사에 비해 하얗게 질린 그녀를 바라보는 도경의 눈빛은 곱지 않았다.

하나는 그의 시선을 피해 고개를 아래로 떨어뜨렸다. 그때, 자신이 신고 있는 푸른색 삼선 슬리퍼가 눈에 들어왔다.

'내가 급하고 정신이 없긴 했나 보다. 이 슬리퍼를 신고…….'

그래도 복남이가 별 탈이 없어 다행이라는 생각에 안도의 한숨을 내쉬는데,

"이봐요, 이하나 씨! 응급 상황일수록 정신을 똑바로 차리고 침착하게 행동해야 하는 거 몰라요? 그리고 준후가 당장 숨넘어가는 것도 아니고 열 조금 난 것 가지고 이 소동을 피워야겠습니까? 어떤 상황이 응급한 상황인지 모릅니까?"

도경의 폭풍 같은 잔소리, 아니, 불벼락이 떨어져 내렸다.

경험이 있는 것도 아니고 육아에 대한 지식이 없는 그녀에게 있어서 그때의 상황은 응급이었고 두려운 순간이었다.

아픈 아이를 나 몰라라 방치한 것도 아니고 병원으로 달려간 것이 이리 원성을 사고 불벼락을 맞을 일인가. 심장 떨어지고 지옥을 맛본 것 같은 사람한테 할 소리냔 말이다.

그런데 그때,

"선배, 이런 경우 흔해요. 아이가 조금만 열나거나 이상 있어도 응급실로 뛰는 엄마들 많아요. 그리고 신생아는 어른하고 달라서 차라리 병원으로 가는 게 낫고요."

친절하고 잘생긴 의사가 두둔해 준 것처럼 나서줘서 고마웠다. 그렇다고 도경을 향한 마음이 풀린 것은 아니었다.

"복남 아빠! 당신이라면 어땠을 것 같아? 아무리 젖은 수건으로 마사지를 해줘도 열이 안 떨어지는데 당신이라면 어떻게 했을 것 같냐고? 태어난 지 이제 겨우 2개월 된 아이한테 약은 안 될 것 같

은 그 상황에서 이성적이고 냉정할 수 있을 것 같아? 말은 쉽지. 응급한 상황에서 침착해야 한다는 거. 그런데 하늘이 노래지고 눈앞이 캄캄한데 이성적일 수 있을 것 같아? 그것도 이 조그만 아이가 숨넘어갈 것처럼 울어대는데!"

하나가 벌떡 일어나 도경보다 더 큰 목소리로 계속 화를 뿜어댔다.

"내가 내 아이 살리자고 그랬어? 당신 아이 살리자고 이 몰골로 병원으로 뛰어간 게 잘못이야? 매일을 밥도 못 먹고 제대로 씻지도 못하면서 금이야, 옥이야 돌본 당신 아이 살리자고 그런 거라고!"

하나는 이글거리는 눈동자로 도경을 쳐다보았다. 방금까지 그녀를 못마땅한 눈빛으로 보던 그가 그녀의 시선을 피해 허공을 바라보며 한마디도 못하고 있었다.

하나는 자신의 화가 제대로 먹혔다고 생각했다. 다시는 자신 앞에서 잔소리나 뜨거운 소리를 못하게 만들기 위해 한마디 더 하려는 순간이었다. 의사가 진료실 한쪽에 걸려 있는 하얀 가운을 들고 그녀에게 다가와 걸쳐 주었다.

"……?"

"입고 계셔야 할 것 같습니다."

하나는 슬리퍼가 아닌 자신의 옷차림을 보고 경악하고 말았다.

샤워 후 바로 벌어진 일이라 그녀의 차림은 여성용 트렁크에 민소매 티셔츠만 달랑 입고 있었다. 하지만 그건 아무것도 아니었다. 덥고 답답해 브라마저도 하지 않았다는 것이 제일 문제였다.

이 순간이 꿈이길 바라며 쥐구멍이라도 있으면 숨고 싶은 마음뿐이었다.

"빨리 입고 갑시다."

도경이 복남이를 안았다.

"번거롭게 해서 미안하고, 고맙다."

"뭘요. 들어가세요, 선배."

하나는 의사가 건네준 가운을 입고 앞을 꼼꼼하게 여몄다.

'정말 요새 나 왜 이러니?'

하나는 창피하고 부끄러워 눈도 마주치지 못한 채 의사에게 고개만 숙여 인사를 했다. 밖으로 나와 도경의 뒤를 걷는 자신의 모습이 너무도 처량하고 불쌍하게 느껴져 한숨만 흘러나왔다.

"괜찮아요?"

차 앞에 선 도경이 물었다.

하나는 그 앞에서도 얼굴을 들 수 없어 고개만 끄덕였다.

"미안해요. 닥치지 않은 상황에 말만 앞섰던 거."

안하무인이라고 생각했던 그가 사과를 하는 것이 의외였다. 하지만 지금 상황에서 그의 사과는 중요하지 않았다. 그저 빨리 집으로 가고픈 마음만 간절할 뿐이었다.

하나는 대꾸 없이 차에 올라 도경에게서 복남이를 받아 안았다.

지옥을 맛보게 했던 복남이는 평온하게 잠들어 있었다.

'내가 너를 왜 맡았을까? 이렇게 망가지고 깨지면서까지 널 계속 봐줘야 하는 걸까? 그놈의 돈 있어도 살고, 없어도 사는데…… 내가 이렇게 망가지면서까지 널 데리고 있어야겠니? 복남아, 넌 이제 복남이가 아닌 거니?'

커다란 한숨이 조용한 차 안을 울리자 도경이 룸미러로 하나를 힐끗 쳐다보았다.

"집을 여기 이 아파트로 옮기려고 해요."

"네?"

"비상시에 병원 이용에 문제없고 또 준후 보기에 좀 더 넓은 집이 편하고 좋을 같아서 이 단지에 있는 아파트 하나 계약했어요. 내일 입주 청소 끝나면 저녁에라도 짐 옮길 수 있어요. 급한 짐만 옮기고 나머지 짐들은 천천히 옮기는 게 나을 것 같은데, 이하나 씨 생각은 어때요?"

딱 봐도 지은 지 얼마 안 되는 최고급 브랜드의 아파트 단지다. 평생 저런 아파트에 살 수 있을까 싶을 정도로 하나로서는 언감생심 꿈도 꿀 수 없는 아파트다.

부러움의 시선으로 바라보기에도 벅찬 곳에서 살 수 있다니. 이게 대체 무슨 복이지.

복남이를 보며 괜한 한탄을 했다는 생각에 마음이 뜨끔했다. 그리고 콩닥콩닥 설레기 시작했다.

"되는 대로 옮기는 걸로……."

"아까 그 의사도 이 단지 살고 있으니 어떤 위급한 상황에도 바로 대처할 수 있을 겁니다. 그 친구 전화번호 알려줄 테니 저장해 둬요."

그 친절하고 잘생긴 의사하고 같은 단지에 살다니. 흐미, 좋은 거.

하나의 입가가 꿈틀거렸다.

"그리고 아까 문자 확인했는데 휴무하겠다고요?"

"네. 친구 결혼식이 있어서……."

"알았어요."

하나의 집에 도착할 때까지 두 사람의 대화는 더 이상 없었다. 하지만 하나의 마음은 싱숭생숭, 즐겁게 어지러웠다.

"오늘 힘들었을 텐데 들어가 쉬어요."

하나가 묵례를 하고 집으로 들어가려다 말고 도경을 부르자 그가 무표정으로 돌아섰다.

"복남이 아빠. 애 보는 거 쉬운 거 아니에요. 친자식을 낳아서 키워본 적이 없어서 육아에 있어 모르는 것투성이예요. 하지만 친자식이라도 이렇게 키울까 싶을 정도로 나보다 애를 먼저 생각하고 나를 버리고 애를 돌봐줘요. 그러니까…… 황당한 차림으로 안고 뛰었죠. 맘에 차지 않아 모자라도 좀 봐줘요."

하나의 말을 곱씹듯 생각하는 자세로 서 있던 도경이 고개를 끄덕였다.

"알았습니다. 들어가요."

하나는 알았다고 대답하는 도경을 향해 다시 한 번 묵례를 하고 집으로 들어왔다.

파란만장한 하루를 지낸 피로감에 복남이를 안은 채 그대로 주저앉았다. 하지만 내일이라도 들어갈 수 있는 아파트를 생각하니 웃음이 새어 나왔다.

'오늘 아주 세게 사람을 긴장시키더니…… 복도 센 걸로 주네. 그래도 복남아 너 아픈 건 누나가 감당을 못하겠다. 아프지 마.'

한참을 앉아 있던 하나가 복남이를 눕히고 입고 있던 가운을 벗었다. 가운에는 '서민준' 이라는 이름이 수놓아져 있었다.

'이름마저 친절하고 잘생겼구나.'

이번에는 아파트가 아닌 민준 생각에 미소가 지어졌다. 하지만 이내 가운에 얼굴을 묻고 발을 동동 굴렀다.

'아, 창피해!'

생전에 한 번 있을까, 말까 한 실수를 저질렀으니 부끄러워 죽을 지경이다.

오피스텔로 돌아온 도경에게도 심한 피로감이 몰려왔다.

병원에 왔다는 전화를 받고 오피스텔을 나갈 때만 해도 하나를 향한 원망과 짜증이 가득했었다. 오랜만에 맥주 한잔하고 쉬어야겠다는 계획을 물거품으로 만들어 버린 건 용서할 수 있었다. 하지만 비상시 송 실장을 호출하라는 말을 듣지 않고 병원에 갔다는 사실에 쉽게 화가 가라앉지 않았다.

"머리가 돌이야? 새야? 비상시에는 송 실장 호출하라고 그렇게 일렀건만 병원에는 왜 가?"

무알콜의 칵테일을 한 잔 마셨으니 망정이지 술을 더 마셨으면 어쩔 뻔했을까.

송 실장을 보낼까 했지만 퇴근해서 쉬고 있는 직원을 병원으로 보낼 수는 없었다. 할 수 없이 민준을 불러내야 했고 모든 상황이 정리된 후에는 앞뒤 재지 않고 그녀에게 불을 뿜어댔다.

그런데 도리어 그녀는 자신에 화를 냈다.

'어, 적반하장도 유분수지.'

라는 생각이 들었을 때, 하나의 모습이 눈에 들어왔다. 옷을 입다 말고 나온 것 같은 차림의 그녀. 남들은 보고 웃었을 것 같은 그 차림새가 그때의 급박한 상황과 그녀의 심정을 말해주는 것 같았다. 그래서 그 차림에 이상하게 가슴이 저려왔다.

그녀 말대로 자신의 자식도 아닌 남의 자식을 위해서 이성의 끈을 놓아버린 것 같은 모습을 생각하면 지금도 왠지 모르게 심장이 울렁거리는 기분이다.

어쩌면 한 회장에 의해 자식들이 망가지고 잘못된다는 걸 알면서도 자신의 안위만을 생각해 집 나간 어머니 때문인지도 모른다.

어린 시절, 자신과 누나를 한 회장에게서 보호해 주지 못하고 혼자만 가출해 버린 어머니에 대한 상처를 그녀가 묘하게 건드린 느낌이다.

좀 전에 마시지 못한 맥주를 꺼내는데 휴대폰이 울렸다.

"어, 민준아. 아까는 정말 고마웠다."

[고맙기는요? 잘 들어가셨어요?]

"응. 맥주 한잔하고 쉬려고."

[선배.]

"응?"

[이하나 씨요…… 그냥 준후 봐주는 보모일 뿐이죠?]

"……그래. 그건…… 왜?"

[아까 선배한테 화내는 모습에 반했어요. 순진해 보이는 거에 비해 성깔 좀 있는 게 매력적이던데요. 그래서…… 사귀자고 해볼까 싶어서요. 선배하고 아무 사이 아니면.]

"미안하지만 이하나 씨와의 근로계약 조건에 연애 금지 조약이 있다. 그러니 대시하고 싶으면 1년 뒤에 해라."

[그 조건을 어기면 이하나 씨는 어떻게 되는 겁니까?]

"어떻게 될 것 같아?"

[죄송합니다. 선배가 1년 뒤에 하라고 하면 그렇게 해야 된다는 걸 알면서도 괜히 한 번 개겨봤습니다. 그럼 선배, 이하나 씨 1년 동안 잘 부탁드릴게요. 저 지금 마음 장난 아니거든요. 쉬십시오.]

통화를 끝낸 도경이 맥주 캔을 땄다.

'짚고 넘어가길 잘했네.'

처음 준후를 맡기면서 연애는 안 된다는 조항을 정확하게 짚고 넘어갔었다. 연애를 하다 보면 준후에게 소홀할 것이고, 그러다 그만두는 상황이 발생할 가능성이 많아 연애는 안 된다고 못을 박았다. 그녀도 연애하고 싶은 마음은 없다며 흔쾌히 그러겠다고 대답하고 계약서에 도장을 찍었다.

서투른 육아로 인해 매일을 전쟁처럼 보내는 그녀에게 연애는 아마도 남의 나라 이야기일 것이다.

'서민준, 미안하지만 이하나 씨는 당분간 준후의 소유여야만 하는 여자다. 넘보지 마라.'

그런데 이상하게 하나와 준후 사이에 민준이 끼어드는 것이 아니라 자신과 하나 사이에 그가 끼어들려고 하는 것 같았다.

이하나와 자신이 무슨 관계라고 이런 생각을?

더 황당한 건 하나가 준후뿐 아니라 자신의 소유인 것 같은 느낌이 든다는 것이다.

'이하나 씨는 내 고용인이니까.'

고용과 소유는 분명 다른 것임에도 불구하고 도경은 자신의 마음을 그렇게 변명하며 합리화시켰다.

그럼에도 변명을 하는 것 같은 자신이 의식되어 손에 든 맥주를 벌컥벌컥 들이켜며 하나에 대한 생각을 털어버렸다.

5. 흔들려

발코니의 통유리로 보이는 것은 한강이었다. 아파트 소파에 앉아 있는 것이 아니라 강변의 카페에 와 있는 기분이다.

하나는 다시 한 번 아파트 내부를 둘러보았다. TV나 잡지에서나 보아왔던 인테리어에 고급 가구, 무엇보다 전망이 한강 조망이다. 발코니 한 켠으로 한강의 한 부분만 보이는 것이 아니라 눈만 돌리면 한강인 것이다.

'야, 이거 아무리 전세라도 몇 억은 할 텐데……. 복남이 아빠 정말 뭐하는 사람이야? 이런 집도 척척 얻고.'

복남이 짐은 다 옮겼고 자신은 입을 옷과 필요한 용품만 가지고 온 상태다. 생활에 필요한 가구와 가재도구는 모두 갖춰져 있어

달리 가져올 것도 없었다.

그렇다고 마냥 좋기만 한 것도 아니었다. 남의 옷을 빌려 입은 것처럼 불편하고 어색하고 부담스럽기도 했다.

'아, 몰라. 1년 살다 나갈 집인데…… 그나저나 이 넓은 집 청소는 어쩌나?'

한강을 바라보며 혼자만의 생각에 빠져 있을 때 인터폰이 울렸다.

송 실장이 찾아왔고 문을 열어주니 그의 양손에 무언가 잔뜩 들려 있었다.

"불편한 건 없습니까?"

"네."

"이건 이하나 씨 양식입니다."

"양식이요?"

"밑반찬하고 간단하게 해먹을 수 있는 냉동식품들이에요. 부사장님께서 하나 씨가 제때 식사를 못한다는 거 알고 챙긴 겁니다. 아, 밑반찬은 제 집사람 솜씨인데 먹을 만할 겁니다."

송 실장이 건넨 커다란 비닐봉투 안에는 말대로 그녀가 먹을 음식들이 가득했다. 밑반찬은 밀폐용기에 담겨 있었고 냉동식품들은 진공 포장되어 있었다.

'복남 아빠가 츤데레 경향이 있나? 이런 것도 챙겨주고.'

하나는 송 실장이 가져온 음식들을 냉장고 안에 정리해서 넣어놓았다.

"아, 그리고 하나 더 가지고 올라와야 합니다."

그런 말을 하고 나간 송 실장이 다시 들어와 설치해 준 물건은 커피머신이었다.

"파드 커피 머신이라 번거롭지 않게 커피 내려 마실 수 있을 겁니다. 사용법 알려줄게요."

파드 커피? 들어본 적은 있어도 어떤 커피를 말하는지 몰랐던 하나는 송 실장에게서 파드 커피 내리는 법을 배웠다. 1회용 팩처럼 만들어진 파드 커피는 파드를 바스켓에 넣고 추출하면 끝이었다.

"진짜 간편하고 좋네요."

"맛도 여느 커피 전문점에 비해 떨어지지 않습니다. 파드 커피도 넉넉하게 준비했으니 준후 보다가 힘들 때 한 잔씩 마시면서 마음 달래요. 전망도 좋아서 커피 맛도 좋을 거고 힘든 것도 금방 사라질 겁니다."

"고맙습니다."

"저한테 말고 부사장님께 고마워해야죠."

"아! ……그런데 자꾸 부사장님이라고 하시는데 복남이, 그러니까 준후아빠는 어느 회사 부사장님이세요?"

하나는 처음부터 궁금했던 사실을 물었다. 인상 좋은 송 실장이라면 대답해 줄 거라 생각했다. 하지만 송 실장은 대답 없이 웃기만 했다.

"좋은 회사 부사장님이시죠."

"좋은 회사요?"

질문이 더 이어져 귀찮아질 게 걱정이 되었는지 송 실장이 주방에서 벗어나 현관으로 향했다.

"준후는 잡니까?"

'저 봐, 말 돌리는 거. 뭔가 떳떳하지 못하다는 증거지. 좋은 회사라고 얼버무리면 내가 눈치 못 챌 줄 알았나?'

도경이 조폭이라는 생각에 확신을 가지려 할 때, 송 실장이 다시 물었다.

"준후는?"

"자고 있어요."

"얼굴도 못 보고 가네요. 더 필요한 거 있으면 전화 주세요."

"네."

송 실장이 급하게 현관 밖으로 나갔다. 평소 점잖은 송 실장이 무언가 다급해 보이고 서두른 모습이 아무래도 수상했다.

'내가 또 기습 질문을 할까 봐 겁난 거지. 조폭 맞네, 맞아. 아이고, 어쩌다 내가 조폭의 아이는 맡아가지고.'

기가 막혀 헛웃음이 나오려 했다.

'에고, 모르겠다. 이제 와서 되돌릴 수고 없고.'

어쩔 수 없는 현실을 체념한 채 거실로 들어온 하나는 머신 사용법을 알기 위해 내려놓은 에스프레소에 물과 얼음을 넣어 아이스 아메리카노를 만들었다. 그리고 거실 소파에 앉아 발코니 창밖을 보며 커피를 마셨다.

"아, 좋다."

송 실장의 말대로 전망이 좋으니 커피 맛도 좋았고 육아 스트레스도 사라지는 기분이었다.

"이런 집에서 그냥 평생 살았으면 좋겠다."

❖

대경전자에서 출시한 로봇청소기가 대히트를 치고 있는 중이다. 로봇청소기의 단점들을 보완하여 물걸레 기능, 흡입력 강화, 다양한 청소모드, 합리적인 가격과 세련된 디자인으로 인해 주부들 사이에서 폭발적인 인기를 누리고 있다.

휴대폰에만 몰려 있던 전자사업의 영업이익 부분이 이제는 가전 부분에서도 높아지고 있다. 도경이 부사장으로 취임한 후 이룬 성과이기도 하다.

회장실로 불려온 도경은 그 부분에 대해 한 회장이 한마디 할 줄 알았다.

"내일 저녁에 시간 비워놔."

하지만 업무 성과에 대한 칭찬이나 격려 따위는 없었다. 한 회장은 도경이 올린 보고서를 덮어버리고 제 할 말만 했다.

"내일 약속 있습니다."

"주말에 무슨 약속? 있어도 비워놔."

"있는 약속도 취소해야 할 중요한 겁니다."

무조건 시간을 빼라고 하는 이유는 빤한 것이었다. 맞선.

한 회장의 못마땅한 미소가 도경에게 와서 박혔지만 그 역시 아랑곳하지 않고 제 할 말만 했다.

"달리 하실 말씀 없으면 나가보겠습니다."

"휴일 오전이라도 내. 애비하고 밥 한 끼 할 시간도 없어? 너 요새 뭐 하고 다니는 거야? 채경이 이혼 때문에 혈압 올라 죽겠는데 너까지 속 썩일 작정이야? 너…… 네 매형 말대로 여자 있는 거야?"

"여자는 없습니다. 휴일 오전 시간 나면 본가로 들르겠습니다."

"시간 나면이 아니라 시간 내서 들러!"

"그러죠."

대화를 더 이어가고 싶지 않은 도경은 짧게 대답한 후 회장실을 나왔다.

「내일 일찍 와줬으면 해요.」

하나에게서 문자가 들어왔다.

오랜만에 있는 휴무이기에 하나에게 온전한 휴일을 주고 싶었다. 그래서 내일 준후를 데리고 오는 것이 아니라 오늘 저녁에 데리고 오려고 했었다. 하지만 준후를 돌봐줘야 하는 송 실장의 저녁시간 사정이 여의치 않았다.

「송 실장님이 일찍 갈 겁니다.」

어차피 내일 가기로 했음에도 불구하고 문자를 보내는 도경의 마음은 괜히 미안했다.

❖

잠결에서도 휴대폰 벨이 울릴 시간이 아니라는 것이 느껴졌다. 급박한 전화 아니면 잘못 걸린 전화, 둘 중에 하나다. 인상을 구기며 침대 옆 협탁에 있는 휴대폰을 집어 들었다. 발신인이 송 실장인 사실을 확인하고 나서는 도경이 침대에서 튕기듯 일어났다.

"네, 송 실장님."

[죄송합니다, 부사장님. 주무시고 계셨을 텐데.]

"아닙니다. 무슨 일 있습니까?"

[장모님께서 갑자기 자식들 호출을 하셔서 요양원에 다녀와야 할 것 같습니다. 정신이 온전치 않으신 분이 갑자기 또렷해진 정신으로 다들 불러 내리는 게 좀 불안해서 안 가면 안 될 것 같습니다.]

"가보셔야죠. 준후는 걱정하지 마시고 다녀오십시오. 준후는 제가 보죠, 뭐."

[괜찮으시겠어요? 혼자 준후 보는 거 쉽지 않으실 텐데요.]

“제 걱정 마시고 다녀오십시오. 부디 아무 일 아니어야 할 텐데 말입니다.”

[그렇길 바랄 뿐입니다. 그럼, 고생하십시오, 부사장님.]

송 실장과 통화를 끝낸 도경은 침대에서 빠져나와 커다란 한숨부터 내쉬었다.

걱정하지 말라고 큰소리를 쳤지만 막상 닥친 현실을 생각하자 암담하기만 했다.

‘어떻게든 되겠지.’

자신을 여러 번 다독이며 하나의 집으로 갈 준비를 하는 동안 틈틈이 휴대폰으로 생후 2개월 아기 돌보기에 대한 정보를 찾아가며 육아 지식을 머릿속에 집어넣었다.

아기를 돌보는 것이 이론처럼 쉽지는 않겠지만 그래도 무지한 상태로 아이와 함께 있는 것보다 낫지 않겠는가.

집을 나서서 하나와 준후가 있는 아파트로 가는 길이 지옥훈련을 받으러 가는 길처럼 마음이 무겁고 두렵기까지 했다.

‘그래도 속옷 차림으로 튀어나올 일은 없겠지.’

하나가 들었으면 눈을 부라리며 불을 뿜었겠지만 도경은 그렇게라도 자신을 위로하지 않으면 안 되는 상황이었다.

아파트 현관 앞에 서서 인터폰을 눌렀다.

“어?”

송 실장이 아니어서 그런지 약간은 당황한 것 같은 눈빛으로 하나가 문을 열어주었다.

"실장님 개인 사정으로 인해 못 오셨습니다. 그래서 내가 준후를 봐야 하는 상황인데…… 이하나 씨가 이해해 줘야 할 게 있습니다."

"뭘……?"

"나도 사정상 준후를 집으로 데리고 갈 수 없어요. 그래서 여기서 준후를 돌봐줘야 하는데…… 괜찮겠어요?"

도경의 말에 하나가 인상을 구기며 한숨을 내쉬었다.

"괜찮지 않다고 하면 애 데리고 어디로 가려고요?"

"……뭐 배회를 해야……."

"됐어요. 일단 들어오세요."

하나는 젖은 머리를 타월로 털며 도경에게 A4 용지를 내밀었다.

"복남이 우유 먹일 양하고 시간이에요. 맞춰서 먹이면 되고요, 먹이고 꼭 트림시키세요. 그리고 울거나 보챌 때 어떡해야 하는지 써놨으니까 한번 보세요. 제일 중요한 거! 기저귀는 수시로 갈아주셔야 해요. 괜히 때 놓치면 엉덩이 짓물러요. 질문은 미용실 다녀와서 받을게요. 예약이 되어서 지금 나가야 하거든요."

교육이 제대로 이루어지지 않았는데 하나는 지갑을 달랑 들고서 현관을 나섰다.

그렇다고 그녀를 못 가게 막을 수도 없는 도경은 하나를 보내고 한동안 멍하니 서 있기만 했다.

지금은 천사처럼 잘 자고 있는 준후가 언제 깨어날지 몰라 초긴장 상태로 소파에 앉았다. 그리고 하나가 건네준 A4 용지를 찬찬히 읽었다.

제법 꼼꼼하게 써 내려간 하나의 메모로 인해 긴장 상태가 조금 풀어지기 시작했다. 하나의 메모대로라면 오늘 하루는 아무 걱정 없이 준후와 잘 지낼 수 있을 것 같은 자신감마저 생겨나고 있었다.

'이렇게 하는 거라면 뭐 별 어려움은 없을 같군.'

마음이 편해진 그의 입가에 어리는 미소에는 여유가 가득했다.

"응애! 응애!"

하지만 침실에서 들리는 준후의 울음소리에 방금 전까지의 여유와 자신감은 사라지고 도경은 바로 얼어버리고 말았다.

몸이 굳어버린 것처럼 뇌도 굳어버렸는지 아무 생각이 나지 않았다.

준후의 울음소리가 점점 커져 갈 때서야 멘붕을 겪고 있던 도경의 정신이 돌아왔다.

일단 울고 있는 준후를 안아 올렸지만 준후의 울음은 그칠 줄 몰랐다.

"우유를 먹여야 하나?"

이러지도 못하고 저러지도 못하고 엉거주춤 서 있다가 도경은 생전 안 해본 행동을 하기 시작했다.

"까꿍! 우르르르 까꿍!"

무릎도 접었다 폈다, 준후를 안고 있는 팔도 위아래로 움직이며 혀 튕기는 소리까지 내보았지만 허사였다.

진땀이 나기 시작했고 울다가 숨이라도 넘어갈까 겁도 나기 시작했다.

준후를 흔들침대에 눕히고 하나에게 전화를 걸었다.

"이하나 씨, 준후가 우는데 그치질 않아요. 어떡해야 됩니까?"

[휴, 달래주세요. 울지 않게.]

"그게 말처럼 쉬우면 내가 전화를 했겠습니까?"

[왜 짜증을 내요? 메모 안 봤어요? 울 때 체크해야 하는 사항들.]

그때서야 하나의 메모에 적혀 있던 구체적인 내용들이 떠올랐다. 준후의 울음에 당황해서 하나의 메모조차 떠오르지 않았었다. 하지만 그녀의 메모가 생각나자 마음이 진정이 되었다.

"봤는데…… 준후가 우니까 아무 생각이 나지 않아서…… 일단 알았습니다. 준후부터 봐야 하니 전화 끊을게요."

[저기요, 일단 공갈 젖꼭지부터 물려보세요.]

"알았어요."

도경은 통화를 끝내고 하나가 말한 공갈 젖꼭지라는 것을 찾아 준후에게 물렸다. 신기하게 준후가 울음을 그치고 젖꼭지를 빨기 시작했다. 그 평온을 이용해 도경은 하나의 메모를 다시 살폈다.

준후가 울 경우 첫 번째가 우유를 먹어야 할 때가 아닌지 확인하라고 되어 있었다.

"우유는 아니고."

두 번째가 기저귀.

팔다리를 바르작거리며 우는 준후의 내의를 힘겹게 벗겼지만 이번에는 기저귀를 어떻게 갈아야 하는지 몰라 동영상으로 확인한 후 어렵게, 진짜 너무도 힘들고 어렵게 기저귀를 갈아주었다.

그 잠깐 사이 도경의 얼굴은 물론이고 입고 있는 옷까지 땀으로 홀딱 젖어버렸다.

에어컨을 틀고 싶어도 어린아이한테 에어컨이 해로운 건 아닌지 걱정이 되어 쉽게 켜지도 못했다. 옷을 갈아입고 싶어도 입을 옷이 없어 인상이 구겨질 만큼 찝찝해 견딜 수가 없었다. 그 어떤 지식이나 경험 그리고 준비도 되지 않은 상태에서 아이를 키운다는 건 결코 쉬운 일이 아니라는 것을 도경은 제대로 체험하고 있었다.

혹시라도 준후가 또 울까 걱정된 도경은 딸랑이를 찾아다 열심히 흔들었다.

기분이 좋은 것처럼 팔다리를 움직이며 젖꼭지를 빼버린 입으로 옹옹거리는 준후의 모습을 보자 안도의 한숨이 나왔다. 그리도 동시에 도어록 열리는 소리가 들려왔다.

어릴 적, 집 나간 엄마가 돌아온다고 해도 기분이 이보다 더 기뻤을까 싶을 정도로 하나의 귀가가 너무도 반가웠다. 그런데.

분명 미용실을 간다며 집을 나설 때만 하더라도 평소와 다르지 않았던 그녀가 미용실이 아닌 다른 곳을 다녀왔는지 다른 사람이 되어서 나타났다.

산발이거나 상투를 틀어 올려 머리 꼭대기에서 달랑거리던 우스운 머리꼭지는 사라지고 윤기 있는 웨이브 머리가 어깨에서 찰랑거렸다.

얼굴은 또 어떠한가. 그녀의 피부에서 광이 나는 것 같았다. 입술은 꽃물이 든 것처럼 은은한 붉은색으로 촉촉하게 반짝였다. 눈화장을 어떻게 한 것인지 커다란 눈이 또렷해 보이면서 인상 전체가 선명해 보였다.

여자들의 화장술이 거의 변장술이나 성형술에 가까울 만큼 다른 사람으로 만들 수 있다지만 하나는 화장에 의해 단순하게 예뻐진 건 아니었다. 감추어진 미모가 드러났고 그녀의 얼굴은 그대로 있으면서 분위기가 우아하고 세련되게 바뀌어 있었다.

"왜 그렇게 봐요? 딴사람 같아요?"

도경은 대답하지 않은 채 자신의 시선을 하나에게서 준후에게로 옮겼다.

그녀의 질문에 대답할 수 없다기보다는 알 수 없는 떨림이 도경을 당황케 만들었기 때문이다.

"안 더워요?"

하나는 먼저 준후에게로 다가가 아이의 상태를 살피는 것 같았다.

"에어컨은 아이한테 안 좋을 것 같아서."

"이 찜통 같은 더위가 더 안 좋은 거예요. 바람만 직접적으로 복남이한테 안 가게 신경 쓰면 돼요. 옷 갈아입고 나올게요."

하나가 침실로 들어갔고 도경은 창밖의 한강을 바라보며 자신의 마음을 진정시켰다.

'저렇게 화장하고 꾸민 여자 모습 처음 보냐? 한도경, 별거 아닌 거에 흔들리지 말자. 애도 아니고.'

하지만 원피스까지 챙겨 입고 나온 하나의 모습에 미세한 떨림이 설렘으로 변해가는 기분이었다.

"복남아, 오늘은 아빠하고 행복한 시간 보내."

복남이의 뺨을 다독거려 준 하나가 도경에게 다가왔다.

"기저귀 갈아줬어요?"

"네."

"그럼 30분 정도 있다가 우유 먹이세요. 그거 먹으면 아마 잠잘 거예요. 그리고 깨면 바로 기저귀 갈아주고요."

"그러죠."

"파이팅입니다."

하나가 웃어주며 하이힐을 꺼내 신었다. 날씬하다 느껴진 그녀의 종아리가 더욱 날씬해 보였다.

"고생하세요."

하나가 뒤도 돌아보지 않고 밖으로 나갔다.

든든한 지원군이 떠나고 전쟁터에 철저하게 혼자 남은 것 같은 외로움이 밀려들었다. 그저 준후의 보모가 사라진 허전함이라 여겼다. 하지만 시간이 지나면서 그 감정이 변해갔다.

마치, 가정주부가 아이와 남편을 버리고 놀러 간 것 같은 배신감…….

스스로도 기가 막혀 헛웃음이 나왔지만 자신의 감정을 속일 수는 없었다.

결혼식이 있는 호텔의 연회장으로 올라가기 전에 로비에서 수정을 먼저 만나기로 했다.

먼저 와서 기다리고 있던 수정은 한껏 꾸미고 나온 하나의 모습을 보고 까르르 웃어댔다.

"왜 웃어?"

"이하나, 너 아주 칼을 제대로 갈았다? 와우!"

"당연하지! 이왕 원수 갚을 칼, 무디게 갈면 쓰겠니? 거금 들여 하객 패션 풀세트로 장만했다."

"거금 들인 보람 있다. 20년 가까이 널 봐왔지만 오늘이 제일 예쁘긴 하다. 가자."

하나는 수정과 함께 결혼식이 있을 연회장으로 올라갔다. 입구부터 즐비한 화환과 신랑 측 접수대에 몰려 있는 하객들을 보자 그 집안의 지위가 어느 정도인지 예측하는 건 어렵지 않았다.

"진호 선배 잘산다는 건 알았지만 집안이 이 정도인 줄 몰랐다.

화환 보내준 사람들이 죄다 대표고 이사고 그러네.”

하나는 수정의 말보다 식장 입구에 서 있는 신랑을 넋 놓고 바라보고 있었다.

큰 키에 날렵한 몸매, 얼굴마저 어디 가서 인물 좋다는 말을 들을 만큼 멀끔하게 생겼다.

‘아깝다.’

신부 대기실에서 내숭을 떨며 조신하게 앉아 있는 선경을 볼 때는 진심으로 부러워졌다. 한숨이 새어 나오는데 핸드백 안에서 휴대폰 벨이 요란하게 울렸다.

“여보세요?”

[준후가 우유를 다 먹지 않고 남겼는데 괜찮은 겁니까? 아니면 다 먹여야 하는 겁니까?]

“얼마나 남겼는데요?”

[20밀리리터 정도?]

“안 먹으면 억지로 먹이지 마요.”

[알았어요.]

별걸 다 가지고 전화한다고 생각했지만 그건 시작에 불과했다. 하나는 결혼식에 집중할 수 없을 만큼 여러 통의 전화를 받아야 했다.

엉덩이를 꼭 씻겨야 하는지, 잠들어 눕히려면 자꾸 깨는데 어떻게 해야 하는지, 잘 때 이불을 덮어줘야 하는지, 베개로 머리를 꼭

받쳐 줘야 하는지.

처음엔 짜증이 났지만 차라리 도경의 전화가 선경을 향한 샘나고 부러운 마음을 없애주었다.

도경의 전화가 더 이상 오지 않고 결혼식에 집중하면서부터는 공허함이 밀려들었다. 그러면서 다시 되돌릴 수 없는 현실을 받아들이기로 했다.

'그래, 정선경 저것도 능력이라면 능력인 거지.'

그러다 신랑이 신부를 위한 축가를 부르기 시작했다. 신부를 바라보는 신랑의 사랑스러운 눈길과 노래에 눈물과 미소를 동시에 보이고 서 있는 선경의 모습에 울컥하고 말았다. 선경이 부러워서라기보다는 집구석에 처박혀 앉아 남의 아이를 키우고 있을 수밖에 없는 자신의 무능력이 서러워서였다.

"특급 호텔이라 그런지 스테이크 맛이 장난 아니네."

"값이 어마어마하겠는데?"

"텐텐 붙어서 장난 아닐걸?"

"와인 맛도 좋아."

생각 없이 한 모금 마신 와인 향이 입안에 감돌자 하나의 가슴에도 와인과 같은 달콤한 향이 퍼지는 기분이었다. 그리고 그 달콤함이 음주 욕망을 불러일으켰다. 마음 편하게 술 마시고 싶다는 생각을 할 때, 그녀의 마음을 하늘이 알아주었는지 도경에게서 문자가 들어왔다.

「송 실장님께서 일이 해결되어 준후 데리고 갔습니다. 내일 아침에 데리고 온다고 하니 오늘 편하게 쉬어요.」

완전한 자유를 얻은 하나는 흥분된 얼굴과 목소리로 수정에게 말했다.

"수정아, 오늘 밤 우리 신나게 달리자. 아까 보니까 여기 호텔 뷔페에서 BBQ 축제에 맥주 무한정이라는데 오늘 위에 올라가자. 여차하면 잠도 여기서 잘까?"

"너 복남이 보러 들어가야 하는 거 아니야?"

"오늘 자유야. 복남이 내일 아침에 와."

"그래? 그런데 어쩌냐? 나 결혼식 끝나고 부산 가야 하는데."

"부산?"

"오늘 네가 이렇게 프리할 줄 몰랐지. 그래서 부산에 있는 정희한테 간다고 했지."

하늘이 무너지는 것 같았지만 10년 만에 대학 동창을 만나러 부산으로 가는 수정을 말리거나 막을 수는 없었다.

"할 수 없지, 뭐. 집에 가서 나 혼자 한잔해야지."

두 사람은 결혼식이 끝나고 저녁 시간을 함께하지 못함에 아쉬워하며 헤어져야만 했다.

하나는 오랜만에 만난 다른 친구들 중에서라도 누군가와 한잔하고 들어갈까, 생각했다. 하지만 그녀는 힘들고 고된 육아와 잘 풀리지 않는 그녀의 씁쓸한 인생을 위로해 줄 사람이 필요했다.

하지만 오늘 만난 친구들은 하나와 깊이 있는 우정을 나눈 친구들은 아니었다.

허전한 마음으로 아파트에 도착해 단지 내 편의점에 들어갔다. 맥주를 마실까, 소주를 마실까, 고민에 빠져 선뜻 술병을 잡지 못하고 있을 때,

"어? 이하나 씨?"

다정한 목소리로 그녀를 알은체하며 다가오는 훈남이 있었으니 민준이었다.

우울하고 외롭던 마음은 민준의 미소에 모두 사그라져 버렸다.

"안녕하세요?"

"이사 오신다고 하더니, 이렇게 만나네요. 하마터면 못 알아볼 뻔했어요. 좋은 데 다녀오시나 봐요?"

민준의 말에 속옷이나 다름없는 차림으로 그와 마주했던 그날이 떠올라 얼굴이 붉게 달아올랐다.

"친구 결혼식이 있어서……."

"그런데 왜 이렇게 일찍 들어오세요? 신랑 측 친구들이 그냥 놔두지 않았을 것 같은데. 준후 때문에 그냥 오신 건가?"

"그냥…… 별로 어울리고 싶지 않아서."

"그래요? 난 토요일이라 진료 끝내고 들어가는 길이에요. 집에 들어가서 한잔하려고. 혹시 하나 씨도 한잔하려고 이 앞에?"

"네. 오늘 준후도 없고 해서요."

"오, 그럼 우리 주말이 외롭고, 할 일 없는 사람끼리 요 앞 치킨집에서 치맥 어때요?"

이게 무슨 횡재니? 수정과 함께하지 못한 아쉬움과 서운함이 이런 행운으로 다가 오다니.

되는 일이 없어 보여도 보이는 게 다가 아닌 거다.

하나는 고개를 끄덕였다.

"갑시다."

민준은 당장 하나를 데리고 치킨집으로 가려 했다. 하지만 하나는 입고 있는 원피스와 신고 있는 하이힐이 너무 불편했다.

"저기, 집에 가서 옷 좀 갈아입고 가면 안 될까요? 돌려 드릴 가운도 가져와야 하고."

"그래요, 그럼. 가서 편한 옷 입고 나오세요. 단! 그때 그 차림은 좀 곤란해요."

이 양반, 은근 짓궂네.

"농담이에요. 먼저 가서 기다리고 있을 테니까 천천히 나오세요."

민준은 하나에게 치킨집 위치를 알려주었다.

"치킨은 프라이드? 아님 양념? 어떤 걸로 시켜놓을까요?"

"반반이요."

"아! 좋은 생각입니다."

민준의 미소는 상대를 기분 좋게 만드는 묘약 같다는 생각을 하며 하나는 빠르게 집으로 향했다. 치킨집에 혼자 앉아 자신을 기다리고 있을 민준이 신경 쓰여 하나는 급하게 도어록을 누르고 거실로 뛰어들어 갔다. 원피스를 벗어 던지는 신공을 펼치면서. 그런데,

"엄마야!"

거실 소파에 도경이 누워 있는 게 아닌가.

품새가 자고 있었던 것 같은데 하나가 내지른 비명에 그가 놀라 일어났다.

그런데 그도 상체가 탈의되어 있는 것이 아닌가!

바닥에 떨어진 원피스를 주워서 침실로 뛰어들어 가며 화난 목소리로 물었다.

"안 가고 여기서 뭐 하고 있는 거예요?"

"너무 피곤해서 잠깐 쉬었다 간다는 게 그만. 놀라게 했다면 미안해요."

당황하고 놀란 건 도경도 하나 못지않았다.

송 실장이 준후를 데리고 간 후 급성으로 밀려드는 피곤함을 이길 수가 없었다. 그리고 땀으로 젖은 옷이 무엇보다 찜찜해 간단하게 말린다고 널어놓고는 소파에 누웠다. 생전 해보지 않은 육아로 인해 지친 심신을 쉽게 추스를 수 없어 소파에 널브러져 있었는데 잠이 들었었나 보다. 소파에서 잠들었음에도 불편한 것도 모르고 꿀잠을 자고 있었는데.

고의는 아니었지만 많이 놀란 것 같은 하나에게 사과를 하고 가야 할 것 같아 건조대에 널어놓은 셔츠를 챙겨 입고 거실에 그대

로 앉아 있는데 하나가 침실에서 나왔다.

오전에 나갈 때의 예쁜 얼굴 그대로였다. 옷차림만 바뀌어 있었다. 그런데 평소 집에서 입던 후줄근한 백수 패션이 아니다. 차려입었지만 별로 차려입은 티가 나지 않은, 그래서 그녀만의 분위기가 더 돋보이고 원피스 차림보다 더 예뻐 보였다.

"어디 나갑니까?"

라는 질문이 끝남과 동시에 그녀의 손에 들려 있는 하얀 가운이 도경의 눈에 들어왔다.

"서 원장님한테 이거 돌려 드리려고요."

"주말이라 병원 진료 시간 끝났을 텐데."

"요 앞에서 기다리고 있어요."

도경은 요 앞이라는 것이 현관 밖에서 기다리고 있다는 걸로 알아들었다. 그녀 혼자 있는 집에 들이기 뭐해 현관 밖에 세워둔 것일 거라고.

"들어오라고 해요."

자신이 있어 들어와도 상관없다고 생각한 도경이 민준을 들이기 위해 현관을 열었다.

"어?"

"치킨집에서 같이 맥주 한잔하기로 했어요."

하나가 신발장 안에서 운동화를 꺼내 신으며 말했다. 그래서 그녀는 도경의 인상이 심하게 일그러졌다가 이내 펴졌다는 사실을 알지 못했다.

"그럼 나도 같이 합시다."

도경이 거실에 놓인 자신의 휴대폰을 가지러 갔다. 그래서 그 역시도 하나의 인상이 구겨졌다 펴지는 걸 눈치채지 못했다.

"같이요?"

"네. 민준이를 내가 모르는 것도 아니고, 안 그래도 저녁에 같이 한잔하려고 했었는데 잘됐네요."

도경이 하나보다 먼저 현관문을 열고 밖으로 나왔다.

두 사람이 모르는 사이도 아니고 오히려 자신보다 두 사람의 관계가 돈독한 사이라 하나는 도경에게 뭐라 할 말이 없었다.

어색한 거리를 유지하며 도경과 함께 민준이 기다리고 있는 치킨집으로 향하는 길에 도경이 하나에게 물었다.

"민준이하고 친해진 겁니까? 맥주 한잔할 만큼?"

"친해질 시간이 어디 있어요? 오늘 같은 자유의 시간 언제 또 올지 몰라서 맥주나 한잔하려고 편의점에 들어갔다가 우연히 만났을 뿐이에요. 서 원장님도 한잔하려고 했다고. 그냥 주말이 외롭고 할 일 없는 사람끼리 한잔하자고……."

내가 왜 이 남자한테 구구절절 설명하고 있지.

자신의 모습이 도경 앞에서 우스워 보일 것 같아 입을 다무는데 그가 무표정으로 또 다른 질문을 던졌다.

"서 원장이 외롭대요?"

"……."

도경에게서 '이하나 너 서민준한테 속았어' 라고 비웃고 있는 것 같은 묘한 미소가 보였다. 그런 도경의 표정이 얄미우면서도 마음 한편에서는 민준에 대한 의아심이 생겨났다.

'하긴, 잘생기고 집도 잘사는 것 같은 싱글 의사가 이런 주말에 외롭다는 건 좀 그렇지. 여자들이 줄을 설 텐데……. 뭐…… 내가서 원장님하고 뭘 어떻게 해보려는 것도 아니었는데…….'

실망할 이유가 없다고 생각했지만 어딘가 모르게 허전해 오는 건 어쩔 수 없었다.

그러는 사이 민준이 기다리겠다고 한 치킨집 앞에 도착했을 때 하나의 휴대폰 벨이 울렸다. 하나가 전화를 받는 사이 도경이 앞서 들어갔다.

"어? 선배…… 어떻게 같이 왔어요?"

"이하나 씨 집에 있었는데 같이 한잔하기로 했다기에 따라왔어."

민준의 표정이 조금은 당황한 것 같았다.

하지만 더 당황한 건 도경이었다. 좀 전 하나에게도 그렇고, 방금 민준에게도 그렇고, 이상하게 두 사람에게 삐뚤어진 반응을 보이는 자신이 낯설고 어이없어 당황스럽기만 하다.

"혹시……?"

"상상은 금물. 일단 편하게 마시자. 안 그래도 너한테 한잔하자고 전화하려고 했는데."

상상은 금물이라지만 한 가지는 분명했다. 민준은 도경이 하나에게 다가서려는 자신을 철통 방어 하고 있다는 것을 확신했다. 다만, 도경이 하나에게 마음이 있는 건지, 아니면 오직 준후만을 위한 방어인지는 알 수가 없었다.

그때 하나가 들어왔고 세 사람 앞에 맥주와 치킨이 놓여졌다.

"여기, 가운이요."

"천천히 주셔도 되는데……. 준후는 건강하죠?"

"네. 밤에 깨서 우유 먹는 시간도 줄었어요. 그것만으로도 정말 살 것 같아요."

"백일 지나고 나면 수면 패턴이 어느 정도 규칙적이 되어서 수유 때문에 밤에 일어날 일은 없을 겁니다."

하나와 민준이 도경은 끼어들 수 없는 준후에 대한 대화를 이어갔다.

도경에게 알 수 없는 소외감과 짜증이 슬슬 밀려오려 할 때였다. 민준의 휴대폰 벨이 울렸다.

"네, 어머니."

모친에게 걸려온 전화를 받은 민준이 통화 후 좋지 않은 얼굴을 하며 자리에서 일어섰다.

"죄송해요. 어머니 호출이 있어서 들어가 봐야겠어요."

"그래, 들어가 봐. 어머니 화나서 여기까지 오시게 하지 말고."

"하, 정말 우리 어머니 그 불같은 성질은……. 들어갈게요, 선배. 하나 씨 오늘 많이 아쉬우니까 나중에 기회 되면 그때는 제대로 한잔해요."

민준이 하나에게 말을 건네며 도경의 인상을 살폈다. 역시나 예상대로 무표정의 얼굴이 더욱 굳어지는 게 보였다.

"네."

아무것도 모르는 하나의 대답을 들으며 민준이 미소를 보였다.

"여기까지 계산은 제가 하고 갈게요."

카운터로 가서 계산을 하려던 민준이 다시 테이블로 돌아왔다.

"……?"

"두 분 잘 어울리십니다. 사귀셔도 될 것 같습니다."

민준이 짓궂게 웃으며 자리를 떴고 도경과 하나 단둘이 마주 앉아 있었다.

'누구하고 사귀라는 거야? 이런 조폭하고 사귀긴 뭘 사귀어? 사람 좋게 봤는데 아니었구만. 쳇! 오늘도 되는 날이 없구나. 수정이하고도 못 있고, 서 원장과의 희망도 사라지고. 시간만 속절없이 흘러가고.'

날이면 날마다 오는 자유가 아니기에 아무 재미도 없는 도경과 앉아 시간을 보내고 있다는 사실에 괜히 화가 나고 억울했다.

"어우, 시간 아까워."

마음에 담고 있던 말이 튀어나오고 말았다.

"시간이 아깝다고요?"

"네! 이런 자유를 누릴 수 있는 기회가 난 1년에 10번밖에 없다는 거 잘 알잖아요! 그중에 피 같은 자유의 시간이 이렇게 아무 재미도 없이 치킨집에 앉아 한도경 씨하고 술 마시는 거…… 시간 아까워요."

"피 같은 자유의 시간에 그럼 뭘 해야 안 아까운 겁니까?"

막상 도경의 질문을 받고 보니 답을 할 수가 없었다. 딱히 하고 싶은 것도 없었지만 그만큼 시간을 즐기며 살았던 적도 없었다.

매일 집에 처박혀 몇 년을 공무원 시험에 매달렸고 직장 생활을 하는 얼마 안 되는 시간에도 늘 휴일에는 잠이나 수정과의 음주로만 보냈었다.

마음 울적해진 하나가 앞에 놓인 맥주를 벌컥벌컥 들이켰다.

"그러게요. 뭘 해야 안 아까울까요?"

"클럽 좋아해요?"

도경은 뭔가 우울할 때는 클럽이 최고라는 혜진의 말이 떠올라 물어본 것이었다.

"아니요. 그런 데는 정신 사나워요. 춤도 못 추고."

"영화는?"

"요새 무슨 영화 하는지도 모르겠고 보고 싶은 영화도 없어요. 그런데…… 왜 물어요? 클럽 좋아하면 데리고 가주려고요?"

도경이 고개를 끄덕거렸다.

"왜요?"

대놓고 왜냐고 묻는 하나의 질문에 도경이 순간 당황하여 스스로에게 되물었다.

'그러게 왜?'

본인 스스로에게 나온 답은 그냥 그렇게 해주고 싶다는 게 다였다. 하지만 입으로는 마음과 다른 대답이 나왔다.

"이 자유의 시간을 잘 보내야 내일부터 준후를 보는 데 힘이 될 것 아닙니까?"

"아! 그렇긴 하죠. 그럼……."

그러는 순간 하나의 머릿속으로 스쳐 가는 생각이 있었으니, 수정과 함께하지 못한 호텔 이벤트에 대한 아쉬움이 떠올랐다.

그렇다고 그곳까지 이 남자가 함께 가줄까?

"말해 봐요."

마치 가줄 것처럼 그가 재촉했다.

"오늘 친구 결혼식이 J호텔에서 있었거든요. 그런데 가든 뷔페에서 BBQ에 맥주 무한정이라는 이벤트를 하더라고요. 가고 싶었는데 친한 친구 사정이 생겨서 못 가고 왔어요. 거기…… 가고 싶어요."

"어려운 것도 아니네요. 갑시다."

거의 손도 안 댄 치킨을 그대로 남겨놓고 도경이 자리에서 일어섰다.

"이거 아까우니까 싸다가 집에 놓고 가요. 이런 거 있으면 끼니 때 놓쳤을 때 데워서 바로 먹을 수 있어 좋아요. 설거지 거리도 안 나오고.”

하나가 주인에게 남은 치킨을 포장해 달라고 부탁했다.

“아직도 준후 보느라 식사 제때 못합니까?”

“그때처럼 아주 못하지는 않아요. 이젠 좀 요령이 생겨서 밥은 먹어요.”

도경은 다행이라는 생각이 들었다. 준후를 돌보는 일이 정신적으로나 육체적으로 강하지 않으면 견딜 수 없는 중노동이라는 것을 알았다. 그 고된 일을 하는 그녀가 건강을 잃지 않았으면 하는 바람이었다. 자신과 준후를 위해서가 아닌, 그녀 자신을 위해서.

그 순간 도경은 준후보다 하나를 더 많이 걱정하고 생각하고 있는 자신을 발견했다.

막연하게 그녀를 걱정했을 때와 달리 자신이 진심으로 걱정하고 있다는 걸 알고 나니, 가슴이 울렁거렸다.

하나를 향한 자신의 마음이 휘청거렸다는 걸 도경은 느꼈다.

‘내가 왜 이러지?’

일반 예식장 뷔페와는 비교할 수 없는 차원의 음식들과 럭셔리한 분위기, 그리고 라이브로 흐르는 재즈 음악. 통유리로 보이는 인공 정원마저도 감탄이 나올 만큼 J호텔의 가든 뷔페는 그 어떤 호텔에서도 따라올 수 없을 만큼 완벽한 곳이었다.

더구나 입안에서 살살 녹는 바비큐와 목 넘김이 부드러운 생맥주가 기분을 황홀하게 해주니 그동안의 스트레스와 오늘 느낀 서글픔 따위는 사라진 지 오래였다.

마음이 들뜨고 기분이 알딸딸해져서일까?

그동안 복남이를 봐준 그녀에게 제대로 보상해 주는 것 같은 한도경이 다르게 보이기 시작했다. 조잔하게 치킨집에서 후배가 계산한 치킨과 맥주로 끝나지 않고 그녀가 원하던 것을 두말없이 들어준 그가 의외로 괜찮은 남자일지 모른다는 생각이 들었다.

돌이켜 생각해 보니 오늘이 아니더라도 그녀를 위해 그가 해준 것들은 꽤 많았다.

송 실장을 시켜 커피를 사주었던 것과 먹거리 음식들을 챙겨다 준 것, 아예 커피 머신을 사다 준 것도 그렇고.

늘 송 실장에게만 고맙다는 말을 했지, 정작 도경에게 고맙다는 말을 한 적이 없었다. 하나는 그 사실을 깨닫고 진심으로 고맙다는 말을 건넸다. 특히나 자칫 많이 우울하고 힘들었을 오늘을 산뜻하게 마무리 지을 수 있게 해주어서 고마웠다.

"고마워요."

"……?"

하나의 뜬금없는 표현에 도경이 하나를 빤히 바라보았다.

"여러 가지 고마운 것들이 있지만 특히 오늘 두말없이 여기 와 준 거요."

그 말에 도경이 보일 듯 말 듯한 미소를 지었다.

"오늘 준후를 돌보면서 많이 느꼈어요. 애 보는 일이 생각하는 것만큼 쉽지 않다는 걸. 그냥 힘들 거라고 막연하게 이해하는 것과 직접 경험하는 거하고는 역시 천지 차이더군요. 많이 고될 텐데 준후 잘 돌봐줘서 내가 고마워요. 진심입니다."

'뻣뻣한 재수탱이였는데…… 진짜 변했네. 저렇게 점잖게 나오니까…… 남자로…… 보인다.'

술이 들어가서 그런지 그의 변화가 하나의 마음을 술렁이게 했다.

"그리고 여기 생맥주 좋아하는데 덕분에 마실 수 있어서 고맙고요."

저 남자 목소리가 원래 저렇게 부드럽고 달달했나?

아무래도 과하게 술이 들어간 것 같아 찬물로 얼굴을 두드리며 정신을 차려야겠다는 생각이 들었다.

"잠깐…… 화장실 좀 다녀올게요."

하나는 빠른 걸음으로 화장실로 향했다.

'이하나, 너 오늘 저 남자 앞에서 술 취해서 실수하면 큰일 난다.'

부드럽고 맛있는 고기와 맥주가 많이 아쉽지만 더 마시면 안 될 것 같은 생각을 하며 화장실 안으로 들어갔다.

"무슨 이벤트를 해주려는지 먼저 올라가겠다고 하고 올라갔어. 호호호. 기대돼. 그 남자 이벤트 한 번 하면 제대로 하거든. 오늘이 첫날밤인데 얼마나 대단한 걸 준비했을지 궁금하고 떨려. 호호호."

목소리마저 들어주기 얄미운 선경의 목소리가 화장실 옆으로 이어져 있는 파우더 룸에서 들려왔다.

'새치기로 남의 것 빼앗아가서 누리는 호사가 그리 좋더냐? 이 치사하고 얍삽한 계집애야!'

도경으로 인해 살랑였던 마음에 성난 파도가 무섭게 일기 시작했다.

'너를 지금의 행복한 마음 그대로 첫날밤을 보내게 하고 싶지 않다. 내가 그만큼 속이 좋은 여자가 아니다, 정선경.'

악담을 퍼붓기 위해 파우더 룸으로 들어가려다 밖으로 나오는 선경과 맞닥뜨렸다.

"어? 너…… 아직 안 갔어?"

선경이 시계를 보며 물었다. 아무래도 손목에 찬 예물 시계가 값깨나 나가는 모양이었다.

"왜 안 갔어? 혹시 신랑 친구들하고 애프터 파티라도 할 줄 알고 기다린 건 아니지?"

"그런 거 해도 그 자리에 안 갔을 텐데, 미쳤다고 이 시간까지 있니? 네 신랑이 뭐가 그렇게 대단하다고. 성격이 썩은 애인 줄 모르고 널 선택한 불쌍한 남자인데."

"야! 이하나!"

"내가 웬만하면 축하를 해주고 싶은데 내가 또 빈말은 잘 못하잖니. 딱 네가 사람들에게 베푼 만큼만 받고 살아라. 복 대신 시기와 질투를 베풀며 살았다는 게 문제라면 문제지만."

"시기 질투는 지금 네가 하고 있는 것 같은데?"

"애 아줌마 길로 들어서는 널 왜 내가 시기 질투를 하니? 옛말에 준 대로 받는다는 말이 있거든. 난 네가 남들한테 한 것만큼 똑같이 받고 살았으면 좋겠어. 남의 것을 빼앗았으면 네 것도 언젠가 빼앗기게 되길 바라. 그게 어떤 것이든."

무서운 독설을 내뱉은 하나가 화장실을 나서는데 선경이 뒤따라 나오며 하나를 잡아 세웠다.

"빼앗길 게 없는 너 같은 애들의 열등감을 내가 좀 아는데, 적당히 좀 해라, 보기 안됐고 흉하다. 내가 참아줄게. 내가 너보다 가진 것도 많고 그래서 우월하고 그래서 더 여유 있으니까. 비록 지금은 아무것도 가진 게 없다고 절망하지 마. 부디 빼앗길 무언가가 너한테 생기길 바라줄 테니까."

"저, 저!"

선경이 여유 있게 몸을 돌리며 걸어갔다.

당장 따라가 머리채를 잡고 흔들어주고 싶었다. 장소가 호텔의 고급 뷔페 레스토랑이 아니었으면 그러고도 남았을 것이다. 하지만 하나는 그러지 못하고 거친 숨만 몰아쉬며 그 자리에 서 있기만 할 뿐이었다.

'저 계집애, 저걸 어떻게 죽이지!'

화가 용암과 같이 부글거리며 끓어오르고 있는 그때.

"무슨 일이에요?"

도경이 옆에 와서 걱정스럽게 물었다.

"아니에요, 아무것도."

붉으락푸르락 얼굴 낯빛은 엉망인데 하나는 아니라고 대답하며 자리로 와서 앉았다. 그리고 잔에 차 있는 맥주를 벌컥벌컥 들이켜며 원샷을 해버렸다.

맞은편에 앉은 도경이 그녀를 걱정스럽게 바라봤지만 하나는 맥주 한 잔을 더 채워왔고 또다시 단숨에 비웠다.

"친구는 진짜 잘 사귀어야 될 거 같아요. 나중에 복남이 크면 어떤 친구들을 만나는지 꼭 체크하세요."

"같이 있던 분이 친구였습니까?"

"친구는 개뿔!"

하나의 숨소리는 아직도 거칠었다. 무엇 때문에 그녀가 화가 났는지, 좀 전에 있던 여자와는 친구 같아 보이는데 왜 저렇게 흥분을 하는 건지 도경은 궁금했다. 평소의 그라면 자신과 상관없는 그 일에 관심도 없었을 텐데 이상하게 관심이 갔다.

"오늘 결혼한 신부예요."

하나가 슬슬 사연을 풀어내기 시작할 것 같더니 빈 맥주잔을 보며 한숨을 내쉬었다.

"한 잔 더 가져다줘요?"

"그래 주면 고맙고요."

도경이 하나에게 맥주 한 잔을 더 가져다주었다. 취기가 오른 것 같은 그녀가 조금은 위태로워 보였지만 오늘 결혼한 친구와 어떤 일이 있었는지 궁금해서 말릴 수가 없었다.

도경은 맥주 거품까지 보기 좋게 채운 맥주잔을 하나 앞으로 놓아주었다.

“결혼한 신부라면 친구잖아요. 오늘 친구 결혼식이라고…….”

“오늘 어쩌면 내 결혼식이 될 뻔도 했어요.”

맥주를 넘기던 도경의 움직임이 멈췄다. 하마터면 그는 맥주를 뿜을 뻔했다.

친구가 남자를 빼앗아갔나? 남자가 이하나의 친구와 눈이 맞아 그녀를 배신을 했나?

순식간에 드라마 같은 사연이 도경의 머릿속에 그려졌다.

“아니다, 난 소개받은 첫날부터 남자를 유혹해서 아이부터 갖는 재주는 없으니까…… 오늘은 아니었겠다.”

“……?”

들을수록 궁금해지는 그녀의 사연. 마치 주부들이 막장 드라마에 빠져 다음 회를 궁금해 하며 챙겨 보는 마음을 이해할 수 있을 것 같았다. 그걸 이해할 수 있는 자신은 정작 이해할 수 없었지만.

“내가 꼭 저 남자보다 더 잘생기고 키도 더 크고 직장도 더 좋은 남자하고 결혼해서 복수하고 말 거야. 저기요, 복남 아빠. 혹시 주변에 키 크고, 잘생긴 남자 없어요? 아! 조폭은 안 돼요! 직장이 좋아야 해요. 이왕이면 시댁 될 집안도 좋고.”

조폭? 갑자기 조폭이 왜 나왔는지는 모르지만 키 크고, 잘생기고 직장 좋은 남자 하나는 있다.

'나밖에 생각이 안 나는데…….'

순간, 도경은 자신의 넉살 좋은 생각에 스스로를 의심했다. 본인은 물론이고 타인에게도 빡빡한 그가 이런 뻔뻔스러운 자신감을 품고 있다니.

'취한 건가?'

하지만 수치심에 괴로운 도경의 마음을 모른 채 하나는 제 말을 계속 이어갔다.

"그런데 그런 남자가 있다고 해도 내가 안 되겠죠? 인서울 4년제 대학 졸업했지만 변변한 직장도 없고, 어려서부터 예쁘다는 말을 듣고 자랐지만 든든한 집안의 백이 있는 것도 아니고……. 그래도 나…… 정선경 그거보다는 훨씬 나은데. 성격도 인격도."

취해서 혼잣말을 하는 건지, 아니면 자신에게 넋두리를 하는 건지.

초점이 또렷하지 않은 하나가 중얼거렸지만 발음이 정확한 걸 보면 주사를 부리는 것 같지는 않았다.

"그렇죠? 복남 아빠, 내가 가끔 욱하는 건 있어도 나 그렇게 성격이나 인격이 밑바닥은 아니지 않아요?"

"욱하는 성격이 매력이죠."

도경의 말에 하나가 까르르 웃었다. 그녀의 웃음소리가 도경의 가슴에 메아리쳐 울렸다.

술 취한 여자의 정신 나간 웃음이 아닌 순수한 여자의 장난기 가득한 웃음소리로 느껴졌다.

'진짜 취한 건가?'

도경은 아까부터 말도 안 되는 생각을 하는 자신이 취해가고 있는 게 아닌가 했다.

그런데 갑자기 웃음을 멈춘 하나가 도경을 뚫어지게 바라보았다.

"여기 있었네."

"……?"

"잘생기고 키 큰 남자."

하지만 이내 그녀의 입에서 한숨이 새어 나왔다.

"그런데 조폭이야. 그리고 미혼부야."

미혼부라는 말은 이해할 수 있었다. 준후가 있으니까. 하지만 조폭은? 좀 전에도 조폭 어쩌구 하더니.

"저기 이하나 씨, 조폭이란 게…… 나를 두고 하는 말입니까?"

"네! 복남 아빠 조폭인 거 나 눈치채서 알고 있었어요. 다 보이더라고요. 조폭만 아니었어도…… 내가 사귀자고 했을 텐데."

평소라면 할 수 없는 말을 그녀는 아무렇지 않게 하고 있었다. 도경은 하나의 말에서 그녀가 취했다는 걸 알았다.

"갑시다. 취한 것 같으니까."

"진짜 취하고 싶은데…… 복남 아빠 앞이라 지금 정신 똑바로 차리고 있는 거예요. 안 취했어요. 저기요, 복남 아빠. 우리 나가서 딱 한 잔만 더 할까요? 이런 데 말고 술집. 편하게 술 마시고 대화할 수 있는 그런 술집 가서 딱 한 잔만 더 해요."

"일단 일어납시다."

도경은 하나를 데리고 가든 뷔페를 나왔지만 고민이었다. 한 잔 더 하자는 그녀를 데리고 술집을 가야 하는 건지, 아니면 더 위험한 상황이 오기 전에 그녀를 데리고 집으로 가야 하는 건지.

"호텔에는 좋은 바도 있지 않아요? 거기 가요. 이번에는 내가 살게요."

"취한 것 같은데 그냥 집으로 가죠."

"안 취했다니까. 남자하고 술 마실 때는 취할 때까지 안 마셔요. 걱정하지 마요."

도경은 그 말을 믿지 말아야 했다. 취한 것 같았지만 발음은 똑바로 하는 그녀의 취기가 심하다는 걸 느끼지 못한 도경은 그녀를 데리고 스카이라운지 바로 올라갔다. 그리고 그곳에서는 횡설수설하는 하나의 말을 들으며 도경이 술을 좀 마셨고 어느 순간 그도 정신이 몽롱해지기 시작했다.

'취하면 안 되는데…….'

그런 걱정에도 불구하고 옆에 앉은 하나의 수다를 들으며 도경은 앞에 놓인 술잔을 비웠다.

6. 그 사고 이후

"꺄악!"

여자의 비명 소리에 도경의 눈이 떠졌다. 그도 놀라기는 마찬가지였다.

여자와 한 침대에 있다니. 그것도 이하나와.

시트로 온몸을 감싸며 도경을 죽일 듯 노려보는 하나의 시선에 도경은 지난밤의 기억을 더듬었다. 그리고 자신의 기억하는 부분을 그녀에게 털어놓기 시작했다.

술 취한 하나는 끝내 몸을 가눌 수 없을 만큼 인사불성이 되었고 함께 취해 버린 도경이 그녀를 데리고 집까지 가는 건 무리일 것 같아 룸을 잡았다는 것.

"그래서요?"

"그게 다예요."

"그게 다라뇨?"

"나도 기억이 거기까지밖에 안 납니다."

"그런데…… 내 옷이 왜……? 그리고 복남 아빠 당신도……."

하나는 기본적인 속옷만 입고 있는 자신의 몸을 시트로 가렸지만 무방비 상태로 있는 도경은 상의가 탈의되어 아무것도 입고 있지 않은 상태였다.

그 와중에 그의 다부진 복근과 보기 좋게 자리 잡은 잔근육들이 하나의 눈에 들어왔다.

"나 원래 벗고 자는 버릇이 있어서……."

도경이 팬티 차림인 그대로 침대에서 벗어났다. 그 모습에 놀란 하나가 시트를 머리끝까지 뒤집어쓰며 비명을 질러댔다.

"욕실에 가서 옷 입고 나올 테니까, 이하나 씨도 얼른 옷 입어요."

도경이 욕실로 들어가는 것 같은 소리를 들은 다음 하나는 시트 속에서 빠져나와 바닥에 떨어진 자신의 옷을 급하게 껴입었다.

아무리 술에 취해 이성을 잃었다고 해도 이건 아니었다. 다른 사람도 아닌 복남이 아빠와. 차라리 첫 인상에 호감 갔던 서민준 원장과 사고를 쳤으면 납득이라도 하겠지만 이건 너무나도 뜬금없는 대형 사고다.

술 마시기 전에 매너 있게 변한 그에게, 그리고 술을 마시고 나서는 자신의 말을 토 달지 않고 조용히 들어주는 그에게 흔들린 건 사실이다. 순간, 순간 그가 복남 아빠가 아닌 남자였던 때가 있었다. 그렇다고 해도 이건…….

'앞으로 복남이 얼굴을 어떻게 봐. 아, 창피해. 어제 화장도 안 지우고 잤으면 얼굴도 엉망일 텐데…….'

하나가 콘솔 위에 붙어 있는 거울로 자신의 얼굴을 확인했다. 의외로 얼굴은 멀쩡했다. 마치 깨끗하게 클렌징을 하고 잔 것처럼.

아무리 어젯밤 기억을 떠올리려 해도 그녀 역시 생각나는 건 도경과 함께 바에서 술 마신 것밖에 없다. 룸으로 들어온 기억은 나지 않는다.

머리에서 쥐가 난 것처럼 괴로운 그 순간 욕실에서 멀쩡한 모습으로 도경이 나왔다.

"음…… 염려했던 사고는…… 절대 없었을 겁니다."

그걸 어떻게 장담하냐고! 기억도 안 난다면서!

"그러니 너무 어젯밤에 대해 신경 쓰지 마요."

도경의 말에 한숨이 나왔다. 사고가 있든지, 없든지 이건 신경을 안 쓴다고 해서 잊어지는 일이 아니다.

그의 말이 사실이라면 다행이지만 무슨 근거로 그런 말을 하는 건지 알 수 없었지만 어떻게 확신하느냐 물을 수도 없었다. 그저 아무 일도 일어나지 않은 것처럼, 어제 함께 룸에 들어와 한 침대에서 자고 일어난 사고가 터지지 않은 것처럼 빨리 이 순간, 이 룸을 벗어나고 싶은 마음뿐이었다.

"나가죠, 일단."

하나가 룸을 서둘러 나왔고 그 뒤를 따라 도경이 나왔다. 함께 엘리베이터에 올라 하나는 1층을, 도경은 차가 주차되어 있는 지하층을 눌렀다.

"데려다줄게요."

"괜찮아요. 택시 타고 갈게요."

도경이 인상을 쓰며 하나를 바라봤지만 하나는 그의 시선을 무시하고 정면만 쳐다보고 있었다. 두 사람 사이에 뭔가 험악한 것 같은 분위기가 흐르는 그때, 하나의 휴대폰 벨이 울렸다.

"허억!"

발신인이 송 실장이라는 걸 확인한 하나가 도경의 눈치를 살피며 겨우 전화를 받았다.

"여보세요?"

[하나 씨? 어디 있어요? 인터폰을 아무리 눌러도 반응이 없어서. 집에 없습니까?]

"……네. 제가 어젯밤에 일이 있어서 집에 못 갔어요. 지금 가고 있는데…… 어떡하죠?"

[차 안에 준후하고 있을게요. 도착해서 전화 줘요.]

"네. 죄송해요."

통화를 끝낸 하나가 입술을 깨물며 창피한 듯 고개를 숙였다. 그리고 동시에 도경의 휴대폰 벨이 울렸다.

"네, 실장님."

도경의 목소리에 하나의 고개가 그에게 획 돌아갔다.

[회장님께서 아침 일찍 전화하셨습니다. 부사장님 모시고 본가로 오라고.]

"본가에는 제가 알아서 가겠습니다. 회장님께 제가 전화드릴 테니 신경 쓰지 마시고 오늘 편하게 쉬십시오."

[네.]

회장님? 무슨 회장님? 조직의 보스? 본가? 안가가 아니고?

도경의 통화 내용을 들으며 엉뚱한 상상에 빠져 있는 사이 엘리베이터가 어느새 1층을 지나 지하층에 와 있었다. 하나가 다시 1층을 누르려는데 도경이 그녀의 손을 잡고 엘리베이터에서 내렸다.

"그냥 내 차 타고 가요."

"됐다고요! 그리고 집 앞에 송 실장님 와서 기다리고 있단 말이에요. 절대 같이 갈 수 없어요."

"실장님 눈에 안 띄게 단지 앞에서 내려줄 테니까 타요."

"싫다고요!"

하나가 아직도 자신의 손을 잡고 있는 도경의 손을 격하게 뿌리

치며 발걸음을 옮겼다.

“이하나 씨!”

들어도 못 들은 척 하나는 제 갈 길을 갔다.

“이하나 씨!”

‘저 남자는 술이 떡이 돼서 호텔 룸에서 함께 잤다는 게 쪽팔리지도 않나? 아니면 경험이 많아서 이런 건, 너무 흔한 사고인 건가? 왜 저렇게 아무렇지도 않아? 지금 이 상황을 피하고 싶은 게 정상 아니야?’

“이하나!”

도경이 자신의 여동생, 아니, 대판 싸움을 하고 난 후의 여자 친구를 부르는 것 같은 목소리로 하나의 이름을 부르자 하나는 우뚝 멈춰 섰다.

잘못 들었나? 괜히 멈췄나?

등 뒤에서 그의 발걸음 소리가 들려왔다. 그런데 왜 이렇게 심장이 쿵쾅거리는지 모르겠다. 정말로 싸운 연인이 그녀에게 다가오는 것 같은 기분이 드는 순간이었다.

“이하나!”

그가 그녀를 돌려세웠다. 그녀의 어깨를 만지는 그의 손에 힘이 들어가 있었지만 그녀를 돌리는 행동은 생각만큼 거칠지 않았다.

“이왕 이렇게 된 거…… 사귑시다.”

도경의 말을 들은 하나는 붕어가 뻐끔거리듯 두 눈만 깜빡거리며 그를 바라만 봤다.

이 남자 혹시 나를 책임지겠다는 말을 돌려서 하는 건가. 그런데 왜 갑자기?

"……염려하는 사고는 없었다면서요?"

"그거하고 상관없이 사귀어보자고."

뭐야? 이 뜬금없는 반말은?

하나는 도경의 갑작스러운 말과 행동에 아무래도 어젯밤 무슨 일이 있었다는 확신이 들었다.

"술이 더 깨셨나 봐요?"

도경이 고개를 가로저었다.

"이하나 당신이 내 여자였으면 좋겠다는 생각이 들었어."

"뭐라고요? 그 무슨 맥락 없는 헛소리를……."

"어젯밤 취중에 느낀 생각인데 그 생각이 지금까지 변함이 없어."

하나는 너무도 혼란스러웠다. 그가 무슨 의도로 자신에게 고백을 하는 건지 알 수가 없었다. 장난 같지는 않은데 또 그걸 다 진심으로 믿을 수도 없었다.

"일단 집으로 가면서 얘기하지."

싫다고 반항하고 뿌리칠 힘도 없었다. 너무도 충격적인 그의 말에 하나는 그에게 조종당하는 것처럼 그가 열어주는 그의 차에 올라탔다.

집까지 가는 동안 두 사람은 말이 없었다. 하나는 그저 지금의 상황이 차라리 꿈이길 바랄뿐이었다.

"나 농담으로 한 말 아니었으니까, 당신도 잘 생각해 봐. 복남 아빠가 아닌 한도경이라는 남자에 대해."

하나는 침묵만 지키고 있었다. 집에 도착해 올 때까지 그녀는 대답이 없었다.

그렇다고 해서 도경은 그녀에게 대답을 강요하지도 않았고 단지 앞에 차를 세우고 그녀에게 다시 한 번 자신의 마음을 전했다.

"시기나 상황이 적절하지 못한 때에 내 마음을 전해서 미안하지만, 즉흥적이거나 농담은 아니라는 거 알아줬으면 해."

멍하니 앞만 바라보고 있던 하나가 한숨을 크게 내쉰 후 침묵을 깼다.

"난 조폭은 싫어요. 그리고 난 당신의 이런 행동이 너무 즉흥적이고 농담을 하는 것 같아 받아들일 수가 없어요. 복남이 봐주는데 지장 없도록 이 얘기는 여기서 끝냈으면 해요."

하나가 차에서 내리기 위해 차의 손잡이를 잡는데 도경이 그녀의 손을 잡았다.

"한도경 씨!"

"분명 말했어. 즉흥적인 거 아니라고. 그게 아니라는 걸 증명하면 받아들일 건가?"

"아니요! 혼자 고백하고 혼자 말 놓는 한도경 씨, 너무 독단적이고 제멋대로라 받아들이고 싶지 않아요! 안녕히 가세요."

차에서 내린 하나가 자신의 마음을 알려주기 위해 과격하게 문을 닫았다. 그리고 거친 발걸음으로 도경의 차에서 멀어져 갔다.

'아이고, 우리 엄마 말대로 살다 살다 별꼴을 다 보네. 이게 말이 되냐고! 차라리 원나잇을 한 남자가 고백을 해왔어도 이 정도로 뜬금없지는 않겠다. 다른 사람도 아니고 복남 아빠가 나한테…….'

하나는 말이 안 된다고 생각했다.

'이러다 복남이 엄마라도 나타나면…….'

복잡한 건 딱 질색이다. 조폭에 미혼부, 그건 하나가 원하는 남자의 조건은 아니었다. 아무리 그가 그녀의 마음을 살짝 건드려 흔들리게 했다고 해도 미래가 불투명하고 힘들 것 같은 사랑은 하고 싶지 않다.

'미안하지만, 한도경 씨. 당신은 남자 한도경 이전에 복남 아빠야. 우리는 그냥 복남 아빠와 보모로 지내는 게 맞다고.'

그럴듯한 이유가 있어 그에게 딱 부러지게 거절을 했지만 하나의 심란하고 복잡한 마음은 쉽게 정리가 되지 않았다.

❖

맞선 장소가 자신의 본가라니. 기가 막혀 웃음도 나오지 않았다.

정진 캐피탈과 마찬가지로 대부업체에서 출발하여 현재는 제법 금융그룹으로 보이는, 그럴듯한 사업체로 발전시킨 〈L&M 파이낸셜〉 회장의 차녀가 자신의 집 거실에 앉아 있었다.

그녀가 이곳에 온 명목은 있었다. 친목 삼아 바둑을 두러 온 부친이 걱정되어 모시고 왔다는 것이다. 하지만 대부업체들과 긴밀한 관계를 가진 용관이 그린 그림이라는 걸 알기에 도경은 그 빤한 판에 끼어들고 싶지 않았다.

'이 판을 보기 좋게 엎어야 할 텐데…….'

머리를 굴리며 바지 주머니에 손을 넣는 순간, 호텔 카드키가 손에 잡혔다. 그때의 상황이 너무도 황당하고 경황이 없어 체크아웃도 하지 않고 왔다는 걸 알았다.

두 사람을 자연스럽게 어울리게 하기 위해 한 회장과 L&M 회장은 두 사람만 남겨두고 자리를 뜬 상태였다.

도경은 주머니에서 카드키를 꺼내 그녀 앞에 보였다.

"죄송해요. 제가 어제 호텔에서 잤는데 아버지 호출 받고 급하게 나오느라 체크아웃을 하지 않고 왔네요. 가서 체크아웃부터 하고 와야 할 것 같습니다. 좀 곤란한 상황이 오기 전에. 그럼 놀다 가십시오."

난감해하는 그녀와 달리 도경은 늘 그래 왔던 일상을 이야기하듯 자연스럽게 말하고 당당하게 거실을 나섰다.

좀 심했나 하는 생각도 있었지만 이런 식으로 강하게 나오지 않으면 조만간 저런 자리는 다시 만들어질 것이다. 시간 낭비를 다시하고 싶지는 않았다. 더구나 용관이 만드는 판에 끼어들 생각은 손톱만큼도 없었다.

'다시 한 번 이런 식으로 끼어든다면 조용관, 그냥 안 둬.'

하나로 인해 어지럽고 심란한 마음을 한 회장과 용관이 더 복잡하게 헤집어놓은 것 같아 도경의 표정은 시간이 갈수록 심하게 구겨져 갔다.

호텔에 들러 체크아웃을 하고 오피스텔로 들어온 도경은 쉽게 휴식을 취할 수 없었다.

'좀 더 시간을 가진 후에 다가갔어야 하는 건가?'

도경은 자신의 기억을 어젯밤으로 되돌렸다.

바에 올라와 서울의 야경에 감탄을 하는 하나와 칵테일을 주문해서 마시기 시작했다. 이미 취해 있던 그녀가 말을 가리지 않고 하는 것을 보면서 귀여운 주사를 부린다고 생각했었다. 이를 테면.

"자, 솔직하게 대답해 봐요! 여자의 매력은? 마음, 얼굴, 능력, 가슴. 어떤 거?"

"마음."

"뻥치시네! 가슴이면서. 칫."

"자, 그럼 이번에는…… 남자의 최고 매력은 뭘까요? 마음, 얼굴, 재력, 근육 어떤 거?"

"마음."

"땡! 전부 다!"

그러고는 혼자 피식피식 웃어대는 그녀가 흉하지 않았다. 다른 여자였다면 봐줄 수 없었을 텐데 이상하게 이하나, 그녀의 그런 모습은 보면 볼수록 순수하다는 느낌이 들었다.

그러더니 그녀가 갑자기 진지해지면서 충고를 하기 시작했다.

"복남 아빠, 애 생각해서 복남 엄마하고 결혼해서 살아요. 자식 버리고 자신 행복 찾아가는 사람치고 그 끝이 좋은 사람 못 봤어. 우리 아빠만 봐도 그래. 엄마하고 나 버리고 혼자 인생 즐기더니 암 걸렸다잖아요! 그럴 줄 알았어. 그러니까 말년에 독거노인 돼서 흉하고 외롭게 늙어가기 싫으면 복남 엄마와 결혼해요."

그녀의 충고는 거기에서 끝이 나지 않았다.

"그리고 나쁜 짓 하지 말고 착하게 살아요. 그 외모에 뭐가 아쉬워서 조폭이에요? 나 같으면 방송국으로 간다. 연예인을 해도 떼돈 벌어 잘살 수 있을 것 같은데. 조직에서 얼른 발 빼고 나와서 깨끗하게 새 삶을 살아요. 새 삶 살 수 있도록 내가 도와줄게."

"조폭이요? 내가?"

"다 알아요. 내가 눈치 하나는 기가 막히게 빠르거든요."

취해서 하는 말 같지는 않았다. 그를 아예 조폭의 일원으로 단정 짓고 말하는 투였다.

그게 아니라고 정정을 하려 해도 그녀는 그의 말을 듣지도 않은 채 죄짓지 말고 성실하게 살라는 말만 해댔다.

나중에는 기가 막혀 알았다는 대답까지 하고 말았다.

그렇게 그녀와 말도 안 되는 유치한 대화를 하면서 즐겁게 시간을 보냈다. 긴장과 불안함 그리고 적대감 없이 누군가와 마주 앉아 있어본 적은 송 실장을 제외하고 이하나가 처음이었다.

어려서부터 힘들게 버텨왔던 고통스러운 순간들이 많았고, 혹독한 경영 수업을 받으며 독하고 강해져야 했다.

전자 쪽 부사장에 취임하면서 주변에서 바라보는 따가운 시선을 실력으로 이겨내야 하는 책임감과 독선적이고 위선적인 아버지, 한 회장과 다르다는 것도 보여줘야 하는 압박감에 매일을 치열하게 살아왔다.

더구나 용관과 채경 사이의 문제마저 자신이 짊어지고 해결해야 할 짐이었다. 미국 지사장에서 대경전자 부사장으로 발령받아 돌아온 후로도 하루도 편할 날이 없었다.

그런데 하나의 재미있는 주사가 그의 입가에 미소를 만들어냈다. 돌이켜 생각해 볼 때, 그녀는 가끔 그렇게 그의 삶에 잠깐의 여유를 주었던 것 같다.

그래서 평소 절제하며 잘 마시지도 않던 술을 편하게 마셨는지 모른다. 긴장하지 않고 마시는 술로 쉽게 취할 줄 모르고.

몸이 무겁다는 게 느껴질 때쯤 하나도 하품을 하기 시작했다.

"졸려."

"갑시다."

"복남 아빠는 먼저 가요. 난 여기 호텔에서 자고 갈 거니까."

"어디서 자고 간다고요?"

"호텔에서 잔다고요! 여기요! 방 하나 주세요!"

마치 안주를 주문하는 것처럼 하나가 바텐더에게 방을 하나 달라고 외쳤다.

앉아 있었을 때는 몰랐는데 일어나서 걷기 시작한 그녀의 상태는 상당히 심각했다. 제대로 걸을 수 없을 만큼 걸음걸이가 엉망이었다. 그냥 두었다가는 그대로 넘어질 것처럼 위태롭게 걷는 그녀를 부축해 체크인을 겨우 했다.

그리고 룸으로 들어와 그녀를 침대에 눕히고 준후로 인해 땀으로 젖었던 몸을 씻어야겠다는 생각에 샤워를 한 것까지는 정확하게 기억한다.

샤워를 했으면 오히려 정신이 들어 그 뒤 상황을 기억해야 하는데 기억이 없다. 준후와 함께했던 고단함과 긴장을 풀고 마셨던 술의 취기가 마지막에 올라와 모든 걸 내려놓게 만들었나 보다.

비명 소리에 눈을 뜨니 아침이었다.

문제는 이제부터다.

'이하나 성격으로 쉽지 않을 것 같은데…….'

절대 고분고분하지 않은 하나가 자신의 마음을 받아들이고 그녀의 마음을 갖기 위해서는 험난한 길을 가야 될 것 같은 예감이 들었다.

무엇보다 자신을 미혼부로 알고 있는 그녀에게 준후와 자신의 관계를 밝혀야 하는지가 고민이었다.

'어쩐다……?'

❖

이상하게 복남이의 맑은 눈동자를 바로 볼 수가 없었다. 죄를 지은 것도 없고, 당당하지 못할 이유도 없는데 복남이와 눈을 맞출 수가 없었다. 오늘따라 방긋방긋 잘 웃는 복남이의 미소가 그녀를 놀리는 것 같아 더 마주할 수가 없었다.

'이게 무슨 조화니? 내가 네 아빠하고 뭘 했다고. 네 아빠가 유부남도 아니고 우리가 이상한 짓을 한 것도 아니고…….'

어젯밤 과음으로 인해 힘든 게 아니라 도경과 과연 아무 일도 없었는지 확신할 수 없어 괴로웠다.

하나는 수정에게 전화를 걸었다. 자신의 답답함을 풀지 않으면 복남이를 데리고 있는 한 매일이 괴로울 것 같았다.

"수정아, 너 부산에서 언제 와?"

[점심 먹고 출발할 거야. 왜?]

"서울 도착하면 우리 집으로 와라. 먼저 집으로 가지 말고 동부 이촌동 아파트로."

[무슨 일인데?]

"오면 얘기해 줄게. 각오…… 단단히 하고 와. 무슨 말을 들어도 놀라지 않게."

[청심환 먹고 갈 정도로 쇼킹한 거야?]

"그럴 수도 있어."

[너, 혹시 어제 남자하고 사고 쳤니?]

귀신이다. 20년 우정이 이제는 서로를 파악하는 데 신의 경지까지 올라 있나 보다.

"그 비슷한…… 하여튼 와서 얘기해."

[그게 뭐 그렇게 놀랄 일이라고. 복남이 아빠하고 사고 친 것도 아니면서. 서울 도착해서 전화할게.]

숨이 콱 막히는 것 같은 기분. 너무 놀라서 심장이 멈춰 버린 것 같은 느낌.

하지만 전화는 끊겼고 하나는 한동안 정신을 차릴 수가 없었다.

수정이 아파트로 온 시간은 6시가 조금 넘어서였다.

"복남이가 진짜 복덩이네. 우리가 이런 집에서 살아볼 수나 있겠니? 한강이 눈앞에 있어. 이게 카페야? 가정집이야?"

심란한 얼굴로 현관을 열어주는 하나를 본체만체하고 거실로 들어온 수정은 감탄부터 자아냈다.

“야, 나도 이 집에 들어와서 살면 안 돼? 1년 지나면 이 집도 넘어갈 텐데.”

“휴, 맘대로 해라.”

하나의 깊은 한숨을 들은 수정이 그때서야 한강에 두었던 시선을 하나에게 돌렸다.

“그래, 어떤 남자하고 어디서 사고를 친 건데?”

하나는 다시 한 번 한숨을 내뱉고 민준을 만났던 그때부터 도경의 고백까지 모두 털어놓았다. 남자와의 사고라고 예상했던 수정도 상대가 도경이라 놀랐는지 한동안 말을 하지 못하고 하나만 쳐다볼 뿐이었다.

“둘이…… 안 잔 건 확실해?”

“그랬을 거래.”

“그랬을 거래, 는 뭐야? 잤다는 거야? 아니라는 거야?”

“몰라 나도. 그냥 그 사람이 그렇게 얘기했어. 난 기억도 없으니 모르겠고.”

하나를 바라보는 수정의 시선이 한심하게 변해갔다.

“너…… 남자하고 마지막으로 잔 게 언제냐?”

“……예전 공무원 시험 준비하기 전, 로펌 다닐 때 만났던 태일 씨하고…… 그러니까 7년 전?”

“그렇다면 지금 네 몸 어딘가에 변화가 있을 거 아니야? 7년이

나 수절했던 몸에 남자가 들어왔다면 흔적이 남았거나 통증이 있거나…… 뭐 하여튼 예민하게라도 달라진 게 있을 거 아니냐고?"

수정이 말을 하면서 하나의 목 늘어진 티셔츠를 훌렁 들어 올렸다.

"왜 이래?"

"깨끗한데!"

"……."

"키스마크, 이런 게 없다고."

"예전에도 그런 거 남기면서 한 적 없었어."

"그렇구나. 초보거나 일부러 남기려고 작정한 거 아니면 없을 수 있지."

두 사람 사이에 침묵이 흘렀다.

"그런데 하나야. 너 뭐가 제일 걱정인 거니? 그냥 하룻밤 사고 한 번 쳤다고 생각하고 잊어버리면 되는 거지."

"그 사람이 고백을 했다니까."

"거절했다며?"

"그런데 자꾸, 계속 그렇게 대시해 오면 어떡해? 그럼 복남이를 계속 봐줄 수 없을 거고, 그럼 천만 원짜리 상가는 날아가는 거고. 난 또다시 밑바닥에서부터 시작을 해야 하는 건데…… 걱정이 안 되는 게 이상한 거 아니야? 그리고 만에 하나 어젯밤 정말 일이 벌어져서…… 임신이라도 하면…… 지금이 배란 주기인데……."

또다시 거실에 무거운 침묵이 흐르려고 할 때 복남이가 잠에서 깼다.

침실에서 복남이를 안고 나온 하나가 이제는 제법 능숙해진 손길로 기저귀를 갈아주었다. 그 모습을 가만 지켜본 수정이 입을 열었다.

"잘해보지, 그래?"

"뭘?"

"복남 아빠하고. 이 정도의 아파트를 척척 마련할 수 있는 재력에다 인물도 뛰어나다며? 그리고 먼저 사귀어보자고 했잖아. 그냥 한 번 만나봐. 네 말대로 미혼부이기는 해도 유부남도 아닌데. 결혼하자는 것도 아니고. 그러다 네 뱃속에 복남이 동생 복순이나 복돌이가 들어서면 결혼까지 생각해 보는 거고. 굳이 안 될 이유도 없잖아. 너도 약간 흔들렸다며?"

"결혼? 그러다 나도 복남 엄마처럼 아이 낳아 저 남자에게 떠맡겨야 하는 상황이 생긴다면? 복남 엄마하고 둘 사이에 어떤 사연이 있는지 모르겠지만 1년 뒤에 복남이는 엄마한테 갈 거라고. 어쨌든 아이가 있는데도 둘이 결혼하지 않는 거 보면 뭔가 문제가 있는 거 아니겠니? 나도 그렇게 되면?"

"비약이 너무 심한 거 아니야? 그렇게 궁금하면 복남 아빠한테 두 사람 사연을 물어봐."

수정은 하나의 눈동자가 흔들리고 있다는 걸 알 수 있었다.

그때 하나의 휴대폰 벨이 울렸다.

"헉! 어떡하지? 복남 아빠야."

"받아봐."

"왜 전화를 한 거지?"

"나야 모르지. 일단 받아봐."

하나가 한참을 망설였지만 전화벨은 그칠 줄 몰랐다.

"복남 아빠 뭔가 되게 급한가 보다? 빨리 받아줘라."

수정의 말에 하나가 전화를 받았다.

"여보세요?"

[올라갈 건데.]

"왜요?"

[왜라니? 우리 얘기할 게 있는 걸로 아는데.]

"지금 친구 와 있어요."

[잘됐네. 친구한테 준후 좀 봐달라고 하고 잠깐 내려오면 되겠네.]

"내 친구 애 못 봐요!"

"아니야, 봐줄게. 가서 만나고 와."

수정의 말이 휴대폰 너머 도경에게까지 들렸는지 그가 재촉했다.

[애들 풀기 전에 내려와.]

"애들이요?"

[나, 조폭으로 알고 있잖아.]

"……."

[지하 1층 아파트 입구 쪽에 차 대고 있어.]

하나의 대답을 듣지 않고 도경이 전화를 끊었다.

"복남 아빠 여기에 와 있대?"

수정이 묻자 하나가 난감한 얼굴로 고개를 끄덕거렸다.

"다녀와. 복남이 내가 보고 있을게. 가서 얘기를 하고 와. 그렇지 않으면 너 오늘부터 어떤 결론이 날 때까지 괴롭기만 하고 잠 못 잔다."

수정의 말이 틀리지 않기에 하나는 집을 나서서 도경이 있는 지하주차장으로 내려왔다.

아침에 그의 차를 탔기에 입구에 서 있는 그의 차를 바로 알아봤다. 다만 경황이 없어 그때는 알아보지 못했던 그의 차가 벤틀리라는 걸 알았을 때 한숨부터 나왔다.

'하, 저 남자…… 정말 조폭인 건가? 저 나이에 재벌 아니면 끌기 힘든 차를…….'

하나는 어두운 얼굴로 그의 차에 올랐다.

"저녁은 먹었어?"

그의 말투는 아침과 마찬가지로 반말로 바뀌어 있었다. 처음 만났을 때의 거만함이 보였다.

그래, 사람 천성이 쉽게 바뀌지는 않지. 사람 좀 괜찮나 했더니.

하나가 새치름하게 그를 바라보았다.

"왜 그렇게 봐?"

"반말을 찍찍…… 너무 자연스럽게 잘하는 것 같아서요."

"이렇게 된 마당에 존댓말을 하려니까 오글거릴 것 같아서."

이 상황에서 그의 말투를 가지고 따지거나 꼬투리를 잡을 수 없어 하나는 그냥 넘기기로 했다. 중요한 건 그의 반말이 아니기 때문에.

"아침에 한 내 말을 신중하게 받아들이지 않는 것 같아서. 잘 들어봐. 처음 당신을 향한 마음은 고마움이었어. 당신의 말대로 남의 아이를 봐주는 거 쉽지 않은데 어설프면서도 최선을 다해 준후를 챙겨주는 모습 보면서 고마웠지."

어느 순간 여자로 보이는 순간도 있었지만 보모를 향한 단순한 고마움이라 단속을 해왔다. 하지만 이제는 그게 아니라며 도경이 자신의 감정을 담담하게 표현했다. 너무도 담담해 그런 고백을 많이 한 선수같이 느껴질 정도였다.

"어제 처음으로 마음 편하게 술을 마시고 웃어봤어. 늘 긴장하고 매 순간을 전투태세로 살아야 했던 나한테 어제 당신하고의 시간은 휴식이었어. 그래서 이젠 내 마음, 내 감정을 단속하지 않으려고. 이하나를 향한 내 마음."

솔직한 것만큼 사람을 감동시키는 것은 없다. 가식 없이 솔직하게 털어놓는 도경의 말에 하나의 마음이 움직였다. 하지만 비밀스러운 게 너무 많은 그에게 다 넘어가지는 않았다.

“솔직히…… 복남이 때문에 복남 아빠…… 유부남으로 느껴져요. 결혼은 하지 않았다고 해도 언제든 복남이하고 복남 엄마하고 같이 살 수도 있고…… 나는 복남 아빠가 편하지 않고 불안해요. 하는 일도 그렇고.”

“부탁인데, 복남 아빠라고 하지 않았으면 좋겠어.”

“그럼 준후 아빠라고 해줘요?”

“아니. 그냥 한도경이라는 이름을 불러.”

“지금 여자 하나 잡으려고 핏줄을 거부하는 거예요?”

“아니. 이하나 앞에서는 그냥 한도경이길 바라서 하는 말이야.”

“……어쨌든 결론은 하나예요. 난 복남 아빠하고 연애하는 거 싫어요.”

하나의 말에 도경의 인상이 구겨지는가 싶더니 이내 여유 있는 미소가 그에게서 흘러나왔다.

“이하나, 어떡하지? 난 당신을 포기하지 않을 건데.”

“그럼 복남이를 데리고 가야죠.”

“애를 가지고 협박하는 건가?”

“복남 아빠가 상황을 이렇게 만든 거예요.”

“시간을 두고 생각해 보겠다고 대답하는 게 나을 텐데. 나중에…… 후회하지 말고.”

조금만 기다려 달라는 말을 하고 싶었다. 복남이 생모에 관해 알려줄 날이 멀지 않았으니 기다려 달라고. 하지만 하나의 말과 행동이 더 빨랐다.

"그럴 일은 없을 거예요."

하나는 자신 있게 대답하고 그의 차에서 내렸다. 혹시라도 따라 내려 그녀를 거칠게 잡고 윽박을 지르는 건 아닌가 걱정했지만 그런 불상사는 없었다. 오히려 그의 차가 후진으로 그녀에게서 멀어져 갔다.

'잘한 거야, 이하나. 남자 잘못 만나면 인생 종 친다고. 조폭에 미혼부에 독불장군 싸가지를 거절한 건 잘한 일이야.'

그런데 왜 이리 허전한지.

쉽지 않을 거라고 예상했지만 정말 쉽지 않았다.

'이하나. 어제 당신이 말한 친구의 신랑보다 내가 더 잘생기고 키도 더 크고 직장도 더 좋은데. 나를 잡으면 그 남자하고 친구에게 보기 좋게 복수할 수 있는데 말이지.'

도경은 하나에게 자신이 누구인지 밝히고 준후에 대한 출생의 비밀도 모두 밝혀야 하는지 다시 한 번 심각한 고민에 빠졌다.

'내 진심이 안 느껴지나? 마음을 좀 너그럽게 해서 진심을 받아 주면 안 되나? 조 여사님 말대로 고집이 장난 아니네.'

❖

우습게 끝나 버린 딸의 맞선으로 인해 자존심이 상한 광장그룹 회장이 용관을 호출했다. 그리고 1시간 넘게 광장그룹 회장에게 깨질 대로 깨진 용관은 모든 걸 부숴 버릴 듯한 험악한 분위기로 회사에 돌아왔다.

"한도경, 이 개자식!"

책상 위에 놓인 물건들을 닥치는 대로 집어 던져 봐도 도경을 향한 화가 가라앉지 않았다.

늘 자신을 대놓고 무시하는 눈엣가시 도경이 이번에 아주 제대로 물을 먹였으니 쉽게 가라앉을 리 없었다.

"김 부장!"

대부업을 할 때 해결사로 일했던, 지금은 수행비서라는 보기 좋은 직함을 가지고 있는 김 부장을 호출했다.

"네, 사장님."

"한도경 여자관계 좀 뒷조사해 봐. 분명 여자 있을 거야."

"네, 알겠습니다."

"조심해서 해. 괜히 들통나지 않게. 그랬다가는 일 커진다."

"네."

김 부장이 나가고 나서 한숨 좀 돌리려는데 그의 휴대폰이 울렸다.

"나야."

[오늘 집으로 오죠? 우리 둘째는 딸이래. 당신 딸 바랐잖아.]

"바빠. 끊어."

결혼 전부터 내연의 관계를 맺고 있던 여자다. 물론 채경과 결혼하고 나서도 그 관계는 계속 이어갔다. 채경보다 이 여자에게서 아이가 먼저 생겼다. 뒤탈이 나지 않을까 걱정이 돼 아이를 지우라고 했지만 여자가 자신을 속이고 아들을 낳았다. 처음엔 화가 났지만 자신의 아들을 본 그는 핏줄에 대한 뜨거운 끌림으로 인해 여자와 아들을 그대로 거뒀다.

이혼은 하고 싶지 않았다. 정진이 대부업이 아닌 금융업으로 포장되어 번듯한 사업체로 대접받고 있는 현실을 버리고 싶지 않았기 때문이다.

하지만 여자가 둘째를 임신했고 채경은 불임 판정을 받았다. 이혼을 종용하는 채경과 도경 남매, 그리고 이혼하고 결혼하기를 바라는 여자 사이에서 어떻게 처신을 해야 할지 몰라 갈팡질팡하던 그즈음, 광장에서 달콤한 제안을 해왔다.

"조 사장 처남 있지. 우리 둘째하고 자리 한번 만들어봐. 잘되면 수준 있는 건설회사하고 부동산 컨설팅 회사 인수받게 해줄게. 사업 영역을 좀 넓혀야 하지 않겠나?"

대출 관련 회사만 가지고 있던 그에게 부동산 컨설팅이라는 사업은 자신의 위치를 바꿔놓을 수 있는 사업이었다.

대경을 내세우지 않으면 CEO 모임이나 이름 있는 경영자들 모임에 낄 수 없었다. 출신을 따지는 그들에게 있어 그는 영원한 돈 장사꾼밖에 되지 않았다.

그걸 알고 있고, 같은 처지에서 좀 더 위상이 높아진 광장 회장이 제안을 해온 것이었다.

대경의 한 회장도 그런 자리라면 마다하지 않을 게 빤했다. 자금줄은 많으면 많은 대로 좋다는 사람이니까.

예상대로 한 회장은 흔쾌히 광장과 사돈 맺기를 원했고 자리는 쉽게 만들어졌다. 그런데 그 원수 같은 한도경이 똥을 퍼부어서 엉망이 되고 말았다.

생각할수록 뒷골이 당겼다.

'한도경, 사람 우습게 보지 말라고. 금수저 물고 태어났다고 죽을 때까지 금수저 물고 있으라는 법은 없으니까.'

제발 김 부장이 도경에 대한 건수 하나라도 잡아오길 간절히 바라고 바랐다.

의외로 김 부장은 다음 날 믿을 수 없는 대박의 보고 내용을 가지고 왔다.

"이거 제대로 조사한 거, 맞아?"

"네."

다시 한 번 살펴본 용관의 입에서 웃음이 새어 나오기 시작했다.

"허허. 이게 사실이란 말이지?"

믿을 수 없지만 김 부장이 잘못된 정보를 가져왔을 리도 없었다.

"전세 계약자하고 사는 여자하고 이름이 다른데?"

"전세 계약자 이름은 한 부사장 비서로 있는 송병준 실장 와이프입니다."

"그래? 하하하하. 잔머리 굴려도 캐면 다 나오지."

뜨거운 화로 부글거렸던 어제와 달리 그는 시원한 웃음을 터뜨리며 한참을 웃어댔다.

"여자하고 살림을 차렸어? 한도경이? 거기에 애까지. 아주 철저하게 집 계약도 송 실장 와이프 이름으로 하고. 야, 완벽해. 여자를 숨기려고 노력한 게 너무 완벽해. 한 회장 뒷목 잡고 쓰러지겠군. 푸하하하. 재미있겠어. 막장 드라마가 TV에서만 볼 수 있는 게 아니야. 그치? 김 부장."

용관은 김 부장을 내보내고 휴대폰을 들었다.

"장인어른, 접니다, 조 서방."

목소리는 무척이나 예의 바르고 반갑게 인사를 하는 것 같았지만 그의 입가에는 비릿한 미소가 걸려 있었다.

7. 출생의 비밀

그날 사람을 심란하게 만들고 가버린 도경에게서 연락은 없었다.

연락이 없어 안심이 될 것 같았지만 오히려 무소식은 하나를 더 불안하게 만들었다.

"복남아, 네 아빠 정말 이상한 사람이야. 넌 네 아빠처럼 크지 마라."

아이의 몸을 꾹꾹 눌러주며 마사지를 해주면 성장에 도움이 된다는 카페 글을 읽고 하나는 복남이 몸을 주물러 주고 있는 중이었다. 복남이도 그 마사지가 시원하고 좋은지 표정이 밝기만 하다.

"기분 좋아요? 누나는 지금 네 아빠 때문에 속이 말이 아닌데."

말은 그랬지만 천진난만한 아이의 얼굴은 그녀의 마음도 밝게 만들어주고 있었다.

"복남아, 누나가 화끈하게 매운 게 먹고 싶다. 슈퍼에 라면 사러 다녀오자."

화끈하게 다 불태워 버리고 싶은 마음이 들어서인지 매운 게 먹고 싶어진 하나는 복남이를 안고 슈퍼로 향했다.

"불닭볶음면은 너무 매우려나? 그거 먹으면 똥꼬에 불나지만…… 그게 제일 맵고 화끈한 건데."

복남이와 대화를 하듯 말을 하며 걸어가는 그녀 옆으로 누군가 다가왔다.

"이하나 씨?"

더운 날씨에 검정 정장을 차려입은 두 남자가 그녀의 양쪽 옆으로 바짝 붙어 섰다. 순간적으로 하나는 복남이를 보호하듯 품으로 꼭 끌어안았다.

"누, 누구세요?"

"대경에서 왔습니다."

"대경이요?"

대경이 어디지? 아무리 생각해도 그녀가 아는 대경은 대경그룹밖에 없었다. 그런데 그런 곳에서 그녀를 찾아올 리는 없으니 신원을 알 수 없는 두 남자가 무서워졌다.

"한도경 부사장님께서 보내서 왔습니다. 아이하고 이하나 씨 회사로 모시고 오라고 하셨습니다."

"한도경 씨요?"

도경의 이름을 들었지만 하나의 두려움은 사라지지 않았다.

'왜 전화를 하지 않고 사람을 보낸 거야?…… 헉! 설마…… 반대파…….'

하나의 머릿속에 영화 같은 스토리가 그려졌다.

조직 간의 싸움이 일어나고 반대파에서 도경의 아이가 있다는 사실을 알게 되어 인질 삼기 위해 자신을 찾으러 온 게 아닌가 하는. 가뜩이나 요 며칠 도경에게서 연락도 없지 않았던가.

다시 봐도 두 사람은 딱 조직폭력배 느낌이었다.

"타시죠."

어느새 그녀 옆으로 검정색 승용차가 와서 서 있었다.

"저기…… 아기 우유도 가져와야 하고 기저귀도…… 그리고 한도경 씨하고 통화를 먼저……."

그런데 휴대폰을 안 챙겨왔다. 복남이를 안고 나오느라 휴대폰을 챙기기 귀찮았고 슈퍼에 다녀오면서 굳이 챙길 이유도 없었다.

그런데 이런 위험하고 급박한 상황이 일어날 줄 누가 알았으랴.

깊은 후회로 가슴을 치고 싶은 그때, 하나는 그들에 의해 강제로 차에 태워졌다.

"왜 이래요? 안 갈 거예요. 한도경하고 통화하기 전에는……."

하지만 힘을 쓸 수도 없고 복남이 때문에 반항도 제대로 할 수 없던 하나는 그대로 차에 올라 어디론가 끌려가는 신세가 되어버렸다.

“정말 한도경 씨가 보내서 왔어요? 지금 한도경 씨한테 가는 거 맞아요?”

“네.”

“그럼 한도경 씨하고 전화 한 통 할게요.”

“가면 만나실 수 있습니다.”

믿어야 하는지, 말아야 하는지. 그나마 깍듯하게 대우를 해주니 조금은 안심이 됐다.

‘제발…… 제발 한도경이 부른 게 맞기를…… 제발!’

무서운 상상을 하고 싶지 않아 하나는 복남이와 눈을 맞춰봤지만 불안하고 두려운 마음은 사라지지 않았다.

어느새 차가 멈춰 섰다. 강남 한복판에 있는 고층 건물의 정문에 차를 세우고 옆에 앉은 남자가 내렸다.

그곳이 어디인지 파악하기 전에 외곽의 폐허 건물로 끌려가지 않아 다행이라는 생각이 먼저 들었다.

“내리시죠.”

“여, 여기는……?”

현대적이고 예술적인 가치가 돋보이게 지어놓은 고층 빌딩의 벽에는 대경그룹의 로고가 보였다.

“대경그룹? 그럼 한도경 씨는……?”

대답 없는 두 남자가 그녀를 호위해 주는 것처럼 양쪽에 섰다.

“가시죠.”

그들을 따라 걸으며 하나는 건물 안을 두리번거렸다. 진짜 대경 그룹 본사가 맞긴 맞았다.

"한도경 씨가…… 진짜 여기 부사장님…… 맞아요?"

이번에도 두 남자에게서 대답은 들을 수 없었다.

'도대체 뭐가 어떻게 돌아가는 거지?'

정신을 차릴 수 없이 혼란스러운 상황에서 하나는 도경을 만날 수 있을 거라 생각했다. 그리고 여기까지 오면서 자신이 겪은 두려움과 불안함을 그에게 따져 묻겠다는 야무진 각오를 다졌다.

"회장님, 이하나 씨 오셨습니다."

부사장인 도경을 만나는 줄 알았는데 그게 아니었다. 회장님에게 인터폰을 하는 비서의 말에 심장이 멎는 것 같았다. 도경을 조폭으로 알고 있을 때보다 더한 불안감이 그녀의 심장을 조였다.

자신이 왜 이곳에 불려 와야 했는지 알 수 없었지만 좋은 일로 온 건 아니라는 건 확실했다. 그래서 지금의 상황이 단순한 불안감을 넘어 깊은 두려움으로 다가오기 시작했다.

딱, 지옥문 앞에 서 있는 심정이었다. 가능하다면 뒤돌아 도망가고 싶은 마음만 간절했다.

—들여보내!

화가 난 것 같은 한 회장의 목소리가 인터폰 밖으로까지 쩌렁쩌렁하게 울려 나오자 하나가 움찔했다.

'복남아, 우리에게 왜 이런 시련이 닥친 거니? 난 너를 돌봐준

죄밖에 없는데.'

"들어가세요."

비서가 지옥으로 들어가는 길을 알려주듯 회장실 문을 열어주었다.

하나는 복남이를 더욱더 꼭 끌어안고 가시밭길을 걷는 기분으로 회장실 안으로 걸음을 옮겼다.

예전에 살던 빌라보다 더 넓은 회장실은 대기업 총수의 집무실답게 호화로웠다. 하나는 책상 위의 명패를 확인했다. 회장 한태수. 도경과 같은 성을 가진 대경그룹 회장.

'설마…… 한도경 아버지?'

"너냐?"

나이와 지위에 걸맞은 자상함이나 중후함이라고는 찾아볼 수 없는 말투였다. 그리고 몹시도 언짢은 눈빛으로 그녀를 매섭게 바라보더니 곧바로 시선을 복남이에게로 옮겼다.

"앉아봐."

동네 강아지 부리듯 하나를 마구 대하는 한 회장을 보며 하나는 부전자전이라는 말이 떠올랐다.

'아버지 맞나 보네. 저런 아버지 아래서 뭘 배웠겠어? 콩 심은 데 콩 나는 법이지.'

하나는 자리에 앉아 한 회장을 슬쩍 쳐다보았다.

'얼굴은 안 닮았는데…… 아버지가 아닌가? 혹시 큰아버지? 아

니면 새아버지?'

"도경이 애 맞아?"

다짜고짜 묻는 한 회장의 질문에 정신이 돌아온 하나는 대답을 하지 못했다.

'왜 이런 질문을 하는 거지? 한도경 씨 아이인 줄 다 알고 나를 데리고 온 거 아니었나? 한도경 씨 아이인 줄 모르나? 그럼 난 어떻게 대답을 해줘야 하는 거지?'

하나의 머리가 복잡하게 돌아가기 시작했다.

도경이 복남이를 자신에게 맡긴 이유가 이 사람에게서 보호하려고 했던 건 아닐까 하는 생각이 들었다. 도경이 아무리 혼전이라고 하지만 얼마든지 좋은 환경에서 양육할 수 있는 아이를 왜 굳이 자신에게 맡기고 숨겼는지, 그 이유가 있을 것 같았다.

하나는 그 이유를 알기 전에 복남이에 대해 함부로 말을 하면 안 될 것 같은 예감이 들었다. 품 안에 있는 복남이를 위해서라도.

"아닙니다."

에라, 모르겠다. 뒷일은 한도경 당신이 책임져. 이게 다 아무것도 말하지 않은 당신 탓이니까.

하나가 도경의 아이가 아니라고 부정했다.

"아니라고?"

"네."

"도경이 애가 아니란 말이지?"

"네."

한 회장의 표정이 안도하는 것처럼 편안해졌지만 곧바로 일그러지며 소리를 지르기 시작했다.

"그런데 왜 도경이가 너한테 집을 해주고 드나들어? 너 뭐야? 꽃뱀이야? 도경이 애라고 속여서 돈 뜯어먹고 사는 거야? 한도경이 무슨 구멍가게 부사장인 줄 알아? 너 때문에 대경이 얼마나 막대한 손해를 봤는지 알아? 네가 지금 도경이 앞길을 막는 것도 모자라 대경 앞길을 막고 있다고! 겨우 미혼모 주제인 너 따위가!"

'뭐야, 지금! 복남이를 내 아이로 알고 있는 거야? 한도경하고 그 아파트에서 살림이라도 차려서 살고 있는 걸로 알고 있는 거잖아. 도대체 뭐가 어떻게 돌아가는 거야?'

머리가 터져 나갈 것처럼 복잡해졌다. 그러면서도 자신이 꽃뱀 취급받고 있다는 사실에 화가 나고 기가 막혀 양쪽 뺨을 연달아 따다다 심하게 맞은 기분이었다.

사실이 아님에도 그런 취급을 당하고 나니 얼굴이 화끈거리고 속이 끓어올랐다.

말이 비수가 될 수 있다는 건 알았다. 하지만 이토록 자존심과 인격을 바닥으로까지 끌어내리는, 비수 같은 말은 처음 들어봐서인지 감정 조절이 힘들어지기 시작했다.

"도경이하고 당장 끝내! 만일 계속 도경이한테 기생충처럼 들러붙어 있으면 네 애한테 안 좋을 거야."

한 회장에게서 중후한 위엄이 느껴졌다면 대기업 회장의 권위에 눌려 지금의 협박이 무서웠을 것이다. 하지만 재벌의 총수라기보다 교만한 모사꾼으로 보이는 한 회장의 모습에 하나는 말대꾸를 하는 대담함을 보였다.

"한도경 씨도 옆에 앉혀놓고 말씀하시죠. 기생충처럼 달라붙는 건 제가 아니라……."

"뭔 말 같지 않은 헛소리야!"

한 회장이 테이블을 향해 발길질 했다. 상상도 못할, 거칠고 과격한 행동에 하나가 움찔했고 복남이 울음을 터뜨렸다.

'저 아저씨, 대경 회장 맞아? 무슨 회장이 저렇게 무식해? 저러다 사람 치겠네.'

"하룻강아지 범 무서운 줄 모르고, 누구 앞에서 까불어?"

놀라서 하얗게 질린 하나를 제대로 겁먹었다고 생각한 한 회장이 더욱 험악한 얼굴을 하며 소리를 질렀다.

"옜다. 이거면 도경이한테 미련 갖지 않아도 살 만큼은 되니까 알아서 떨어져."

한 회장이 하나를 향해 흰 봉투를 던졌다.

"가지고 빨리 나가! 꼴도 보기 싫으니까."

그녀 발끝에 떨어진 봉투를 무시하고 하나는 자리에서 일어섰다.

"도경이하고 끝내지 않으면 내가 가만있지 않아! 명심해!"

회장실 밖으로 나오니 그녀를 데리고 왔던 두 남자가 서 있었다.

"가시죠."

"아니요. 혼자 갈게요."

"모셔다 드리라는 지시가 있었습니다."

"괜찮……."

계속 거절하면 강제로라도 데려다줄 것처럼 그들의 시선이나 태도가 너무도 단단해 보였다. 하나는 그들과 실랑이를 벌일 만큼 기운이 남아 있지 않았다. 조용히 그들을 따라 똑같은 차를 타고 차에 억지로 올랐던 그 자리로 돌아왔다.

"그리고 이거 안 가지고 가셨다고 갖다 드리라고 하셨습니다."

운전을 하지 않고 있던 남자가 흰 봉투를 내밀었다.

"안 가질 건데요."

하지만 남자는 맞대고 있는 그녀와 복남이의 가슴 사이로 봉투를 끼워놓고 빠르게 차에 올랐다. 하나는 이미 움직이는 차를 잡을 힘도 없었다. 멀어져 가는 까만 자동차를 보며 한숨만 내쉴 뿐이었다.

'라면 하나 사가기 참으로 파란만장하다. 누구 때문에.'

하나의 시선이 복남이에게로 향했다.

'네 아빠…… 도대체 무슨 비밀을 가지고 있는 거니? 너한테 무슨 출생의 비밀이 있기에 네 할아버지가 네 존재도 모르시니? 하, 복잡한 거 딱 질색인데.'

조폭인 줄 알았던 도경이 대경의 부사장이고, 복남이는 대경그룹 회장의 손자고, 복남이의 존재는 집안에서는 모르고 있고.

도경이 끌고 들어온 미로에서 혼자 헤매는 기분이 들었다. 아니, 본의 아니게 다단계 조직에 들어와 있는 기분이다. 엄청 꼬이고 복잡한 상황에서 빠져나가지도 못하고 꼼짝없이 당하고 있는 것 같은 황당함이 기가 막힐 뿐이었다.

"한도경, 당신 두고 봐! 오늘 당신 아버지한테 받은 수모 내가 당신한테 돌려주고 말 거야. 꽃뱀? 기생충? 그래, 어디 대기업 회장님은 꽃뱀한테 얼마나 주나 보자."

집에 들어온 하나가 봉투를 열어 안에 있는 금액을 확인했다.

"일, 십, 백, 천, 만, 십만, 백만, 천만, 억! 에계! 겨우 일억! 아들보다도 못하시네."

하나는 수표를 봉투에 넣고 벌레라도 되는 것처럼 멀리 던져 버리고 손을 털어댔다.

"복남아, 이건 네가 가져다준 복 아닌 거지?"

복남이 칭얼거리기 시작했다. 생각해 보니 우유 먹을 시간이 지나 있어 복남이 우유부터 만들어 젖병을 물렸다. 만족한 표정으로 젖병을 빠는 복남이와 다르게 하나에게서는 쉴 새 없이 한숨만 나올 뿐이었다.

❖

휴대폰 사업부인 CP 사업본부의 임원들과의 회의를 마치고 집무실로 들어온 도경은 두통이 밀려왔다. 6시간이 넘는 릴레이 회의였다. 다음 모델을 위한 기술 개발이 이루어지지 않은 상태에서 새 모델을 출시하느냐, 아니면 뒤로 미루느냐를 두고 엇갈린 의견 속에 기술 개발이 완성된 후에 출시하는 걸로 결론을 내고 회의는 끝이 났다.

한 회장에게 회의 결과를 보고하기 위해 회장실로 올라가야 하는데 몸과 마음이 무겁고 피곤하기만 하다. 요새 자신에게 넘어오지 않고 힘들게 하는 하나도 현재의 두통에 한몫하고 있었다.

—부사장님, 회장님 호출입니다. 지금 바로 올라오시라는데요.

"네."

비서의 인터폰을 받은 도경은 방금 벗어놓은 슈트 재킷을 도로 걸쳤다.

"노인네, 알아서 보고할 텐데 그새를 못 참고."

집무실을 나와 회장실로 올라가는 동안에 도경은 하나에게 전화를 걸었다. 일부러 받지 않는 것처럼 세 번이나 걸었음에도 벨만 울릴 뿐 연결이 되지 않았다.

'내가 사귀자는 게 그렇게 불쾌한 건가?'

좋지 않은 인상으로 회장실로 들어섰다. 하지만 그를 맞이하는 건 어깨로 날아든 서류 파일이었다. 반사적으로 몸을 피한 도경은 한 회장을 향해 삐뚤어진 미소를 보였다.

"파워가 많이 약해졌습니다. 스피드도 그렇고."

"너 인마, 미쳤어? 세상에 널리고 널린 게 여잔데 네가 뭐가 아쉬워서 애 딸린 미혼모한테 빠져? 못난 새끼."

한 회장의 말에 삐뚤어진 도경의 미소가 차갑게 굳어졌다.

"어디서 무슨 소리를 들으신 겁니까?"

"어디서 무슨 소리 들려오기 전에 정리했으니까, 그 계집애하고 끝내. 그리고 광장 둘째하고 잘해봐! 내가 네놈 때문에……."

"무슨 정리를 하셨다는 겁니까?"

성큼성큼 다가온 도경이 한 회장을 제압하듯 바짝 붙어서 사납게 노려보았다.

"너 지금 나하고 해보겠다는 거야? 그깟 미혼모 계집애 때문에?"

"정리를 어떻게 하셨냐고 물었습니다."

"데려다 알아듣게 타일렀어! 네 애도 아니라는 고백도 받았고. 그런데도 너한테서 떨어지지 않고……."

"내가 그 여자한테서 떨어지지 않을 겁니다."

"뭐야? 이 무슨 미친 소리야? 너 제정신이야?"

"내가! 절대! 안 떨어진다고 말씀드렸습니다. 그리고 한 번만 더 그 여자 신변을 건드리시면 가만 안 있습니다."

"가만 안 있으면? 이게 어디서 감히……."

한 회장의 주먹이 올라갔지만 도경이 가뿐하게 손목을 잡았다.

"아직도 내가 아버지 폭력에 겁먹을 꼬맹이로 보이십니까? 이제 아버지의 이 손목을 꺾을 수 있을 만큼 자랐습니다. 이제는…… 아버지 마음대로 되는 게 없을 겁니다. 이따위 폭력보다 더 무서운 것들을 나도 휘두를 줄 알게 됐으니까."

도경이 한 회장의 손목을 던져 버리듯 놓아주고는 회장실을 나갔다.

거친 도경의 힘에 몸이 휘청거렸던 한 회장이 분한 얼굴을 하며 씩씩거렸다.

어려서부터 순종하는 법을 가르쳐 왔다. 자식이라도 자신의 뜻에 반기를 들거나 순종하지 못하면 그에 따른 대가를 치러야 한다는 걸 보여주며 키웠다. 그리하여 철저하게 자신의 뜻대로 움직일 수 있도록 길들여졌다고 자부해 왔다.

그런데 머리 좀 컸다고 반항이라니.

"하나밖에 없는 아들 새끼가…… 뒤에서 칼을 갈고 있었어? 저 죽일……."

자신의 분을 삭이지 못한 한 회장이 손에 잡히는 대로 집어 던지기 시작했다. 하지만 그분은 쉽게 가라앉지 않았다.

'한도경…… 아들이라고 내가 봐주지 않아. 네 아버지가 그렇게 만만하지 않아!'

회장실을 나온 도경은 그 길로 하나에게 향했다. 가는 동안 휴대폰을 걸어보았지만 여전히 그녀는 받지를 않았다.

'많이 놀랐겠지? 무서웠을까?'

한 회장 성정을 봐서는 곱게 이야기하고 돌려보냈을 리 없다. 갖은 협박과 모욕으로 그녀를 두렵게 만들었을 그 분위기가 선하게 그려졌다. 아무리 성질 좀 있는 하나라도 그 순간을 버티기 힘들었을 것이다.

마음이 급해진 만큼 속도를 내고 싶었지만 꽉 막힌 도로를 뚫고 갈 수는 없었다. 답답함이 극에 달할 때쯤 아파트 단지에 도착했다. 주차를 하고 아파트로 올라가기까지도 그의 마음만큼이나 인터폰을 누르는 손길도 성급했다.

혹시라도 전화에 이어 문마저 열어주지 않는 건 아닌지 걱정이 되는 순간, 띠릭 하고 잠금장치 풀리는 소리가 들렸다.

급하게 안으로 들어가니 하나가 거실 한가운데 서서 그를 무섭게 노려보고 있었다. 딱 그녀다워 보이는 모습이어서 다행이라는 생각이 들었다.

"와! 한도경 씨, 당신 대단한 사람이던데?"

"괜찮아?"

"안 괜찮아요. 라면 사러 나갔다가 봉변당한 기분 여러 가지로 더럽거든요."

하나가 도경에게 다가가 그의 몸을 돌려세웠다.

그녀가 쫓아내는 줄 알고 다시 몸을 돌리려는데.

"가서 라면 사와요. 그리고 소주도 한 병 사와요. 이대로 복남이 못 봐요. 그러니까 당신 아들은 당신이 알아서 책임지고 일단 가서 라면이나 사 와요. 재벌이니까 그런 껌값도 안 되는 돈은 당신이 해결할 수 있죠?"

대경전자 부사장이 라면과 소주 심부름을 하러 단지 내 슈퍼로 뛰어가는 일이 발생했다.

돌아오는 길에 자신의 손에 들린 검정 비닐봉투는 맘에 들지 않았지만 하나의 심부름이라면 그 어떤 심부름이라도 기꺼이 해줄 수 있을 것 같았다.

빠르게 심부름을 끝내고 돌아오니 이미 물은 끓기 시작했고 하나가 김치를 꺼내 식탁에 올려놓고 있었다.

그런 그녀에게 도경이 봉투를 내밀었다.

"힉!"

봉투 안에 든 종류별 라면과 종류별 소주에 하나가 놀라고 말았다.

"취향을 몰라서."

"재벌이라 다르네요. 보통 이런 경우에는 전화로 뭘 사가야 하는지 묻는데."

톡톡 쏘아대는 모습이 이하나다워 도경은 일단 안심했다.

"나도 하나 끓여주면……."

"싫어요. 알아서 끓여 먹어요."

말은 그렇게 해도 도경은 하나가 자신의 것도 하나 끓여줄 거라 생각했다. 하지만 예상은 보기 좋게 빗나갔고 하나는 저 혼자만의 라면을 끓여 소주와 김치와 함께 먹기 시작했다.

도경이 그녀 맞은편으로 가서 앉으려는데 침실에서 복남이 우는 소리가 들려왔다.

하나가 턱짓으로 침실을 가리키며 빨리 가보라는 듯 찌릿한 시선을 보냈다.

도경은 침실로 가서 복남이를 안고 거실로 나왔다. 경험이 있어서 그런지 안는 것부터 달래는 것까지 처음보다는 훨씬 수월했다.

"기저귀 갈아줘요."

머슴에게 명령하는 것처럼 말하고 그녀는 소주 한 잔을 들이켰다.

도경 역시 마님의 명을 받든 머슴처럼 슈트 재킷과 넥타이까지 풀어놓고 복남이의 기저귀를 갈아주었다.

"준후야, 오늘은 아줌마……."

말을 꺼내놓고 순간적으로 놀란 도경이 하나의 눈치를 살폈다. 그녀가 무섭게 그를 노려보고 있어 말을 다시 정정했다.

"누나가 기분이 많이 안 좋아서…… 삼촌하고 놀아야겠다."

도경이 다시 한 번 하나를 바라보았다.

조금은 놀란 것 같은 하나가 인상을 찌푸려 그를 바라보았지만 그뿐이었다. 아빠인지, 삼촌인지를 묻는 질문이 그녀에게 나올 줄 알았는데 관심 없는 듯 도경을 무시하며 먹는 것에 열중했다.

라면과 소주, 김치. 그 셋의 조화가 세상에서 가장 맛있는 조화를 이룬 것처럼 먹는 하나를 넋 놓고 바라보고 있던 도경이 참지 못하고 입을 열었다.

"나도 한 잔만 하면 안 되나? 라면도 한 젓가락만……."

"아빠 코스프레는 끝났으니 음주 육아하시게요?"

"처음부터 내가 준후의 아빠라고 말한 적은 없어."

"그래서? 당신 입으로 삼촌이라고 했으니까 복남이 삼촌으로 알라는 거예요? 내가 왜 당신 말을 믿어야 하는데? 그렇게 떳떳했으면 처음부터 밝혔어야지. 무조건 애만 갖다 맡기고 잘 키워라, 이런 식이었으면서……. 아, 됐어요. 이제 와서 한도경 씨가 누구든 상관없어요. 난 이제 복남이, 아니, 준후 안 봐줄 거니까."

"내가 다 말해주면 믿을 건가? 복남이 출생에 관한 것들."

"아니요. 말하지 마요. 이제 나와 상관없는 준후에 대해 알고 싶지 않아요."

하나는 도경의 말이 듣고 싶었지만 마음과 달리 거절했다.

복남이 출생에 관해 알게 된다면 오늘보다 더 무서운 일이 벌어질 것 같아 두려웠다.

"이하나."

"내가 당신 때문에 오늘 어땠는지 알아? 내가 거지야? 아니, 차라리 거지 취급 받았으면 좀 나았을지도 모르겠다. 꽃뱀! 내가 꽃뱀 취급을 받으면서 내가 왜 한도경 당신 아이를 봐줘야 하는데?"

하나가 갑자기 테이블을 손으로 내려치며 자리에서 벌떡 일어났다.

"내가 없이 살았어도 양심과 내 자존심은 지키고 산 여자야! 내가 돈 때문에 남자 등치고 살 여자였으면 진 변 그 개자식이 호텔로 데리고 갔을 때, 조용히 룸으로 올라갔다고! 아무리 생계가 어려워도 몸 돌리고 함부로 사느니 거지로 사는 게 나아서 어렵게 들어간 회사 때려치우면서까지 자존심과 자존감을 지킨 여자라고! 그런 내가 당신 아빠한테 일억짜리 꽃뱀 취급을 받았다고!"

도경은 하나의 빨갛게 달아오른 뺨이 술 때문인지, 화 때문이지 알 수는 없었다. 하지만 그녀가 흥분을 하고 열을 내는 이유는 충분히 이해할 수 있었다.

"준후 데리고 가요! 나도 내일 이 집에서 짐 뺄 테니까."

"이럴 거면서 왜 복남이가 내 아이는 아니라고 한 거야? 복남이 당신 아이처럼 말한 이유는 뭔데?"

"……준후가……."

불행해질 것 같았기 때문이다. 그 무섭고 혐오스러운 대경 회장에게서 보호하지 않으면 복남이의 미래가 가엾어질 것 같아서.

준후를 향한 호칭이 바뀌어 있었다. 도경이 복남이라 불렀고, 하나가 준후라 불렀다. 하지만 서로 눈치채지 못한 채 서로를 뚫어지게 바라보고만 있을 뿐이었다.

"이하나, 복남이 끝까지…… 지켜줘. 제 엄마한테 갈 때까지만."

"준후 지키려다 내가 만신창이로 망가지면? 당신 아버지……."

"이하나 넌…… 내가 지켜줄게."

소주를 너무 급하게 마셨나 보다. 한도경이 뭐라고, 복남 아빠가 뭐라고. 지켜주겠다는 그 말 한마디에 심장이 떨어졌다. 동시에 눈물까지 떨어질 것처럼 시야가 흐려졌다.

지켜준다는 그 말은 누구에게도 들어보지 못한 말이다. 어려서부터 자신을 지켜주었어야 할 부친의 부재로 인해 늘 스스로를 지켜야 한다는 생각을 하며 나약해지지 않으려 했다. 일부러 강하고 센 척하며 쌈닭처럼 살 때가 많았다. 하지만 힘들고 지칠 때마다 그녀에게는 어떤 존재가 필요했다. 큰 나무와도 같은 든든한 누군가 또는 무언가.

그런데 지켜주겠다는 도경에게서 그런 존재감이 느껴졌다. 단단하면서도 듬직하고 믿음직스러운 그 말 한마디에 가슴이 뭉클해졌다.

하지만 하나는 자신의 마음을 감추기 위해 식탁 위에 있는 그릇들을 치우기 시작했다.

"이하나."

"나 말고 출생의 비밀이 있다는…… 준후나 잘 지켜요."

그리고 자신의 마음과 다른 말을 했다. 잠시 흔들린 마음으로 그를 받아들일 수는 없었다.

"이제 준후는 당신 아니면 안 돼."

"……."

하나의 시선이 복남이에게로 향했다. 도경이 안고 있는 게 불편한지 잔뜩 찌푸려진 얼굴로 칭얼거리고 있었다. 두 사람 다 각자의 대화에 열을 올리고 있어 복남이의 상태를 모르고 있었다.

도경도 복남이의 칭얼거림을 듣고 나서 제 팔을 흔들며 달래려 했지만 오히려 울음을 터뜨리게 만들었다.

하나는 울음소리를 무시하고 침실로 들어가 버렸다.

'몰라. 가뜩이나 힘들고 꼬여가는 내 인생, 여기서 더 어긋나고 싶지 않아. 상가고 뭐고…… 이런 거대한 집안하고 얽히느니 최저 시급 받으며 하루를 연명하고 사는 게 나아.'

하지만 귓가를 때리는 복남이의 울음소리. 자지러질 것처럼 우는 복남이 울음소리에 하나의 가슴이 미어져 왔다. 당장 달려나가 복남이를 받아 안아 달래주고 싶었지만 쉽게 문을 열고 나갈 수도 없었다.

그랬다가는 꼼짝없이 복남이를 떠맡아야 할 것 같아 귀를 막아 버렸다. 그러나 귀를 막아버린다고 아이의 울음소리가 안 들리는 건 아니었다.

'아! 저 인간은 애 하나 못 보고 울리기만 하는 거야!'

더 듣고 있다가는 자신의 가슴이 찢어질 것 같아 하나는 문을 벌컥 열고 거실로 나왔다.

도경은 복남이의 기저귀를 갈았는지 누워 있는 아이의 내의를 정리해 주고 있었다. 그런데 그의 얼굴과 셔츠의 가슴 부분이 젖어 있었다.

'설마…….'

복남이가 도경을 향해 오줌을 발사한 모양이었다. 가끔 하나도 당하던 테러를 그도 당한 모양이었다. 심각한 상황에서 하나는 웃음이 나오려 했다.

일단 울고 있는 복남이를 하나가 들어 안았다.

"누가 우리 복남이를 울려쪄요? 우리 복남이 배고픈가? 맘마 줄까?"

서서히 복남이의 울음이 잦아들자 하나의 시선이 도경에게 향했다.

어정쩡하게 서서 인상을 쓰고 있는 도경을 보자 피식 웃음이 흘렀다.

"언제까지 그렇게 벌서고 있을 거예요?"

"차에 갔다 올게."

도경이 펴지지 않는 인상을 하고 밖으로 나갔고 하나는 재빠르게 우유를 타서 복남이에게 물렸다.

"복남아…… 누나가 어떻게 해야 하니?"

모질게 보내보겠다는 마음을 먹어보려 했지만 한 회장의 손에 학대받으며 키워지는 무서운 상상만이 떠올랐다.

"한도경 저 남자…… 복남이 네 삼촌 맞아? 도대체 어떻게 돌아가는 집안이기에 네 부모는 뭐 하고 삼촌한테 너를 맡겼다니? 돈도 많은 재벌집이라 너 하나 못 키울 형편도 아닌데. 혹시 네 운명이 상속에 관련되어 비운을 맞이하는……."

아무 형편을 모르고 방긋거리는 복남의 맑은 미소가 하나의 가슴을 아프게 했다.

'내가 널 포기하면 널 지옥으로 보내게 되는 걸까? 네 할아버지 되게…… 재수 없던데.'

그러는 사이 도경이 다시 집으로 돌아왔다.

차에 그의 셔츠가 준비되어 있었는지 도경이 새 셔츠로 갈아입고 왔다.

우유를 다 먹은 복남이는 기분이 다시 좋아졌는지 모빌을 보며 혼자 잘 놀기 시작했다.

도경이 싱크대 수납장을 열어보더니 커피 파드를 찾아 커피를 내리기 시작했다. 마치 제집에 머신을 사용하는 것처럼 머신을 사용하는 동작이나 내린 커피를 하나에게 가져다주는 행동이 자연스러웠다.

"술 좀 깼어?"

"어차피 취하지도 않았어요."

"복남이…… 누나 아이야."

조카라고 했으니까. 누나가 그럼 미혼모?

막상 도경의 입에서 누나 아이라는 복남이의 정체가 나오자 좀 전과 달리 말하지 말라는 말이 나오지 않았다. 어떤 기막힌 출생의 비밀을 가지고 있나 들어보자는 심정으로 귀를 기울였다. 그런데 다음에 나오는 도경의 말을 듣고는 커피를 뿜을 뻔했다.

"불륜으로 태어난."

멍하니 자신을 바라보고 있는 하나를 도경이 말없이 바라보았다.

그런데 하나의 눈에 불륜으로 태어난 누나 아이를 이야기하는 그의 눈이 많이 아파보였다.

"누나하고 나는 다른 남매들보다 많이 돈독해. 왜냐면…… 아버지 폭력에 서로 의지하며 어린 시절을 보냈으니까."

한태수 회장의 가정 폭력으로 인해 도경의 모친은 남매를 두고 집을 나갔다.

이야기는 이제 시작인 것 같은데 하나의 가슴이 벌써부터 먹먹해 왔다.

'맞고 자랐다고? 저 남자가…….'

그의 눈이 아파 보였던 이유를 알 수 있었다. 듣고 상상하는 것만으로도 온몸이 감전된 것처럼 찌릿찌릿 아픈 것 같은데 직접 당한 저 남자의 상처는 어떠할까?

너무 단단해서 찔러도 피 한 방울 나올 것 같지 않은 남자의 가슴 시린 상처가 하나의 가슴에 눈물을 맺게 만들었다.

"지옥에서 벗어나고 싶었지만 자식들까지 집을 나가게 할 수는 없었던 아버지 감시가 심해서 그냥 버텼어. 그나마 누나하고 나도 커가고 아버지 사업도 확장되면서 폭력이 많이 줄어들긴 했지."

20대가 되고부터 한 회장의 폭력은 거의 사라졌다. 대신 도경은 대학을 다니면서, 동시에 회사에 나가 혹독한 경영 수업을 받았다. 성정이 거칠고 포악한 한 회장 아래서 차기 후계자로서의 자질을 갖춰 나갔다.

가정과 사업이 안정되어 가는 줄 알았다. 하는 일이 힘들지만 모든 게 평화롭게 잘 굴러간다고 느끼고 있을 때, 사업 확장으로 자금이 필요했던 한 회장은 채경과 조용관의 결혼을 진행시켰다.

조용관에 대한 소문으로 도경이 결혼을 만류했지만 한 회장은 딸보다 사업 자금 확보가 더 중요했고 채경의 의사와는 상관없이 결혼을 성사시켰다.

"누나는 처음에 그 결혼을 오히려 반가워했지. 아버지 아래 있는 것보다 더 무섭고 힘든 지옥은 없을 거라고 생각해서. 그런데 조용관도 만만치 않게 못된 인간이었어."

조용관에게 내연의 여자가 있는 건 문제도 아니었다. 대경으로 인해 사회적 지위가 올라간 줄 알았던 자신의 생각과 다르게 그는 대경그룹의 사위임에도 경영인들 사이에서 인정받지 못했다. 전통 있는 젊은 경영인들 모임에 회원으로 들어가려 해도 자격 심사에 통과되지 않았다. 그를 그저 대부업을 하던 돈장사꾼으로 치부했기 때문이다. 그 스트레스와 열등감을 채경에게 풀었다. 정신적으로 육체적으로 교묘하게 그녀를 괴롭히면서도 밖에서는 애처가 행세를 했다.

채경이 신경쇠약에 걸리고 심각한 상황이 벌어지자 용관이 그녀를 미국으로 여행 보내주었다.

"그때 내가 미국 지사에 있을 때였는데 미국에 온 누나 얼굴 보고 조용관 그 인간을 죽여 버리고 싶었어. 그리고 딸이 그 지경이 될 때까지 모르는 척했던 아버지도 그렇고. 누나는 한 달 동안 나하고 있으면서 안정을 찾았어. 아니, 정확히 말하면 나하고 있어서가 아니라 그곳에서 만난 준후 아빠 때문에."

누군가에게 사랑을 받는다는 것을 알게 된 채경은 한국으로 돌아와 이혼을 준비했다. 그 과정이 쉽지 않아 도경이 전자 부사장 자리로 발령받아 들어왔다.

"아버지는 조용관이 가지고 있는 현금줄을 놓치고 싶지 않아 이혼을 반대했고, 조용관은 그나마 대경으로 인해 내세울 수 있는 명예와 사회적 권위를 놓칠 수 없어 이혼할 수 없다고 버텼어."

하지만 채경은 도경에게 용관이 아닌 미국에서 만난 남자의 아이를 임신했다고 고백했다.

"아무리 누나지만 그건 이해할 수 없었어. 하지만 그 아이가 누나가 지키고 싶은 행복이고 전부라는 걸 알았어. 위태롭던 누나가 새로운 삶을 사는 것처럼 얼굴에 생기가 도는 걸 보고 나서는 둘 다 지켜야겠다는 책임감 같은 게 들더군."

조용관의 눈을 속이면서 출산 전까지 채경은 배를 꽁꽁 감싸고 있었다. 어차피 허울만 좋은 부부 사이라 채경의 임신을 속이는 건 어렵지 않았다.

"누나가 조용관에게 이혼을 다시 생각해 보겠다는 이유로 해외

여행을 다녀오겠다고 했지. 그 인간은 이혼을 하지 않을 수 있겠다는 생각에 쉽게 허락했고. 누나는 송 실장님 집에 숨어 있었어. 그 집에서 가정 출산으로 준후를 낳았고 몸조리도 하고."

집으로 돌아간 채경은 주치의로부터 받은 허위 불임 판정서를 내밀었고 자식 욕심이 있는 시아버지가 이혼을 종용했다. 아버지 뜻을 거스를 수 없었던 용관도 버티지 못하고 이혼 서류에 도장을 찍고 둘은 남남이 되었다.

"누나는 1년 뒤에 준후를 입양하는 걸로 해서 데려다 키울 생각이었어. 물론 그 남자하고 결혼할 예정이고. 이혼하자마자 바로 일을 벌이면 그 여우 같은 조용관이 무슨 협박을 해올지 몰라 1년을 기다리려고 한 건데…… 그 인간이 준후를 찾아낸 거야. 비록 누나 아이가 아닌 내 아이로 오해를 했지만."

도경의 이야기를 듣는 사이 한 잔의 커피는 다 비워졌고 복남이는 조용히 잠들어 있었다.

"내 아이로 오해하면 누나 아이로 입양이 못 되어갈 가능성이 컸어. 그래서 철저하게 복남이를 숨겨야 했지. 육아전문가를 고용하지 않은 이유도 그 때문이야. 송 실장님의 사모님이 적임이었지만 아프신 분이라 안 되고 다음으로 조 여사님이었는데……. 그 딸이라면 안심하고 믿고 맡길 수 있을 것 같았어. 다행히 당신이 내 아이가 아니라고 해줘서 위험한 고비는 넘길 수 있었고. 고마워."

"재벌들은 좀 다르게 살 줄 알았는데…… TV 막장 드라마에 나오는 그 재벌들하고 하나도 안 틀리네요."

하나의 말에 도경이 씁쓸하게 웃었다.

"맞아. 돈에 환장한 사람들이 많아서 그런지 비인간적이고 비열하게 사는 게 다반사지."

"있는 것들이 더하다고 하더니……."

도경이 하나에게 다가왔다.

"복남이…… 계속 봐줄 거지?"

하나는 현재 준후보다는 도경에게 더 마음이 쓰였다. 그동안 그녀가 느꼈던 안하무인이고 막돼먹은 한도경의 모습은 보이지 않았다. 한 회장을 보지 못했으면 모를까, 대기업 회장답지 않게 무식하고 괴팍한 아버지의 폭력을 견뎌낸 가엾은 남자로 보였다.

그동안 그녀가 미워했던 이기적이고 무책임한 자신의 아버지는 한 회장에 비해 아무것도 아닌 것처럼 느껴질 정도다. 그렇다면 한도경이 받은 상처는 얼마나 크고 아플까?

늘 딱딱하고 모났다고 생각한 그의 성격에서 아직도 치유되지 않은 그의 상처가 보이는 것 같았다.

그런 그가 조카를 한 회장으로부터 지키고 제대로 된 가정을 만들어주기 위한 노력과 희생을 생각하니 냉정하게 뿌리칠 수 없었다. 이제는 복남이가 아닌 그를 생각해 복남이를 봐줘야겠다는 생각이 들었다.

"오늘 같은 일이 다시 일어나지 않는다면요. 한도경 씨 당신 아버지…… 두 번 다시 보고 싶지 않아요.”

“다시는 그런 일 없을 거야. 약속해.”

“그런데 그렇게 되면 난…… 한도경 씨의 내연녀가 되어야 하는 거 아니에요? 남의 아이를 낳고 한도경 씨한테 빌붙어 사는…….”

“아니. 목숨 걸고 좋아한다는 한도경의 마음을 철저하게 외면하는, 아주 도도한 미혼모지.”

“음…… 미혼모라는 게 좀 걸리긴 하지만 내가 갑인 것 같아 괜찮네요.”

도경이 하나에게 더 가까이 다가왔다.

“왜, 왜 이래요?”

“복남이 문제를 해결했으니 이젠 나와의 문제를 해결해야 되지 않나?”

“한도경 씨하고의 문제가 뭐가 있다고……?”

“내가 사귀어보자고 하니까 복남이 때문에 유부남으로 느껴지고, 결혼은 하지 않았다고 해도 언제든 복남이하고 복남 엄마하고 같이 살 수도 있어서 편하지 않다고 했잖아. 그런데 난 복남이 아빠도 아니고 복남이 엄마하고 살 일도 없으니. 게다가 조폭도 아닌데다 직장도 좋고. 어때? 이젠 그 마음 나한테 움직여 오는 거.”

“싫어요. 오늘 당신 아버지 보니까 한도경하고 진짜 연애를 했다가는 뼈도 못 추리게 잘못될 것 같아서 싫어요.”

“그걸 감수하고 복남이는 봐주겠다면서 왜 나를 거부하는 거야? 어차피 같은 상황인데."

"상황이 왜 같아요? 복남이 때문에 의무적으로 가식으로 하는 연애하고 진짜 좋아하면서 마음으로 하는 연애하고 엄연히 다르거든요! 그리고 가짜 연애를 할 때에는 한도경 아버지가 아닌 한 회장님으로만 보고 막 대할 수 있는 용기가 있을 것 같지만 좋아하는 남자의 아버지로 한 회장님을 보면 그 앞에서 작아지기만 할 거 같아서…… 막말로 내가 한 회장님 앞에서 쪼그라들어야 하는 그런 연애는 사절이에요!"

사실 조금은, 아니, 조금보다 더 많이 그에게 마음이 기울어졌다. 하지만 한 회장으로 인한 그와의 미래가 불안해서인지, 그에 대한 믿음이 아직 부족해서인지 진짜 연애를 할 자신은 없었다.

"그래도 난 내 거라고 생각한 거 놓친 적이 없어. 어쩌지? 어차피 이하나는 한도경하고 연애를 해야 될 것 같은데."

자신만만해하는 말투에 비해 그가 보여주는 미소는 따뜻해 보였다.

"그건 차차 시간을 두고 볼 문제고. 오늘 많이 힘들었을 거야. 편히 쉬어. 오늘 밤은 내가 복남이 책임질게."

오래전부터 사귀었던 사람처럼, 아니, 한집안의 가장처럼 말하는 그가 낯설면서도 듬직했다. 한 번도 느껴본 적 없는 가장의 듬직함이 느껴졌다.

"복남이 집에 데리고 가면 안 되잖아요?"

"안 되지."

"그럼 어디서 봐주려고요?"

"여기."

"여기? 그럼 설마 오늘 밤 집에 안 가고 여기서……."

도경이 고개를 끄덕거렸다.

"내가 당신 뭘 믿고 이 집에서 재워요? 아무리 복남이를 봐준다고 하지만……."

"우리 한 침대에서 잔 사이인데 뭘 새삼?"

하나의 얼굴이 심하게 구겨지자 도경이 그녀를 침실 쪽으로 떠밀었다.

"절대 당신 손끝 하나 건드리지 않을 테니까 걱정 말고 들어가. 당신은 이제 샤워하고 잠들면 돼."

도경에게 떠밀려 얼떨결에 침실로 들어온 하나는 등 뒤로 침실 문 닫히는 소리를 들었다.

'정말 혼자 복남이를 보겠다고? 그게 말처럼 쉬운 줄 아나?'

하지만 자신을 생각해 주는 그의 마음 씀씀이가 고마웠다.

'그래도 평범하지 않은 집안의 남자와의 연애는 싫어.'

하나는 오늘 있었던 황당하고 불쾌한 일을 잊기 위해 욕실로 들어가 샤워기 아래 섰다.

시원한 물줄기를 맞으며 여유 있게 하는 샤워가 얼마 만인지. 매일을 복남이 때문에 머리부터 발끝까지 샤워젤 하나로 해결하고, 5

분 안에 모든 걸 끝내고 나오는 신공을 발휘해야 했지만 지금은 샴푸에 트리트먼트까지 해주었고, 몸은 샤워젤이 만들어낸 풍부한 거품으로 부드럽게 닦아냈다. 얼굴은 스크럽제로 각질 제거까지 했다.

아이를 키우면 샤워도 사치라는 것을 알게 된 하나는 그 사치를 여유 있게 즐긴 후 침실로 나왔다. 거실에 귀를 기울여 보니 소음 하나 들리지 않는 것이 아직 복남이는 깨지 않은 모양이었다.

'에라, 모르겠다. 오늘 이런 보상마저 없으면 정말 비참한 거지.'

하나는 모든 걸 다 잊고 편하게 잠을 자기로 마음먹었다.

'이게 얼마 만에 발라보는 화장품이냐?'

화장대 위에 있는 로션과 에센스까지 발라 뺨을 톡톡 두드렸다. 예전에는 별것 아닌 일상들이었는데 지금은 모두 부귀영화를 누려야만 할 수 있는 사치였다.

침대에 들어가기 전 하나는 침실 안에 있는 복남이 침대를 살며시 침실 밖으로 꺼내주며 도경에게 말했다.

"복남이 침대 여기 있어요. 나 정말 편하게 잘 거니까, 무슨 일이 있어도 깨우지 마요."

도경의 대답도 듣지 않은 채 침실로 들어온 하나는 침대로 쏙 들어왔다.

"잘 자요."

밖에서 들리는 도경의 목소리에 하나가 진저리를 쳤다.

'뭐야? 성시경도 아니면서 잘 자요는? 아, 오글거려.'

하지만 이내 그녀는 잠속으로 빠져들었다.

하나가 복남이 침대를 빼주고 침실로 들어간 지 어느 정도 시간이 흘렀다.

도경은 부재중 전화가 여러 통 와 있는 송 실장에게 전화를 걸었다.

"실장님, 접니다."

[어디십니까? 연결이 안 돼서 걱정했습니다.]

"이촌동에 와 있습니다. 이하나 씨가 복남이는 제 아이가 아니라고 한 게 맞습니다."

[다행입니다. 그런데 준후는요?]

도경은 송 실장의 말에 어느새 자신이 준후를 복남이로 부르고 있었음을 인지했다.

'이하나 효과인가?'

피식 웃음을 흘렸지만 이내 특유의 무표정으로 돌아왔다.

"조 사장 증거자료 바로 준비해 주십시오."

[준비하겠습니다.]

"그리고 이촌동에 경호원도 붙여야 될 것 같습니다. 아버지도 그렇고, 조 사장도 그렇고 불안합니다."

[네, 알겠습니다.]

"쉬십시오."

송 실장과 통화를 끝낸 도경은 발코니 가까기 다가섰다.

한강이 내려다보이는 야경이 무척이나 운치 있어 보였다. 한 번도 느껴보지 못한 감정들이 느껴졌다. 그 역시 하나 때문이라는 생각이 들었다.

지금 역시 그녀가 아니었으면 한 회장을 향한 분노로 숨도 못 쉬게 힘들었을 것이다. 그런데 그 엄청난 일을 겪었음에도 마음이 편안하다. 그건 하나 때문이었다.

발끈하며 화를 내면서도 그 안에 느껴지는 여유와 긍정과 당당함이 그에게도 전염된 것처럼 마음이 여유로워지고 긍정적으로 변해갔다.

하나가 아니었다면 조용관이 저지른 오늘 일로 인해 준후를 보호하고 계획했던 일이 물거품이 될 뻔했다. 무척 화가 나고 식겁했던 하루이기도 하지만 그보다 그녀를 향한 자신의 마음이 어떤 것인지 확실하게 확인할 수 있어 다행이기도 했다.

이젠 준후 출생의 비밀까지 알게 됐으니 하나는 빼도 박도 못하게 그의 사람이 되어버렸고 그의 여자로 만들어 버리고 싶었다.

'이하나, 한도경이 찍었는데 어쩌지? 이젠 못 벗어날 텐데.'

그의 시선이 하나의 침실로 향했다가 다시 한강변을 향했다.

'우리 1년 뒤에…… 이런 야경 보면서 같이 밥 먹는 사이가 되고 싶다.'

8. 우리 사고 쳤어요!

꿀같이 달콤한 단잠에서 깨어난 하나는 크게 기지개를 켰다.

'와! 피부 좋아진 거 봐.'

매일 잠을 제대로 자지 못해 눈 밑에 다크서클은 기본이요, 피부는 늘 윤기 없이 푸석푸석했는데 어젯밤 찍어 바르고 잔 효과가 있는지 얼굴 피부가 매끄럽고 촉촉했다.

'그나저나 복남 아빠, 아니, 한도경 씨는 복남이 잘 봤나?'

잠자는 동안 복남이 울음소리를 듣지 못했다. 너무 꿀잠을 자서 못 들었나 보다고 생각한 하나는 침실 밖으로 조심조심 걸어나갔다.

도경이 복남이를 자신의 배 위에 올려놓고 소파에서 함께 자고 있는 것이 아닌가.

밤에 깨서 우유를 먹고 잤는지 거실 바닥에 빈 젖병도 있었고 갈고 난 기저귀도 있었다. 복남이가 하나처럼 내리 잔 건 확실히 아니었다.

'내가 진짜 잘 잤나 보네. 한도경 씨가 복남이를 울지 않게 잘 케어하지는 못했을 텐데. 그런데 저 남자 출근 안 하나?'

하나가 시간을 확인해 보니 6시가 조금 지난 시간이었다.

'부사장이라 굳이 정시 출근하지 않아도 되는 건가?'

깨워야 하는 건지, 그대로 더 자게 둬야 하는 건지 갈피를 잡지 못한 하나는 일단 주방으로 들어가 그가 먹고 갈 아침을 준비했다. 어젯밤 자신을 푹 쉬게 해준 고마움에 대한 보답은 하고 싶었다.

'뭘 해주지? 밥? 빵?'

밥이냐, 빵이냐를 두고 잠시 고민하던 하나는 냉장고에 먹을 만한 음식이 얼마 없다는 것을 깨닫고 간단한 토스트를 만들어주기로 했다.

주방과 거실이 연결되어 오픈된 구조이기에 음식을 하면 도경과 복남이가 깰 것 같아 하나는 최대한 소리를 내지 않으려 했지만 쉽지 않은 일이었다.

냉동실에 있는 식빵을 꺼내는데 이미 복남이가 낑낑거렸고 그 소리에 도경이 반사적으로 아이를 안고 일어나 앉았다. 소파에서 그것도 복남이를 안은 채 자고 일어나서 그런지 그는 아이를 안고 있지 않은 손으로 자신의 허리를 툭툭 쳤다.

"왜 침대에 안 눕히고 안고 잤어요? 허리 많이 아플 텐데."

"눕히면 깨고, 눕히면 깨고. 그냥 안고 자야 나도 잘 수 있을 것 같아서."

"고생했어요. 아침으로 토스트하고 커피 어때요? 괜찮아요?"

"주면 감사하지."

"복남이 기저귀부터 갈아줘요."

도경이 바로 움직이지 않고 멈칫하며 살짝 찌푸려진 얼굴로 하나를 바라보았다.

"왜요? 내가 갈아줘요? 난 한도경 씨 아침 만들고 있는데?"

불만 서린 표정이었지만 도경은 말없이 복남이의 기저귀를 갈아주었다. 어색한 손놀림이었지만 허리밴드를 고정시키는 그의 손길은 꼼꼼했다.

그러는 사이 하나는 복남이의 우유를 먼저 준비해서 도경에게 건네주었다.

"이것도."

그걸 받는 도경의 표정은 제대로 독박을 쓴 것 같은 얼굴이었다.

하나는 지금의 상황이 재미있고 도경의 표정이 귀여워 웃음이 나오려 했다.

"차라리 내가 아침을 만드는 게 나을 것 같은데."

"안 돼요. 내가 지금 한도경 씨 아침을 챙겨주는 이유는 어젯밤 편하게 잘 수 있게 해준 거에 대한 보답이거든요. 그러니까 아침은 내가 해야 해요."

"난 다른 걸로 보답 받고 싶은데."

"난 아침 식사로 보답할 거예요. 복남이 울기 전에 빨리 젖병 물리시죠?"

도경이 끄응 소리를 내며 복남이에게 젖병을 물렸다. 그 모습 역시 자연스럽지 않지만 아이를 바라보는 그의 눈길은 따뜻했다.

'지금 보니까, 딱 조카와 삼촌이네.'

하나는 흐뭇한 모습으로 두 사람을 바라보다 도경과 자신이 먹을 아침을 준비했다. 그런데.

'가만! 이 요상한 분위기는 뭐지?'

마치, 한 가족인 것처럼 아침을 맞이하고 아이를 돌보는 도경과 식사를 준비하는 자신의 모습이 부부 같다는 생각이 들었다. 그것도 아주 안정적이고 여유로운 삶을 즐기는 생활 수준 높은 부부.

'이런 거에 휩쓸리면 안 돼.'

자칫 이런 분위기에 말려 도경의 마음을 받아들일 것 같은 위험한 생각을 할 것 같아 하나는 도경의 토스트만 준비해 식탁에 차려주었다.

도경은 쑥스러움이나 어색함 없이 아침 식사를 마치고 자신의 슈트 재킷을 챙겼다.

"당분간 집에만 있어. 집 밖에 경호원들이 대기하고 있지만 외출해야 하는 상황이면 송 실장님한테 먼저 연락하고. 복남이한테 급한 상황이 와도 저번처럼 무작정 뛰어나오지는 마. 속옷 차림으로 나오는 건 괜찮아도 연락 없이 나오는 건 절대 안 돼."

하나의 표정이 새치름해졌지만 도경은 아랑곳하지 않고 복남이 뺨을 쓰다듬고는 현관을 나섰다.

식어버린 토스트를 입에 넣고 우물거리던 하나가 짜증을 냈다.

"야, 이제는 내가 감금 생활까지 하게 되는구나. 상가 하나 얻어서 편하게 살아보겠다고 했다가 아주 제대로 독박을 쓰네. 복남아! 이 누나한테 복만 주면 안 되는 거니? 병 주고 약 주는 것도 아니고, 밀당이 너무 심한 거 아니야? 엉?"

아무것도 모르는 복남이는 배시시 웃기만 했다. 그런 복남이와 눈을 맞추며 하나도 배시시 눈웃음을 흘렸다. 하지만 복남이를 보낼 때까지 파란만장하게 살아야 할 것 같은 불안한 예감으로 인해 마음은 복잡하기만 했다.

'내가 뭘 믿고 사연 많은 복남이를 계속 봐준다고 한 건지…….'

❖

도경은 밖에서 만나자는 용관을 자신의 집무실로 불러들였다. 은밀하게 나눠야 할 이야기라는 말에 용관이 찾아오기는 했지만 그의 얼굴에는 불만이 가득했다.

그런 용관의 얼굴을 도경은 찬찬히 뜯어보았다.

남자답지 않게 하얀 피부, 얄팍한 입술에 두꺼비처럼 툭 튀어나온 눈. 앞에 앉은 조 사장의 모습이 방금 사진으로 본 아이의 모습과 판박이로 닮았다. 그나마 아이의 눈은 아직 어리고 순수해서 그런지 부리부리하다는 느낌만 있을 뿐, 두꺼비눈은 아니었다.

하나가 붕어빵이라며 웃었다더니 도경도 자칫 웃음이 나올 뻔했다. 하지만 그는 웃음 대신 날카로운 눈빛을 보이며 서류 봉투를 내밀었다.

"뭐야?"

도경이 건넨 것이 가벼운 게 아니라는 걸 눈치챘는지 용관의 표정도 날카로워졌다.

"열어보면 알 겁니다."

용관이 천천히 봉투를 여는데 서류보다는 사진이 먼저 떨어졌다. 임신을 한 여자와 활짝 웃고 있는 아이의 사진을 보자 용관이 화들짝 놀라며 도경을 노려보았다.

"그냥 가만 계시지 그러셨습니까?"

도경의 입가에 여유로운 미소가 번졌지만 용관의 입매는 비틀어지기 시작했다.

"처남, 무슨 말하는지 모르겠지만 이건 너무한 거 아니야?"

입가에 조소를 띠고 있는 도경의 눈치를 살핀 용관이 오히려 버럭 소리를 지르기 시작했다.

"왜 사람 뒷조사를 해? 그래, 이 여자 내가 지금 만나는 여자야. 처남도 아이 있는 여자 만나니까 내 마음 이해할 거 아니야? 아이 있는 여자 만나는 게 잘못된 거야? 처남도 다른 남자 아이 딸린 여자라며? 나 누나하고 이혼했어. 이 여자 만나는 거 떳떳하다고!"

"내가 다른 남자 아이 딸린 여자하고 만나고 있다는 건 어떻게 아셨습니까? 그걸 아는 사람은 송 실장밖에 없었는데 말입니다."

"……장인어른께……."

"누나하고 이혼했다고 말하고 장인어른은 또 뭡니까? 그리고 그 안에 서류부터 확인하시고 큰소리치시죠."

미세하게 떨리는 손으로 자신과 아이의 친자 확인서를 꺼내 본 용관이 잠시 멍한 표정을 짓더니 이내 피식 웃었다.

"처남, 아니, 한 부사장. 사람 이런 식으로 가지고 놀지 마. 어디서 이런 말도 안 되는……."

"그게 정말 말이 안 되는 겁니까?"

바늘 하나 들어갈 틈도 보이지 않을 만큼 냉정한 도경의 표정과 말투에 용관이 할 말을 하지 못했다.

"처남……."

"조 사장님, 날 너무 만만하게 본 것 같습니다. 난 어려서부터 아버지 아래서 사람을 잔인하게 다루는 걸 보고 배웠습니다. 또한 드러내는 것처럼 어리석은 건 없다는 것도 깨달았고요. 조심하십시오. 더는 안 참습니다."

도경이 자리에서 일어섰다.

"누나도…… 재혼할 모양이던데……."

"그것도 알아냈습니까?"

도경의 입매가 슬며시 올라갔다. 날카로운 조소를 보이며 도경은 자신의 책상에 걸터앉았다. 큰 키와 긴 다리 때문인지 그런 행동이 몸집 작은 용관을 조롱하는 것처럼 보였다.

"조 사장님, 최근 부동산 컨설팅 회사를 헐값에 매입하셨더군요."

도경의 한마디에 용관의 표정이 심하게 굳어졌다.

광장 회장이 브로커로 개입하며 부동산 컨설팅 회사를 인수 과정에서 많은 불법행위들이 자행되었다. 그걸 다 알고 있는 것 같은 도경의 표정과 말에서 용관은 위기감이 느껴졌다.

그동안 도경에게서 보아왔던 냉정함과는 또 다르게 사람을 긴장시키는 카리스마였다. 단순하고 무식한 한 회장과 다르게 도경은 그의 말대로 드러내지 않는 잔인함이 엿보이는 듯했다.

"그나마 정진이라는 회사 이름이라도 유지시키고 싶으면 본인 갈 길 가십시오. 더 이상 대경에 허튼 기대 마시고."

당혹스러워하는 용관의 모습을 보며 그가 더 이상 대경에 대한 미련을 두지 않을 것이라는 확신이 들었다.

'이제는 아버지만 남았군.'

용관이 돌아가고 점심 식사를 하러 나가려는 중에 프랑스로 떠났던 혜진에게서 전화가 걸려왔다.

[야! 한도경! 이 나쁜 놈아! 생활비 왜 안 보내? 굶어 죽게 생겼어!]

"아, 미안. 신경 쓸 일이 있어서 깜빡했어."

[나 너 때문에 여기 와 있다. 잊지 마라.]

"네가 원해서이기도 했어. 나한테 다 덮지 마."

[그래? 그럼 나 지금이라도 들어갈까? 내가 왜 여기에 왔는지…….]

"바로 보내줄게."

[알았어.]

그녀의 생활이 어떤지 궁금한 것도 많고 걱정되는 것도 있어 통화를 길게 하고 싶었지만 혜진이 먼저 전화를 끊고 말았다.

목소리를 들어보니 그곳 생활이 생각만큼 만족스럽지 못한 모양이었다.

하지만 점심식사도 하러 나가지 못한 도경은 곧바로 한 회장에게 불려갔다.

"사내가 연애야 아무하고나 할 수 있지. 그래, 그럴 수 있다. 그렇지만 적당히 놀아. 나중에 결혼에 문제 생기지 않을 만큼만. 거기까지는 나도 눈감아줄 수 있으니까."

도경은 아무 대답하지 않았다. 지금 한 회장과 부딪쳐 좋을 건 없었다. 느끼는 감정과 생각을 있는 그대로 드러내는 건 약점을 드러내는 것과 같다. 특히나 한 회장같이 본인의 감정대로 행동하는 상대 앞에서는 철저하게 감추며 적당히 안심시킬 필요가 있다. 그러기에 도경은 한 회장의 말에 토를 달지 않았다.

그렇다고 그러겠다는 대답은 하지 않았다. 마음은 그렇지 않더라도 입으로 하나를 부정하고 싶지는 않았기 때문이다.

"그리고 너! 다시는 그런 식으로 대들지 마! 환갑이 넘어 칠십을 바라봐도 네 아버지고 대경 한태수야! 다시 한 번만 그런 식으로 덤비면 아들이고 뭐고 없어!"

이번에도 도경은 아무 대답도 하지 않았다.

그 후로도 꽤나 긴 시간 동안 한 회장은 도경을 나무랐다.

지루하고 괴로운 시간을 보내고 한 회장 집무실을 나온 도경은 하나가 떠올랐다.

그녀의 팔딱이는 생기와 에너지를 옆에서 느끼고 함께 웃고 싶은 생각에 하나에게 전화를 걸었다.

[복남이 똥 싸서 바빠요!]

제 할 말만 하고 하나가 전화를 끊었다.

기분이 나빠야 하는데 괜히 웃음이 나왔다. 예전 어느 광고 카피처럼 하나는 산소 같은 여자라는 생각이 들었다. 그녀의 활기찬 목소리를 듣는 것만으로 숲속의 좋은 공기를 마신 것처럼 정신 상태가 맑아진 기분이다.

'이하나…… 보고 싶다.'

그녀의 존재가 커져만 갔다.

똥을 푸짐하게 싸놓은 복남이가 입고 있던 내의는 물론이고 흔들침대의 시트까지 똥칠을 해버리고 말았다. 벗기고, 씻기고, 갈아입히고, 빨래까지 돌리고 나니 진이 다 빠진 기분이었다.

그런 하나와 달리 쾌변으로 인해 기분이 상쾌한지 복남이는 젖병을 빨다가 그대로 잠이 들어버렸다.

'아이고, 이 누나 커피 타임 가지라고 잠들어주시고…… 고마워해야 하는 건지. 우리 복남이 밀당킹이에요.'

천사 같은 모습으로 자고 있는 복남이를 눕히고 아이스커피 한 잔을 내리기 위해 주방으로 갈 때 휴대폰 벨이 울렸다. 하나는 당연히 좀 전에 전화를 걸었었던 도경인 줄 알고 발신인을 확인하지 않은 채 전화를 받았다.

"여보세요? 거 전화 좀 작작해요."

[……하나야.]

커피 머신의 전원을 누르려던 하나의 움직임이 멈췄다. '엄마'라는 말도 나오지 않을 만큼 목부터 메어오면서도 조 여사를 향한 원망이 치받쳐 올라왔다.

하나에게서 아무 말이 나오지 않자 조 여사가 먼저 말을 꺼냈다.

[하나야. 잘 지내고 있지? 어디 아픈 데 없고?]

"……."

[엄마는 잘 지내고 있어. 그리고…… 미안해.]

"계속 잘 지내, 그럼."

엄마에 대한 그리움이 복받치면서도 마음과 다르게 싸늘한 한 마디가 튀어나왔다.

[하나야…… 아빠가 네 목소리 듣고 싶다고 해서. 너한테 할 말이 있다고…….]

"내가 아빠가 어디 있어? 어렸을 때 집 나간 후로 나한테 아빠는 없었는데. 엄마 잘 지낸다고 하니까 다행이네. 내 걱정 하지 말고, 미안해하지도 말고 지내. 끊을게."

휴대폰 너머 그녀의 이름을 부르는 조 여사의 간절한 목소리가 들려왔지만 하나는 매몰차게 종료를 눌러 버렸다.

찌릿하게 가슴이 아파왔다. 보고 싶은 마음을 표현하지 못했음에 마음이 아팠고, 자신의 매정함으로 인해 조 여사가 아파할 생각에 미안해져서 또 아팠다. 너무 아프다 보니 눈물이 흘러내렸다.

'그러게 거길 왜 가! 아무리 그래도 난 절대 용서 안 할 건데!'

하나의 마음이 쉽게 가라앉지 않았다. 자신의 이름을 애절하게 부르는 조 여사의 목소리가 귓가를 맴돌 때마다 눈물이 찔끔찔끔 흐르고 가슴이 미어져 왔다.

참다못한 하나가 도경에게 전화를 걸었다.

[이제 좀 한가한가?]

"이보세요, 한도경 씨. 부탁 있어요."

부탁하는 사람치고 그녀의 말투는 무척이나 도전적이었다.

[무슨 부탁?]

"나 오늘…… 정말…… 꼭…… 술을 마셔야겠어요. 오늘 하루만 더 복남이 좀 봐줘요."

코웃음 치는 소리가 들려왔다.

[음주가 습관이 되는 것 같은데.]

"내가 지금 이 정신으로는 애를 제대로 못 볼 것 같아서 그래요. 진짜로."

[무슨 일 있었어? 우리 아버지가 또 무슨 수를 쓴 건가?]

"그건 아니에요. 그쪽 아버지가 아니라…… 하여튼 부탁할게요. 오늘만."

[대신, 오늘 밤 거기에 가서 자야 하는데…… 괜찮아?]

안 괜찮을 건 또 뭔데? 어제처럼 있는지 없는지도 모르게 애만 잘 봐줬으면서. 그렇다고 싫다는 여자 억지로 강간할 파렴치도 아닌 것 같고.

"어제는 안 잔 것처럼 얘기하네요?"

[술 뭐 사다 줄까?]

"술 사러도 나가면 안 되는 건가요?"

[미안하지만, 그래.]

한숨을 내쉰 하나가 소주를 사다 달라고 주문했다.

"아, 그리고 안주는 먼저 살던 동네에 가면 빌라 들어가는 입구에 〈북경〉이라는 중국집 있어요. 거기 레몬 탕수육 포장해다 줘요."

[먼저 살던 동네의 레몬 탕수육이라?]

"싫으면 내가 가고."

[……사가지고 갈게.]

통화를 끝낸 하나가 휴대폰을 바라보며 그를 놀리듯 혀를 내밀었다.

'자승자박이올시다.'

하나는 커피를 내려 발코니 창 가까이에 자리를 잡고 앉았다. 뜨거운 햇빛을 받은 한강이 출렁이며 그 빛을 반사하고 있었다.

'저걸 뭐라고 하더라? 가리키는 단어가 있었는데……? 물비늘이었던가?'

문득 자신이 감상에 젖어 있다는 사실을 깨달았다. 조 여사를 향한 미움과 원망 그리고 그리움이 폭발할 것 같은 격한 감정은 사라지고 밖으로 보이는 전경에 빠져 있었다. 아주 잠깐 사이 그녀가 한 거라고는 도경과 통화한 것밖에는 없는데 말이다.

'뭐야? 꼭 한도경 때문에 내 기분이 나아진 것 같잖아.'

그럴 리 없다고 생각했지만 시간이 흐른 후에 하나는 인정하고 말았다. 도경과의 통화가 그녀의 마음을 진정시켰다는 것을.

이유는 알 수 없었다. 통화를 하면서 그에게 뭔가 짐과 숙제를 안겨준 것 같은 것에 대해 묘한 즐거움과 통쾌감이 느껴졌을 뿐인데 그 작은 감정이 자신을 치유시켜 주었다.

그리고 커피 한 잔을 다 마시고 나서는 술 생각이 사라졌다. 조 여사를 향한 미움이나 원망 그리고 그리움도 잦아들었다.

'아빠한테 가지 못해 평생 가슴에 한으로 담고 사느니 그렇게 간 게 다행인 거지.'

오히려 조 여사의 선택을 최선이라 이해하고 받아들였다.

빈 커피 잔을 들고 일어서려다 하나는 잠시 갈등했다.

'괜찮아졌으니까 오지 말라고 할까?'

마음이 가라앉아서 그런지 음주에 대한 욕구는 사라졌다. 굳이 도경을 집으로 불러들이지 않아도 되지만 〈북경〉의 레몬 탕수육을 포기할 수는 없었다.

그 맛있는 탕수육을 먹어본 지가 언제였던가. 새콤달콤하고 바삭바삭하면서도 달달한 레몬 탕수육. 이제는 울적한 마음이 아닌 생각만으로 군침이 도는 탕수육 때문이라도 술 한잔해야겠다는 생각이 들었다.

도경이 생각보다 일찍 퇴근했다. 인터폰으로 그의 얼굴을 확인한 순간, 조 여사가 첫 월급을 타서 치킨을 사온다고 했던 그날처럼 후다다닥 뛰어나갔다.

"사왔어요?"

도경의 얼굴은 쳐다보지도 않고 그의 손에 들린 봉투부터 반갑게 쳐다보았다. 그런데 그의 손에는 두 개의 봉투가 들려 있었다.

"어? 왜 두 개예요?"

"내가 탕수육보다 못한가?"

"네?"

도경이 한숨을 쉬며 거실로 들어왔다.

반가운 레몬 탕수육을 빨리 꺼내 먹고 싶은데 아직 그의 손에 들려 있어 마음이 조급했다.

'많이 식었을 텐데…… 더 식으면 맛없어질 텐데…….'

거실로 들어오는 도경의 뒤를 졸졸 따라온 하나에게 손에 들고 있는 봉투 두 개를 내밀었다.

"탕수육보다 사람을 더 반겨줘야 하는 거 아니냐고?"

순간 그에게 좀 미안해졌다. 귀찮은 부탁이었음에도 불구하고 일부러 먼저 살던 동네까지 가서 사다 준 그의 정성을 생각해서라도 그의 말대로 그를 먼저 반겨줬어야 했다.

"아, 그러니까…… 한도경 씨는 아침에 봤지만 이건 너무 오랜만에 보는 거라……."

변명이 너무 궁색해 하나는 그가 내민 봉투를 받아 들고 빠른 걸음으로 주방으로 피해 들어갔다.

그릇을 꺼내 음식을 담으려 보니 두 개의 봉투에 각각 다른 탕수육이 있었다.

"왜 탕수육이 두 개예요?"

"하나는 북경의 탕수육. 또 하나는 상해의 탕수육. 아무리 맛있는 탕수육이라고 해도 오다가 다 식으면 그 맛이 안 날 것 같아서 이 동네에서 제일 맛있다고 하는 상해의 탕수육도 포장해 왔어. 입맛 까다로운 서 원장이 추천한 집이라 맛있을 거야."

도경이 말한 대로 그녀가 그리웠던 레몬 탕수육의 고기 튀김은 이미 누져 있었다. 대신 민준의 맛 인증을 받은 곳에서 사온 탕수육은 육안으로도 바삭함이 보일 정도로 맛있어 보였다.

"복남이는?"

"목욕하고 맘마 먹고 자요. 그런데…… 준후라고 안 하고 복남이라고 하네요. 언제는 준후를 복남이라고 부른다고 나를 그냥 무섭게 노려보더니."

"복남이라고 불러서 노려본 게 아니라 복남 아빠라고 해서 그런 거겠지. 한도경이라는 이름을 두고 굳이 복남 아빠라고 부르는 게 맘에 안 들었으니까."

"그럼 이제 복남 삼촌이라고 불러줄게요."

"아니."

대답을 한 도경이 재킷을 벗고 욕실로 들어갔다. 그사이 하나가 접시로 옮겨 담은 탕수육을 식탁에 차렸다. 그리고 탕수육 봉투 안에 있는 소주를 꺼내 한참을 바라보았다.

'마셔?'

고민에 고민을 거듭하며 어쩔 줄 몰라 하는 사이 도경이 욕실에서 나와 주방으로 들어왔다.

셔츠를 접어 올린 그의 팔뚝이 하나의 눈에 들어왔다. 여자의 잘빠진 각선미처럼 조각 같은 팔뚝선에 흠칫 놀라고 말았다.

"나도 한 잔 마시고……."

그의 말이 끝나기도 전에 복남이가 빽 하고 울어댔다. 복남이의 울음소리를 듣는 순간, 하나는 도경에게는 미안하지만 어젯밤처럼 편한 밤을 보내고 싶다는 욕구가 생겼고 그로 인해 소주 뚜껑을 따버리고 말았다.

"내가 들어갈게요."

소주 뚜껑을 일단 따놓은 하나가 들어가 복남이를 안고 나왔다.

그녀가 기저귀를 가는 동안 도경이 물끄러미 그녀를 바라보고 있었다.

"먼저 먹어요."

하지만 도경은 그녀가 복남이를 흔들침대에 눕힐 때까지 기다려 주었다.

"일단 그리워했던 맛부터……."

복남이를 눕힌 하나가 〈북경〉의 탕수육을 먼저 집어 먹었다.

"탕수육이 바삭하지 않고 쫄깃해. 크크크. 쫄깃한 탕수육 먹어 봤어요? 한번 먹어봐요. 먹을 만해요."

킥킥거리는 하나의 반응이 귀엽기도 하고 쫄깃한 탕수육 맛이 궁금하기도 한 도경이 한 조각을 집어서 입으로 넣으려 할 때였다. 두 사람만 먹는 게 질투가 났는지 복남이가 칭얼거리기 시작했다.

반사적으로 하나가 일어나려는데 도경이 먼저 젓가락을 내려놓고 복남이를 안았다.

아이를 안고서 앉지도 못하는 그가 안쓰러워 보였고 하나는 자신이 직무 유기를 저지르는 것 같아 마음이 편하지 않았다.

"내가 안을게요."

"됐어. 일단 먹어. 그리워했던 맛인데."

하나가 도경이 먹지 못했던 고기 조각을 집어 소스에 묻혀 그의 입에 가져다주었다.

먹여주려는 하나의 행동에 멈칫 놀라는 것 같았지만 도경은 그녀가 먹여주는 탕수육을 냉큼 받아먹었다.

복남이를 내려놓지 못하고 계속 안고 있던 도경에게 하나는 그런 식으로 계속 먹여주었다. 그러는 사이 어느샌가 소주 반병이 비워져 있었다.

"이제 내려놔도 될 거 같은데요."

하나의 말에 복남이를 흔들침대에 내려주고 눈을 맞춰주니 손과 발을 움직이며 침대 끝에 달린 모빌을 바라보았다.

"자, 그럼 오늘 왜 술을 마셔야 하는지 이유를 말해봐."

"엄마 때문에…… 그리고 아빠 때문에."

도경이 자신의 아픈 과거를 모두 털어놔서일까. 하나도 어떤 거부감 없이 조 여사가 편지 한 장 달랑 써놓고 미국으로 사라진 이야기를 해주었다.

"사실 아빠라고도 하고 싶지 않아요. 처자식보다 사진, 친구, 술을 더 사랑한 사람이었으니까. 처자식은 어떻게 살든 나 몰라라 하고 버려놓고는 본인이 좋아하는 사진하러 혼자 미국으로 떠나 호의호식하며 사진작가로 폼 나게 살았으니까. 그래, 이혼했으니까 우리를 책임지지 않아도 된다고 쳐! 그럼 병도 혼자 조용히 이겨내야지, 왜 엄마를 부르냐고! 병수발시킬 사람 없으니까…… 또 부른다고 가는 엄마나……."

가만 듣고 있던 도경이 씁쓸하게 웃었다.

"우리는 둘 다 아버지라는 존재한테 상처를 받은 공통점이 있네."

"그러네!"

동지 의식이 느껴지는 순간, 그가 멀지 않게 느껴졌다.

그때, 인터폰이 울렸다.

"오셨나 보네."

누가 오기로 약속이 되어 있는 것처럼 도경이 자리에서 일어났다.

"누가 오기로 했어요?"

"송 실장님."

"실장님이 왜요?"

하나의 질문에 답하는 도경의 대답이 기가 막혔다.

하나에게 뭔가 안 좋은 일이 일어난 것 같은 느낌에 도경은 함께 한잔하며 위로해 주어야겠다는 생각을 했고 그러기 위해서는 복남이를 송 실장에게 맡겨야 했다는 대답이었다.

"헐!"

"우리 둘이 같이 있는 거 송 실장님이 보셔도 상관없다고 생각하면 계속 앉아 있고 그게 싫으면 침실로 들어가야 하는데……."

하나가 도경의 말이 떨어지기가 무섭게 침실로 숨어버렸다.

'저 남자는 왜 저렇게 제멋대로야! 결국 본인도 애 보기 싫으니까 실장님한테 떠넘기는 거면서 위로해 주겠다는 핑계를 대고…… 어머! 이러다 그날 같은 사고가 또 터지면…… 이거, 이거 계획적으로다…….'

하나의 시선이 매섭게 방문 밖으로 향했다.

'사람 그렇게 안 봤는데…….'

그와의 연애를 거절하는 그녀에게 마지막 수단을 쓰기 위한 계획이 아닌가 싶었다.

'한잔이고 뭐고 빨리 보내 버려야지.'

마음이 조급해지고 있을 때, 그가 문을 열었다.

"가셨어."

"저기요! 위로는 필요 없으니까, 그냥 가요."

"그럼 나를 위로해 주는 건 어때?"

도경이 기가 막혀하며 가만 서 있는 하나를 끌어다 식탁 의자에 앉혔다.

"위선적이고 탐욕스러운 아버지, 1년 동안 책임져야 할 조카, 회사에 딸린 직원들 그리고 말 안 듣는 여자. 위로가 필요할 것 같지 않아?"

듣고 보니 진정한 위로가 필요한 사람은 그인 것 같았다. 그런데 그는 소주 한 잔을 따라 마시고는 씩 웃었다.

"더구나 난 엄마도 없는데."

그는 아무렇지 않게 툭 던진 것 같았지만 하나의 마음에는 큰 파문이 일었다. 그리고 뒤돌아 그가 했었던 말들을 생각해 보니 힘들게 살아왔을 그가 가엾게 느껴졌다. 그날은 한 회장에게 불려 갔던 일로 인해 도경을 생각할 겨를이 없었다. 하지만 지금은 그의 상황이나 마음이 얼마나 힘들지 헤아려졌다.

그래서 하나는 그를 위로해 주기로 했다.

"그래도 한도경 씨, 다행인 줄 알아요. 재벌이어서 돈이라도 있잖아요. 돈도 없었다고 생각해 봐요. 그보다 못한 환경에 돈까지 없는 사람들이 얼마나 많은데. 힘내요. 딸도 버리는 우리 아빠하고 다르게 조카를 잘 지켜주려는 한도경 씨는 책임감 있는, 괜찮은 남자니까."

"그런데 이하나 당신은 책임감 있는 괜찮은 남자를 왜 마다하는 거지?"

"지금 내가 말하는 건……."

"나한테 솔직한 생각과 마음을 서슴없이 표현하는 사람은 이하나 당신이 처음이야. 대경 후계자 한도경으로 보지 않고 조폭이라고 오해하면서도 인간 한도경으로 보고 할 말 다 하는 이하나가 자꾸 마음에서 안 나가. 아버지한테 당했으면서도 당당하고 기죽지 않는 이하나가 자꾸만 더 좋아지는데…… 연애는 안 되는 건가?"

눈빛에 취한다는 게 이런 것일까?

그가 자신을 너무 사랑스럽게 보는 것 같았다. 사랑을 갈구하는 것 같은 애절함도 보였다.

눈빛이 왜 저러지? 진짜 나를 너무 좋아하는 것 같잖아!

하나는 그의 시선을 피해 가득 채워진 소주잔을 비우려는데 도경이 빼앗더니 자신이 마셔 버렸다. 그리고 그녀에게 다시 물었다.

"안 되는 거냐고 물었는데?"

"……."

"미혼부에 조폭이라 안 된다는 이유도 사라졌으니 핑계 댈 것도 없고."

"……."

"그럼 이젠 되는 거 아닌가?"

그의 뜨거운 시선, 속삭이듯 유혹하는 것 같은 저음의 목소리. 알딸딸하게 올라오는 취기. 빠르게 뛰는 심장. 하나가 어찌할 바를 몰라 눈만 깜빡이고 있을 때, 그의 입술이 그녀의 입술에 포개졌다. 너무 놀라 떼거나 피할 겨를도 없었다. 도장을 찍듯 입술을 꾹 누르는 것 같더니 이내 그녀의 입술 사이로 그의 혀가 들어왔다.

이러면 안 된다고 밀어내야 하는데, 이 무슨 조화인지 키스를 하는 지금의 느낌이 너무나 좋았다. 오히려 그가 입술을 뗄까 안달이 날 정도였다.

'음란마귀가 들러붙었나? 나 왜 이러지?'

그가 그녀에게 몸을 밀착해 왔다. 그런데 그녀의 뺨을 감싸며 더 깊고 뜨거운 키스를 해줄 것 같은 그의 입술에 떨어져 나갔다.

"말로 듣는 대답보다 훨씬 좋네."

목소리에 꿀 발랐나? 왜 이렇게 달콤해. 이래서 내 귀에 캔디라는 노래가 나왔나 봐.

그가 다시 키스를 해왔다. 이제는 머리가 어질어질했고 가슴이 간질간질했다.

눈이 절로 감기고 현실에서 아득하게 멀어지는 느낌이 들었다.

'엄마…… 나 오늘 사고 칠 것 같아.'

허리를 감싸오는 묵직한 느낌에 하나의 눈이 번쩍 떠졌다.

'헐!'

지금 자신의 허리를 감고 있는 도경의 손이 문제가 아니었다. 그의 숨결이 그녀의 맨등에서 느껴지고 있었다.

'깼나?'

하나는 숨도 제대로 못 쉬며 도경만을 의식했다. 아무 미동도 없는 그가 아직 깨지 않았다고 생각한 하나가 살며시 그의 팔에서 빠져나오려는데 도경이 그녀를 자신 쪽으로 당겼다.

"도망가려고?"

"……."

"늦었어. 한도경의 여자가 된 이상 못 도망가. 가려면 어젯밤에 갔어야지."

그냥 하는 말이 아니라는 걸 알려주려는 것처럼 도경이 그녀를 가두듯 안았다. 설레는 마음과 조금은 부끄러운 눈빛으로 서로를 대할 아침이 무척이나 쑥스러울 줄 알았는데 도경은 그렇지 않은 모양이었다.

'뭐야? 왜 이렇게 자연스러워? 그날도 혼자 아무렇지 않더니. 선수 아니야?'

자신이 한순간에 몸과 마음의 빗장을 풀어버릴 수 있었던 것도 도경의 선수 기질 때문이 아닌가 싶었다.

하지만 어젯밤 그는 무척이나 신중했고 조심스러웠다. 단순한 욕망이나 순간적인 감정에 의해 그녀를 안는 게 아니라는 것이 느껴질 만큼 그의 손길은 따뜻했고 귓가에 속삭이는 말들은 다정했다. 마지막 순간에 마주친 그의 눈빛에서 따뜻함이 보였다.

그녀를 지켜주겠다는 말을 들었을 때와 같이 소중한 보물을 품듯 안아주는 그의 품에서 보호받고 있다는 느낌을 받았다. 어린 시절 부친의 부재로 인해 늘 어딘가 허전했던 마음 한 부분을 그가 채워주고 있는 느낌이었다. 그 순간은 어느 누구도 부럽지 않았다. 미래에 대한 불안함도 없었고 과거에 대한 아픔이나 상처도 느껴지지 않았다. 평안이 차고 넘치는 순간이었다.

그뿐만 아니었다. 한도경이라는 남자에 대한 믿음이 생겼다.

그는 상처의 탓을 부친에게 돌리며 불만 많은 어린 시절을 보냈던 자신과 다르게 무서운 폭력에 무너지지 않고 상처를 이겨내며 자신을 더 단단하게 만들었다. 대경전자의 위상을 끌어올려 놓을 만큼의 능력을 지니고 또 그 능력을 발휘할 줄도 안다. 엄마 없이도 잘 자라주었고, 누나의 사랑과 조카를 지켜줄 줄 아는 따뜻한 인간미까지 지니고 있는 남자다.

너무도 평범하고 옹졸한 자신과 다르게 마음이 넓고 깊은 사람이라는 걸 하나는 인정할 수밖에 없었다.

그래서 함께 누워 있는 지금, 그녀에게는 더 이상의 망설임과 어떤 후회도 없었다.

'한도경의 여자라잖아. 한도경의 여자…….'

하나의 입꼬리가 슬며시 올라갔다.

'이젠 진짜 시작된 거네.'

등을 돌리고 있기에 다행이었지 안 그랬으면 실실 웃는 자신의 모습을 숨기지 못해 창피했을 것 같다는 생각을 했다.

다시 잠이 든 것 같은 그를 따라 하나도 잠이 들었다가 커튼 사이로 들어오는 햇살에 눈이 떠졌다. 도경은 이미 일어났는지 옆에 없었다. 매일을 혼자 침대에서 눈떴는데 이상하게 허전했다.

빠르게 옷을 껴입고 밖으로 나가니 슈트까지 말끔하게 차려입은 그가 커피를 내리고 있었다. 어젯밤 아무 일이 일어나지 않은 것처럼 넥타이까지 완벽하게 매듭져 있었다. 빈틈없이 너무 완벽한 것 같은 그 모습이 얄밉다고 생각하고 있는데 그가 만든 것 같은 스크램블과 구운 식빵이 차려진 식탁이 눈에 들어왔다.

"깨울까, 말까 고민 중이었는데."

거기에 다정한 목소리와 그의 옅은 미소를 보자 그녀의 마음이 살랑거렸다.

"커피만 내리면 돼. 앉아."

그의 말이 리모트컨트롤인 것처럼 하나는 식탁 앞에 얌전히 앉았다. 그러자 먼저 내린 커피를 그녀 앞에 놓아주었다.

"아침이라 일부러 따뜻한 걸로 준비했는데, 아이스 원해?"

"아니요. 괜찮아요."

여태껏 보이지 않던 그의 자상함이 보였다.

다른 데서는 뻣뻣하고 재멋대로지만 내 여자한테는 자상하고 따뜻한 남자로 느껴져 흐뭇했다.

'그럼 된 거지.'

식사 후 출근을 위해 현관 앞에 선 그를 볼 때는 보내고 싶지 않은 마음까지 들었다.

하룻밤에 만리장성을 쌓는다더니 하룻밤에 일어난 변화가 너무 컸다.

"가기 싫다."

도경 역시 하나와 다르지 않은 아쉬움을 표현해 주니 잠만 잔 사이가 아닌 진정한 연인이라는 것이 실감 났다.

"복남이 때문에 힘들더라도 밥 꼭 챙겨 먹고."

하나가 고개를 끄덕거렸다.

"전화할게."

이번에도 하나가 고개를 끄덕거리려는데 그가 그녀의 고개를 붙잡고 키스해 왔다. 그리고 또 한 번 가기 싫다는 말을 하고는 현관을 나섰다.

남편을 출근시킨 것 같은 분위기였지만 하나의 마음은 첫사랑을 시작하는 수줍은 소녀와 같았다.

'이 남자를 만나려고 내가 7년 수절을 한 거구나. 복남아, 네가 이젠 삼촌까지 나에게 붙여주면서 복을 주는구나. 고맙다. 히힛.'

운전을 하던 도경은 어느 순간 자신이 차 안에서 흘러나오는 음악을 따라 콧노래를 부르고 있었다는 사실을 깨달았다.

처음이었다. 습관적으로 음악을 틀어놓고 운전을 하지만 늘 그의 의식은 회사 일에 있었다. 한동안은 채경이 낳은 준후와 용관과의 이혼 문제로 출퇴근길, 그의 머릿속은 늘 복잡했었다.

그런데 오늘 아침은 다른 때와 달랐다. 그냥 다른 것이 아니라 완전하게 달랐다. 콧노래를 했다는 것도 그렇지만 마음이 너무 편하고 가볍다. 아니, 즐겁다. 어젯밤 그녀를 생각하면 미소까지 나온다.

어느 순간은 과감하게, 어느 순간은 수줍어하며 자신에게 모든 걸 열고 맡겼던 하나의 모습을 생각하니 차를 다시 되돌리고 싶은 마음이었다.

'제대로 빠졌군.'

그의 입가에 머문 미소가 사라지지 않았다.

9. 사랑은 영화 같은 것

퇴근을 한 도경은 바로 이촌동으로 향했다. 하나를 보고 싶은 마음에 빠르게 달려왔지만 아무리 인터폰을 눌러도 하나는 나오지 않았다. 무슨 일이 일어난 줄 알고 마음이 급해진 도경이 하나의 휴대폰으로 전화를 걸려고 할 때 문이 열렸다.

"왜 이렇게……."

발가벗은 복남이를 안고 있는 하나의 옷은 거의 다 젖어 있었고 그녀의 인상은 잔뜩 찌푸려 있었다.

목욕을 시키다 말고 아이를 안고 나왔던 하나가 다시 욕실로 들어가 아기 욕조에 복남이를 담갔다.

"비밀번호 2121예요. 다음부터는 번호 누르고 들어와요."

도경은 타이밍을 못 맞춘 것과 하나를 번거롭게 한 것에 미안해졌다.

"도와줄까?"

"됐어요."

하지만 도경은 재킷을 벗고 욕실로 들어와 하나를 거들기 시작했다.

"복남이를 내가 잡아줄게."

도경이 복남이를 잡아주니 씻기기 한결 쉬워졌다. 하나가 복남이의 몸을 꼼꼼하게 닦아주는데.

"아무리 조카고 아기라지만, 얘도 남잔데…… 거기는 나한테 맡기지, 그래?"

하나의 손과 도경의 시선이 복남이의 다리 사이에 있었고 도경의 말에 손놀림이 멈춰졌다.

하필 목욕시킬 때 찾아와 귀찮고 힘들게 한 그가 살짝 짜증스럽고 미웠는데 그 말 한마디에 모든 게 녹아내리며 웃음이 터져 나왔다.

"푸하하하하. 뭐예요?"

"그렇잖아? 사이즈는 작아도 이것도 그건데."

"누가 들으면 그렇게 생각하는 한도경 씨 변태라고 해요! 그리고 이게 그거면 난 뭐 성추행하는 건가? 말도 안 되는 소리 그만하시죠!"

"그래도."

그러더니 도경은 진짜로 자신이 복남이의 하반신을 닦아내기 시작했다.

"앞으로 내가 올 때까지 목욕시키지 마."

"나 혼자 목욕 안 시키면 나야 편하지만…… 그런 이유라면 그럼 난 기저귀도 갈면 안 되고, 똥 싼 엉덩이도 씻기면 안 되는데 그건 어떡할까요? 데리고 출근하실래요?"

그 말에 도경의 표정이 난감하게 변해갔다.

"적당히 하세요, 한도경 씨."

"그래도 목욕은 같이 씻겨. 혼자 하기 너무 힘들어 보여."

"그런 이유라면 얼마든지 기다리고 있을게요."

"그리고…… 탕수육만 반갑게 맞이하지 말고 나도 반갑게 맞이해 주고 이것도 반갑게 받아줘."

하나가 어이없는 웃음을 보였지만 도경은 자신이 가지고 온 하나의 양식을 냉장고에 채워주었다. 그녀의 텅 빈 냉장고를 보고 그가 일부러 챙겨 가지고 온 것 같아 하나의 마음이 뭉클했다.

"젖은 옷부터 갈아입고 와. 복남이 옷은 내가 입힐게."

이렇게 세심하게 배려할 줄 아는 남자였던가. 이럴 줄 알았으면 진즉에 연애를 시작하는 거였는데.

지금이라도 이 남자의 진면목을 알게 되고 함께할 수 있으니 다행이라는 생각을 하며 하나가 옷을 갈아입고 나왔다.

"나도 옷 갈아입고 나올게."

"옷이요?"

"앞으로 여기로 퇴근하고 올 날이 많을 것 같아서."

그러고 보니 거실 한쪽에 작은 트렁크가 놓여 있었다.

"아, 뭐예요? 우리는 연애를 시작한 거지, 동거를 시작한 게 아니에요!"

"데이트를 밖에서 할 수 없으니까."

도경이 트렁크를 들고 하나의 침실로 향하자 그녀가 단호한 목소리로 불렀다.

"한도경 씨."

"응?"

"트렁크 빼다가 작은방으로 가서 갈아입어요."

"……?"

"밖에서 데이트를 할 수 없어 집에서 한다지만 방은 따로 사용하고 잠도 따로 자요."

"따로? 왜?"

하나가 한숨을 깊게 내쉬었다.

"우리 이제 시작하는 연인인데 결혼 10년 차 되는 것 같은 이런 모습 싫어요. 당신이 이 집으로 퇴근하고 아이 보고 같이 자고. 더구나 이 집에서 나는 복남이 때문에 젖비린내 나는 후줄근한 옷 입고 머리도 산발해서 아…… 줌마 같아 보일 텐데……."

"난 괜찮지만…… 원한다면 그렇게 할게."

생각해 보니 그녀의 말이 틀리지 않았다. 도경은 두 사람만이 편하게 지낼 수 있는 집에서의 만남이 나쁘지 않았지만 하나의 처지에서는 그럴 수 있다는 생각이 들었다.

도경은 방향을 바꿔 작은방으로 들어가 옷을 갈아입고 간단하게 챙겨온 자신의 짐을 정리했다.

"화난 거 아니죠?"

거실로 나오는 그를 보며 하나가 물었다.

"나하고 마음이 같지 않아 서운하기는 해도 이해할 수 있어서 화는 안 나."

분명히 그때는 화가 나지 않았었다. 저녁을 함께 먹고 복남이가 잠이 들고 한강변의 야경을 보며 차를 마실 때까지만 해도 도경은 행복했다. 그런데,

"자야겠어요. 졸려요."

12시도 안 돼서 하나는 제 침실로 들어가 버렸다. 함께 더 시간을 보내자고 조르고 싶었지만 하루 종일 복남이 보는 일이 얼마나 힘든 것인가를 알기에 더 잡고 있을 수는 없었다.

"잘 자."

굿나이트 키스를 해주고 그도 잠들기 위해 침대에 누울 때만 해도 평안했다. 그런데 사랑하는 여인을 옆방에 두고 따로 자야 한다는 사실에 맘 상하기 시작했다.

집 안에 누가 지켜보는 것도 아니고, 지켜봐야 생후 3개월도 안 된 복남이인데 왜 각방을 써야 하는지 슬슬 짜증이 났다.

이하나가 원하기에 어떻게든 그대로 잠들어보려고 했지만 쉽게 잠이 오지 않았다. 자칫하다가는 허벅지를 바늘로 찔러야 하는 불상사가 생길 것 같아 도경이 침대에서 벌떡 일어섰다.

'부부보다 연인이 더 뜨거운 법이지.'

결국 베개를 들고 살금살금 하나의 침실로 향했다. 도둑고양이 같은 자신의 모습에 헛웃음이 나올 만큼 어이없고 기가 막혔지만 하나의 침실 문을 열 때는 숨도 쉬지 못할 정도로 신중했다.

하나와 복남이가 깨지 않게 침실로 잠입하고 시트 속으로 들어가 그녀 옆자리에 눕는 것까지 성공했다. 바로 옆에서 들려오는 하나의 옅은 숨소리에 마음이 편안해졌다. 그리고 아무리 노력해도 잠이 오지 않았던 방금 전과 달리 잠이 쏟아졌다.

'좋다.'

꿈인가. 그런데 너무 현실감이 넘치는데?

자신의 허리를 감싸오는 손길을 꿈이라고 생각했다. 하지만 묵직한 느낌이 너무도 생생해서인지 하나의 눈이 떠졌다. 그런데 바로 눈앞에 도경이 보이는 게 아닌가.

"헙."

분명 어제 각자 방으로 들어갔는데 왜 이 남자가 여기에?

'그럼 오늘 새벽에 그 일은…… 꿈이 아니었네!'

복남이는 새벽에 한 번씩 꼭 깨어나 우유를 먹고 잔다. 그런데 오늘 새벽에는 알아서 울음을 그치는 것이 아닌가. 안아주지도 않고 우유를 먹이지 않았는데도 말이다.

그런데 잠 덜 깬 상태에서 복남이를 달래주는 소리가 들렸었다. 그리고 자신에게 더 자라며 토닥거리는 손길이 느껴졌었다. 모든 게 꿈이려니 했는데 아니었나 보다.

흠칫 놀라는 것도 잠시, 하나가 감동의 표정을 하고 곤하게 잠들어 있는 도경의 얼굴을 바라보았다. 어디 하나 흠잡을 수 없을 만큼 완벽한 그의 얼굴.

'얼굴만큼 마음이 잘생겨서…… 한도경 씨, 당신 참 좋다.'

❖

"남자친구가 재벌이니까 영화에서처럼 백화점에 데리고 가서 옷하고 가방하고 구두하고 그런 거 다 사주고…… 뷰티숍 데리고 가서 변신시켜 주고…… 전망 좋은 레스토랑 하나 전세 내서 맛난 거 먹고…… 잠은 호텔 스위트룸에서 자고. 뭐 이런 거?"

집으로 퇴근해서 만나는 것이 10년 차 부부 같다고 툴툴거리는 하나에게 어떤 데이트를 원하냐고 물었었다. 그때 나온 하나의 대답이었다. 물론 그 끝에 그녀는 말을 덧붙였었다.

"그치만 그건 영화니까 가능한 거고. 난 그냥 밖에서 밥 먹고, 영화 보고, 드라이브 가고. 그것만 해도 좋을 것 같아요. 지금으로서는."

영화에서처럼 그녀를 백화점으로 데리고 가서 그녀가 원하는 것을 사주고, 레스토랑을 전세 내고, 호텔 스위트룸에서 하룻밤을 보내는 건 어려운 게 아니었다. 다만, 그 시간 복남이를 누구에게 맡겨야 하는지가 고민이었다.

맡길 만한 사람이 송 실장밖에 없지만 수시로 맡길 수 있는 상황은 아니었다. 송 실장의 아내가 허리가 좋지 않아 아이를 보는 건 무리였다. 그걸 알면서도 몇 번 부탁을 했지만 하나와의 꿀 같은 시간을 보내기 위해 아픈 사람을 더 힘들게 할 수는 없었다.

그런데 그 고민이 해결될 기미가 보였다. 채경이 준후가 보고 싶어 미국에서 나오겠다는 전화를 해왔었다.

용관의 불륜이 밝혀지고 이미 내연의 여자와 재혼이 확정된 상태에서 용관은 아예 아이와 함께 동거에 들어갔다.

도경이 이미 모든 걸 알아챘으니 더 이상 대경에서 건질 것이 없다고 판단한 것 같았다. 한 회장도 용관의 재혼 사실을 알고 길길이 뛰고 난리를 쳤으니 대경과의 관계 회복은 불가능한 것이 되어버렸다. 그러니 채경에게 미련이나 후환을 가지고 접근할 일은 없다. 용관의 문제가 해결됐다고 해서 준후의 존재를 알리거나 밝힐 수는 없지만 비밀리에 모자 상봉을 하는 것도 나쁘지 않다는 생각이 들었다. 그 기회를 이용해 하나가 원하는 데이트를 할 수 있어 도경은 채경이 나오는 날만 기다렸고 드디어 디데이가 내일로 다가왔다.

도경은 자신이 준비한 데이트 계획은 숨기고 채경이 나온다는 소식만 전했다.

"누나가 복남이 보러 미국에서 나왔어. 3일 정도 데리고 있겠대."

"그래도 괜찮아요? 당신 아버지한테 들키면 안 되는 거 아니에요?"

"아버지는 누나 나온 거 몰라. 그리고 복남이는 호텔에서만 데리고 있을 거야."

"나중에 이 예쁜 거 떼어놓으려면 누나 마음 되게 아플 텐데……."

"그건 누나가 감당해야 할 몫이고. 아, 그리고 육아 일기 쓴 거 누나한테 보여주게 미리 챙겨놔."

육아 일기라는 말에 흠칫 놀란 하나의 눈동자가 심하게 흔들렸다. 처음엔 힘들어서 못 쓰고, 다음엔 밀려서 못 쓰고, 언젠가부터는 그런 걸 써야 하는 줄도 모르고 있었다.

방학 숙제로 내던 일기와는 달라 밀려 있는 일기를 한 번에 쓸 수도 없으니 미리 챙길 수 없음을 고백해야 했다.

"그거 말이에요…… 못 썼는데……."

"그건 꼭 써야 한다고 했잖아."

"그렇기는 한데…… 알다시피 애를 보다 보면 그거 쓸 시간이 없었단 말이죠. 그래서……."

"누나가 그건 꼭 챙겨야 한다는 거였는데…… 어쩌지?"

도경에게서 한숨이 새어 나왔다. 그의 한숨에 하나의 마음도 편치 않고 미안해졌다.

"어떡해요?"

"혼나야지…… 이하나 대신 내가."

"미안해요."

"어쩔 수 없지."

하지만 도경의 표정은 굳어졌고 늦은 밤까지 풀어지지 않았다. 그의 눈치를 살피느라 하나는 잠을 자러 들어가지도 못하고 있었다.

"안 자요?"

"잠이 안 와."

"……설마 육아 일기 때문에……?"

도경은 다시 굳어진 표정을 짓는 것으로 대답을 대신했다. 이번에는 하나에게서 한숨이 새어 나왔다.

"내가 가서 혼날까요? 내가 못 쓴 거니까."

"됐어. 들어가서 자."

"잠이 오겠어요? 한도경 씨 나 때문에 이러고 있는데."

암체어에 앉아 야경만 바라보고 있던 도경이 자리에서 일어섰다.

"재워줘?"

"……."

"재워줄게, 들어가자."

도경이 하나의 손을 잡고 침실로 향했다.

미안해하며 도경을 바라보던 하나의 얼굴이 변해갔다. 뭔가 도경에게 낚인 것 같은 기분이 들었지만 지은 죄가 있어 하나는 조용히 도경을 따라 들어왔다.

먼저 침대로 올라간 도경이 자신의 옆자리를 툭툭 두드렸다.

"지금…… 잠만 재워주려고 이러는 거죠? 내가 육아 일기를 쓰지 않았다는 약점과 나의 이 미안함을 이용해서……."

"미안함을 이용해서 뭐?"

"그러니까…… 엄마야!"

뭐라고 해야 하나 눈동자를 굴리고 서 있던 하나를 도경이 끌어당겨 침대에 눕혔다. 순식간에 도경의 몸 아래에 갇힌 꼴이 되어버린 하나의 눈동자가 가늘어졌다.

"너무…… 얍삽한 거 아니에요?"

"너무 철벽을 치니까 그렇지. 나를 이렇게 만든 건 이하나야."

"그래도 그렇지. 난 정말 미안해서 가시방석에 앉은 것 같은 기분이었는데…… 흡."

따지듯 빠르게 말하는 하나의 입을 도경이 키스로 막아버렸다.

하지만 곧이어 하나가 도경을 강하게 밀어냈다.

"당신이 원하는 대로 음…… 오늘 밤 한도경 씨한테 수청 들면 오늘까지 밀린 육아 일기에 대한 책임은 묻지 않고 넘어가 주는 건가?"

"오늘 밤 하는 거 봐서 오늘까지 밀린 건 털고 내일부터 쓰는 걸로 해주지."

도경의 말에 하나가 씩 웃었다. 그리고 그의 얼굴을 쓰다듬고 머리카락을 만져 주며 유혹의 손길을 뻗쳤다. 도경이 그런 하나의 행동에 만족스러운 미소를 지으며 그녀의 목선에 입술을 내리는 순간,

"응애. 응애."

평소 밤에 잠들면 새벽에 한 번 깨어나던 복남이가 울기 시작했다.

너무 놀란 하나가 반사적으로 벌떡 일어났고 급하게 침대에서 빠져나와 복남이를 안았다.

무척이나 아쉬운 한숨이 도경에게서 나왔다. 사랑의 시간을 훼방 놓은 방해자가 남도 아닌 어린 조카라 어찌할 수도 없으니 나오는 건 한숨뿐이었다.

하나가 겨우 달래서 다시 재웠다. 도경이 다시 그녀를 침대로 끌어들였고 분위기를 잡고 그녀와 뜨거운 입맞춤을 나누었다. 그러나 또다시 낑낑거리며 깨어나려는 복남이로 인해 두 사람은 그대로 굳어버린 채 숨도 쉬지 못했다.

“자는 거 같지?”

도경의 질문에 하나가 고개를 끄덕거렸고 그가 조심스럽게 그녀의 티셔츠를 벗기려는데, 또다시 낑낑거리는 소리.

“안 되겠어요.”

결국 하나가 도경을 밀어냈고 두 사람은 각자 천장을 보며 똑바로 누웠다.

하나는 순수한 영혼이 자고 있는 방에서 음란 행위를 하려 했던 것에 대해 괜한 죄책감이 생겨났다.

‘미안해, 복남아. 다음엔…… 안 할게.’

하지만 그런 하나와 달리 도경은 어린 조카를 향한 원망을 삼키고 있었다.

‘하나밖에 없는 조카 녀석이 도움을 주지는 못할망정 산통을 깨? 고얀 놈.’

그리고 오늘 못 푼 이 뜨거운 한(?)을 내일 풀어내리라 굳게 다짐했다.

❖

점심때쯤 송 실장이 복남이를 데리러 왔다.

하나는 3일간 떨어져 있을 복남이의 짐을 꼼꼼하게 챙겨 송 실장에게 A4 용지와 함께 전해주었다. 용지에는 복남이가 한 번에 먹어야 할 우유 양, 먹여야 하는 시간 간격, 낮잠 시간 등 육아 일기 못지않은 내용들을 적어놓았다.

"복남아, 엄마하고 행복한 시간 보내고 와."

송 실장이 복남이를 안고 나가는 순간 가슴이 허전해 왔다. 겨우 3일 떨어져 있을 뿐인데, 게다가 다른 사람도 아닌 엄마에게로 가는 것인데도 복남이와 떨어져야 하는 하나의 마음이 짠했다.

복남이가 없으면 여유 있고 느긋할 줄 알았던 그녀의 일상은 그렇지 못했다.

'아무리 엄마라지만 애를 본 적이 없어 어설플 텐데……. 잠자리 바뀌어서 밤새 울고 그러는 건 아니겠지?'

커피를 마시며 한강을 바라봐도 그녀의 머릿속에는 복남이밖에 없었다.

도경이 전화를 걸어오지 않았다면 그녀의 걱정은 끝이 없었을 것이다.

"여보세요?"

[뭐 해?]

"멍하니 있어요. 복남이 생각하면서."

[4시쯤 데리러 갈게. 데이트할 준비하고 있어.]

"데이트?"

[3일 동안 부부가 아닌 연인처럼 남들 하는 거 다 하자고.]

다른 연인들처럼 데이트를 할 생각에 벌써부터 마음이 설레기 시작했다.

"알았어요."

[하고 싶은 거 있으면 생각해 놓고.]

"넵!"

통화를 끝낸 하나는 욕실에 들어가 샤워부터 끝냈다. 도경이 데리고 오겠다던 4시까지 아직 시간이 남았음에도 마음이 급해진 하나는 괜히 서두르기 시작했다.

'미장원 가서 머리를 좀 할까? 옷은 뭘 입고 나가지? 한도경 씨 슈트발에 맞추려면…… 내가 가지고 있는 옷 중에서는 안 될 것 같고.'

드레스룸 앞에 서서 고민 중에 있을 때 수정에게 전화가 왔다.

"여보세요?"

[애 때문에 전화 받기 힘들어?]

"아니. 복남이 엄마한테 갔어."

[애 엄마라고 하면 도경 씨 누나 아니야?]

"맞아. 미국에서 복남이 보러 나왔대."

평소 복남이 자는 시간을 이용해 수정과 전화로 수다를 떨며 힘든 육아 스트레스를 풀었기에 수정은 최근 도경과의 연애 사실까지 모두 알고 있는 상황이었다.

[그럼 너 오늘 선경이가 주선하는 모임에 나올 수 있겠네?]

"모임? 무슨 모임?"

[결혼식에 와줘서 고맙다고 늦었지만 자기가 한턱 쏜다고 결혼식에 왔던 애들 모여서 밥 먹자고 문자 왔잖아.]

"나한테 안 왔어. 올 리가 없지. 결혼식 날 저녁에 호텔에서 한바탕을 했는데 나한테 문자를 보냈겠니? 오라고 해도 안 간다! 그리고 나 오늘 데이트 있어."

[좋겠다?]

"응. 데이트하자고 하는데 진짜 연애하는 기분이 들더라."

[그래, 그럼 데이트 잘하고. 나중에는 나하고도 좀 놀아주라. 나 요새 심심해.]

"알았어."

수정과 통화를 끝낸 하나는 오늘 저녁을 위해 입을 옷과 구두 그리고 립스틱 컬러까지 모두 정해놓았다.

'영화를 보러 가자고 할까? 외곽으로 드라이브 가서 바람이나 쐬고 올까?'

이런저런 생각과 준비를 했지만 4시가 오기까지는 너무 더뎠다.

"준후야."

채경은 제 아들을 보자마자 눈물부터 흘렸다. 아무것도 모르는 복남이는 제 엄마의 뺨을 때리는 것처럼 팔을 버둥거리며 방긋거렸다.

"엄마야. 엄마."

제 엄마 품에 안겼다는 걸 아는지 오늘따라 유난히 잘 웃는 복남이를 보며 도경이 표정을 살짝 찡그렸다.

'너 그렇게 너무 좋아하면 하나 누나가 서운해 한다.'

"다행이다. 건강한 것 같아서."

"키운 정성이 누나보다 못하지는 않았으니까."

뾰족한 투로 말하는 도경을 채경이 촉촉한 눈으로 바라봤다.

"아직도 불륜으로 애를 낳은 내가 용서가 안 되니? 조용관이 먼저 나를 기만하고 불륜을 저지른 걸 확인했는데도?"

"내가 용서할 자격이 있나? 누나한테 실망했던 건 사실인데…… 이젠 이해가 돼."

사랑을 하면 사람이 변한다는 걸 알게 됐으니까.

하지만 도경은 뒷말을 하지 않았다. 아직 하나와의 관계를 알리고 싶지 않았다.

"너도 누군가를 사랑하게 되면 알게 될 거야. 내가 왜 그 위험을 무릅쓰고 준후를 낳으려 했는지."

그 마음은 이미 알게 되었다. 한 회장으로부터 하나를 지켜야 한다는 생각을 하고부터 채경이 악조건 속에서도 준후를 지키려고 했던 그 마음과 자신의 마음이 다르지 않다는 걸 깨달았다.

"가볼게. 준후하고 좋은 시간 보내."

"고마워."

도경은 채경이 머물고 있는 호텔 룸을 나와 하나에게 향했다.

데이트다운 데이트를 하는 첫날인 만큼 그의 마음도 첫사랑을 만나러 가는 것처럼 설레었다. 오늘도 운전하는 그의 입에서는 휘파람이 흘러나왔고 입가에 머문 미소는 사라지지 않았다. 집으로 올라가지 않고 차에서 그녀를 기다리고 있는 동안 적당한 긴장과 흥분이 가슴을 떨리게 만들었다.

도착했으니 내려오라는 통화를 끝내고 하나를 기다리는 동안 스케줄 점검을 했다.

백화점, 뷰티숍, 레스토랑, 호텔. 그 코스를 다니면서 놀라면서도 기뻐할 하나를 생각하니 그가 더 행복해지는 느낌이었다.

그녀도 그와 같은 마음인지 약간은 상기된 얼굴과 가벼운 발걸음으로 도경의 차에 올랐다.

"예쁘다."

도경의 첫마디에 하나가 쑥스러운 듯 새색시 같은 미소를 지었다.

"왜 내가 집에서 만나는 거 안 좋아하는지 알겠죠? 서로 이런 모습을 보면서 어느 정도 환상을 가져야 하는데 이미 볼 거 다 보여줘서 재미없어요."

"걱정 마. 오늘 재미있게 해줄게."

재미있게 해주겠다는 도경의 말을 그냥 하는 말이라 생각했다. 굳이 일부러 재미있게 해주지 않아도 저녁 시간에 함께 차를 타고 시내를 드라이브하는 것만으로도 나쁘지 않았다.

복남이와 매일을 씨름하며 수감 생활과 다름없이 지내온 그녀에게는 세상 구경을 하는 것만으로도 즐거웠다. 그 자유를 도경과 함께 누리고 있는 행복이 더 추가되었으니 뭘 더 바랄까.

백화점에 도착해 발레 파킹 서비스를 받고 최상층으로 올라갈 때까지만 해도 하나는 저녁 식사를 위한 백화점 식당가로 가는 줄 알았다. 하지만 최상층에 있는 스위트룸 같은 곳으로 들어가 호텔보다 더한 응대를 받고 나서야 도경이 데이트를 위해 무언가를 계획하고 움직이고 있다는 걸 알아챘다.

"설마 영화처럼 해주려고 여기로 온 건…… 아니죠?"

직원이 들을까 봐 하나는 도경의 귓가에 속삭여 물었다.

옅은 미소를 보이는 것이 그렇다고 대답을 하는 것 같았다.

"그럼 진짜…… 나……."

말이 끝나기도 전에 그녀 앞으로 갖가지 옷들이 걸린 행거가 놓여졌다. 그리고 너무나도 깍듯한 직원이 옷의 브랜드와 특징을 설명해 주고 잘 어울릴 것 같다는 칭찬과 입어보기를 권유했다. 그 과도한 서비스가 부담스러워 하나는 지금의 상황이 즐겁지 않고 불편했다.

"죄송한데 이분하고 얘기 좀 하게 자리 좀……."

하나의 말에 두 명의 직원이 자리를 피해주었다.

"도경 씨, 이렇게 해주는 거 고마운데…… 여기 말고…… 그냥 매장으로 내려가서 평범하게 쇼핑하면 안 될까요? 너무 부담스러워!"

울상을 짓는 것 같은 하나의 표정에 도경이 자리에서 일어섰다.

"그게 뭐 어렵다고. 내려가자."

직원들 보기 창피하고 미안한 하나는 고개를 푹 숙인 채 VVIP 룸으로 나와 매장으로 내려왔다.

"원하는 데로 들어가서 입고 싶은 대로 입어봐."

복남이를 정성 들여 돌봐준 복이 이렇게 또 오는구나!

하지만 한편으로는 정말 이래도 되나 싶었다.

'하긴 통장에 2억 5천도 넘게 들어 있는 남자니까……. 에라, 모르겠다. 내가 언제 또 이런 호사를 누리겠어. 즐기자!'

신이 난 하나는 평소 입고 싶었지만 고가라서 꿈도 꾸지 못했던 브랜드 매장부터 들어갔다. 그곳에서부터 시작해서 마지막 명품의 핸드백과 구두, 액세서리까지의 쇼핑을 마쳤을 때, 하나의 차림도 명품으로 모두 바뀌어 있었다.

"의외로 쇼핑을 간단하게 하네. 난 몇 시간 걸릴 줄 알았는데."

"난 선택 장애 같은 거 없어요. 그냥 딱 봐서 맘에 들면 끝이에요."

하나의 말대로 선택에 있어 망설임이 없었던 이유로 쇼핑은 일찍 끝이 났다.

"그럼 다음은 혹시 어디 뷰티숍 이런 곳으로 가서 변신시켜 줄 거예요?"

"맞아."

"진짜 나 오늘 영화의 여주네."

도경은 이미 예약되어 있는 뷰티숍으로 하나를 데리고 가서 헤어와 메이크업을 맡겼다.

'미용실 가본 지가 언제지?'

취업이 되지 않아 하나에게 미용실은 사치였다. 얼마 전 선경의 결혼식 때 드라이로 잠깐의 변신을 꾀해본 게 다였다. 그러나 실력을 알아주는 수석 디자이너의 손길을 거쳐 커트와 펌을 하고 클리닉까지 끝낸 그녀의 헤어스타일은 여느 걸그룹 멤버 못지않게 그녀의 미모를 돋보이게 만들었다. 거기에 전문가의 메이크업으로 인해 얼굴에서 광이 나는 것 같았다.

도경은 물론이고 하나 그녀도 자신의 외모에 놀라고 있는 중이었다.

'내가 이렇게 예쁜 얼굴이었나? 이렇게 예쁜 줄 알았으면 오디션을 보러 다니는 거였는데. 이렇게 하고 나니까 배우같이 슈트발 끝내주는 한도경 씨 옆에서 기죽지 않아도 되겠는걸. 후훗.'

걸음조차 당당해진 하나가 자신 있게 도경의 팔짱을 끼며 물었다.

“다음 코스는 뭐예요?”

“저녁을 먹어야겠지?”

“가요.”

도경을 따라가는 길에 하나는 의문이 들었다.

‘설마 저녁 식사도 그때 한 말처럼 레스토랑을 통째로 다 빌렸을까? 아니면 그냥 좋은 곳, 좋은 자리에 예약만 해놨을까?’

예상대로라면 통째로 빌렸을 것 같지만 그게 또 쉬운 일은 아닌 것 같아 아닐 수도 있다는 생각이 들었다.

‘그게 무슨 상관이야? 이 남자하고 이런 시간을 보내고 있다는 게 좋은 거지.’

도경이 주차를 하고 올라간 곳은 강남의 야경이 아름답게 내려다보일 것 같은 곳에 위치한 레스토랑이었다. 그런데 그 입구가 소란스러웠다.

“이런 게 어디 있어요? 예약 받아놓고 이제 와서 안 된다고 하면.”

“죄송합니다. 직원의 실수로 인해 착오가 있었습니다. 무료 식사권을 드릴 테니 나중에 들러주십시오. 정말 죄송합니다.”

여러 명의 여자들이 웅성거렸고 하나가 도경과 함께 그 사이를 지나갈 때였다.

"하나야!"

그곳에 있던 서너 명의 여자들의 시선이 하나에게 쏠렸고 하나 역시 시선을 두지 않았던 여자들을 쳐다보았다.

"어? 수정아."

선경이 오늘 저녁을 산다고 한 장소가 도경이 전세를 낸 곳이었고 이미 전체를 빌려놓은 도경의 예약을 체크하지 못했던 직원의 실수로 선경의 예약이 되어버려 실랑이를 벌이고 있었던 것이다.

몰라보게 변신한 하나를 다른 친구들은 알아보지 못했지만 수정만 알아본 것이었다.

수정을 뺀 다른 친구의 시선은 하나가 아닌 도경에게 쏠려 있었다. 앞에서 직원과 신경질을 부리며 실랑이를 벌이던 선경의 시선도 도경에게 박혀 있었다.

"너 이하나였어? 어머! 연애하는구나!"

"누구야? 애인?"

모두가 부러움의 시선으로 하나를 보는 것과 다르게 선경 혼자만이 인상을 쓰며 못마땅하고 미덥지 못한 눈길을 주고 있었다.

그런 선경을 쳐다보며 하나가 일부러 도경에게 먼저 친구들을 소개했다.

"도경 씨, 내 친구들이에요."

"안녕하십니까? 한도경입니다."

"안녕하세요!"

걸그룹이 단체로 인사하듯 동시에 한 목소리로 도경을 향한 인사가 터져 나왔다.

"하나, 너 연애 중이었어?"

"네, 저하고 연애 중에 있습니다."

하나 대신 도경이 대답하자 모두가 까르르 웃어댔다. 선경만 제외하고.

"아시는 분들입니까?"

직원이 안도의 표정을 지으며 도경에게 물었다.

"네."

도경은 직원에게서 선경의 일행이 들어가지 못한 이유를 들었다.

"사실은 단둘이만 시간을 보내고 싶어서 빌렸는데 남도 아니고 하나 친구분들인데 같이 식사하면 더 좋죠."

모두가 손뼉을 치며 좋아했지만 선경 혼자만이 반대를 하고 나섰다.

"아니에요. 오늘은 제가 결혼 답례차 식사를 사는 거라 같이 자리를 하는 게 불편할 것 같아요. 안 그래? 얘들아?"

"아니. 같이하면 더 좋지, 뭘 그래? 지금 다른 데로 자리 옮기는 것도 귀찮고."

선경의 의견에 따라주는 친구는 아무도 없었다. 하나와 수정의 마음 통하는 눈빛이 오갔다.

결국 모두가 레스토랑으로 들어갔고 그녀들의 관심사는 선경의 몰디브 신혼 여행기나 결혼 생활이 아닌 도경이었다.

대경전자 부사장이라는 직함을 밝히지 않았음에도 모두들 재벌이라는 추측을 했고 과연 하나가 저런 대물을 어떻게 잡았을지 궁금했지만 아무도 입 밖으로 꺼내지는 못했다.

“저희는 먼저 일어나겠습니다. 하나가 많이 피곤해 보이네요.”

“어머, 어머! 연애 초기라는 거 너무 티 내신다.”

모두가 유별나게 하나를 챙기는 도경을 놀리는 것처럼 짓궂게 웃으며 농담을 할 때였다.

“딱 보니까 결혼할 사이는 아닌 것 같은데, 친구들 앞에서 너무 그러지 마세요. 나중에 하나만 비참해져요.”

즐겁고 화기애애하던 분위기가 삽시간에 얼음처럼 얼어버렸다. 모두의 따가운 시선을 받음에도 불구하고 선경은 아무렇지 않은 얼굴로 후식으로 나온 아이스크림을 떠먹고 있었다.

“하나가 날 버려서 내가 비참해지는 게 아닐까, 늘 전전긍긍하는 나에게 그런 말을 해주니 위로가 되는군요. 그리고 그런 걱정은 하지 마십시오. 난 절대 내 여자를 비참하게 만드는 남자가 아니니까 말입니다.”

도경이 하나의 손을 잡고 일어났다.

“계산은 제가 하고 가겠습니다. 하나가 드리는 결혼 선물이라고 생각하십시오.”

보기 좋은 미소를 보이며 매너 있게 친구들을 대했던 도경의 모습은 보이지 않았다. 선경을 향한 서슬 퍼런 기운에 하나마저 얼어붙는 기분이 들었다. 하지만 선경이 아닌 다른 친구들에게 인사를 할 때는 따뜻하게 변했다.

"먼저 일어나서 죄송합니다. 나중에 기회 되면 또 뵙겠습니다."

깍듯하게 인사를 한 도경이 하나를 여왕 모시듯 하며 밖으로 나갔다.

하나의 등 뒤로 친구들의 웅성거리는 소리가 들려왔지만 그건 중요치 않았다. 선경에게 한 방 먹인 도경이 고마웠고 든든했다.

"그날 열 내면서 술 마실 만했네."

천천히 주차장을 빠져나오면서 도경이 한마디 했다.

"어유, 속이 다 시원해요. 고마워요."

"고맙긴. 자, 다음 코스 가볼까?"

"여기까지만 해도 난 더 이상 바랄 것도 없이 너무 좋은데."

"클라이맥스까지는 가야지."

윙크를 하는 그의 행동이 조금 의심스러웠지만 오늘 그녀를 위해 준비한 것들을 생각할 때, 그가 말한 클라이맥스가 기대되었다.

'이번에도 통째로 빌린 유람선에서 불꽃놀이 구경? 아니면 영업 끝난 놀이동산에서 둘이서만 노는 거?'

하나의 상상이 영화처럼 데이트의 스케일이 커져 갈 때, 도경이 차를 세운 곳은 호텔이었다.

'스카이라운지에서 칵테일? 아니면 나만을 위한 연주?'

하나는 룸이 아닌 스카이라운지로 올라갈 줄 알았다. 하지만 엘리베이터 안에서 도경이 누른 층은 꼭대기기 층이 아니었다.

"설마 룸으로 가는 거예요?"

"왜?"

"마지막까지 로맨틱할 줄 알았는데…… 의외로 데이트의 끝이 에로틱이라서……."

"호텔의 스위트룸에서의 하룻밤…… 원하는 거 아니었어?"

"그랬지만…… 지금까지 누린 것만으로 차고 넘쳐서 끝은 좀 로맨틱하게 보냈으면……."

하나의 말 때문이었을까.

룸으로 들어온 도경은 성급한 자신의 마음과 다르게 서두르지 않았다. 그런데 하나가 먼저 도경의 허리를 껴안으며 그의 품으로 안겨왔다. 말없이 그의 품에 안겨 있던 하나가 조용히 속삭였다.

"고마워요. 난 도경 씨한테 해줄 것도 없고, 해준 것도 없는데…… 너무 많은 걸 해줘서."

"왜 해준 게 없어? 살면서 느껴보지 못한 안정과 휴식을 주는데."

"나 힘든 것만 생각하고 매일 당신한테 툴툴거리기나 했지, 힘들고 외로웠을 당신 마음을 헤아리지 못한 것 같아요."

"이하나, 갑자기 왜 이래?"

"갑자기 느껴졌어요. 이 남자 나를 위해 참 많이 애쓰는구나. 좋은 옷, 좋은 음식 그런 건 없어도 되는데 한도경 없이는 이제 난 안 되겠구나……."

"그 말 믿어도 되는 건가? 한도경 없이는 안 된다는 거."

하나가 그의 품 안에서 고개를 끄덕이며 대답했다.

"그러니까 늘 옆에 있어줘요."

하나는 영화 속에 나오는 여주인공처럼 호사를 누린 오늘 하루가 나쁘지 않았다. 하지만 모든 게 다 끝나고 룸으로 들어오기 전 그녀는 중요한 사실을 깨달았다.

오늘 도경에게서 받은 옷, 구두, 핸드백, 이런 것들보다 도경이 옆에 있어 행복하다는 것을. 아무리 값비싼 명품이라고 해도 도경이 없으면 그런 것들이 의미 없다는 것을. 누구든 떠나보낼 수 있지만 도경만큼은 떠나보낼 수 없다는 것을. 그래서 그를 향한 자신의 사랑이 생각보다 훨씬 깊었다는 것을.

하나는 도경의 허리를 더 꼭 껴안았다.

소중한 사람이 되어버린 도경이 아빠나 엄마처럼 그녀 곁을 떠나지 않기를 간절하게 바라며 그의 품으로 파고들었다.

"너도 이렇게 늘 나를 잡고 있어야 해. 절대 떠나지 말고."

도경 역시 가출하는 엄마를 잡지는 못했지만 하나만큼은 절대 잃거나 놓쳐서는 안 된다는 마음에 도경이 그녀의 어깨를 힘껏 끌어안았다.

서로를 잃고 싶지 않은 마음이 통해 두 입술이 포개졌다. 뜨거운 마음이 합쳐지면서 하나를 안고 침대로 향하는 도경의 발걸음이 급했다.

부드럽고 조심스러웠던 첫날밤과 다르게 도경은 조금은 거칠고 뜨거웠다. 하나 역시 그런 도경의 몸짓을 거부하지 않고 행복하게 받아들였다.

상처를 받은 두 영혼이 서로에게 치유를 해주는 것 같은 밤이었다.

❖

"영화는 한 편이면 족해요. 오늘은 우리 아주 평범하게 보내요."

오늘도 하나와 밖에서 데이트를 하기로 했다. 하나는 풀코스로 즐겼던 데이트는 한 번이면 족하다는 말을 했다. 더불어 한도경만 있으면 된다는 말과 함께. 더 많은 걸 해줘도 아깝지 않지만 그녀가 원하는 대로 평범하고 소박한 즐거움을 느끼는 것도 나쁘지 않을 것 같아, 오늘은 그녀에게 모든 걸 맡기기로 하고 헤어졌다.

하나를 집에 데려다주고 출근한 도경이 업무를 막 시작할 때였다.

「나 들어왔어. 할 말 있으니까 좀 만나.」

혜진의 문자가 들어왔다. 그러고 보니 혜진의 생활비 독촉에 입금을 하지 못했다는 사실이 떠올랐다.

'돈 때문에 들어왔나?'

혜진답지 않게 보내온 문자에 신경이 쓰였다. 하지만 별일 아닐 거라 생각하고 그녀에게 전화를 걸었다.

[여보세요?]

"언제 들어왔어? 미리 연락 좀 주지."

[어제.]

"집으로 들어갔을 것 같지는 않고, 어디야?"

[J호텔 1503호. 나 괜히 돌아다니다가 아빠 눈에 띄면 죽을 수도 있으니까, 네가 이리로 와. 할 말 있어.]

"점심시간에 갈게."

[기다릴게.]

뭔가 심상치 않은 예감이 들었다. 문자도 그녀답지 않다고 생각했지만 말투는 더욱 그녀답지 않아 불안했다.

점심을 먹기 위해 거리로 몰려나온 직장인들을 뚫고 들어온 패밀리 레스토랑의 사정도 다르지 않았다. 빈 테이블이 보이지 않을 정도로 북적이는 그곳에 하나와 수정은 겨우 자리를 잡고 앉았다.

그리고 메뉴를 정하기도 전에 그녀들의 수다가 급하게 이어졌다.

"네가 선경이 그 얼굴을 봤어야 해. 너 가고 나서 제 자랑을 막 하더라. 남편이 고액 연봉을 받기로 하고 스카우트되어 갔다는 둥, 시어머니가 태교 여행으로 해외를 보내주기로 했다는 둥. 그런데 아무도 관심이 없는 거지. 오직 너하고 한도경 씨한테 쏠려서."

"선경이 그거 얼굴 볼만했겠다."

"사진으로 찍어놓고 싶더라."

수정은 어젯밤 하나와 도경이 떠난 이후의 상황을 늘어놓았고 주문한 메뉴가 나오고 식사가 시작되고부터는 하나가 영화 같던 데이트를 이야기해 주었다.

"재벌이라 확실히 스케일이 다르네."

"그렇지? 그런데 생각보다 좋지는 않더라. 꼭 신데렐라의 마법이 시간이 되면 풀리는 것처럼, 때가 되면 사라질 것 같아서 불안했어. 사실 두 번 다시 그런 데이트는 하고 싶지 않다."

"야, 그걸 가지고 호강에 겨워 요강에 똥을 싼다는 거야! 그리고 신데렐라의 마지막이 해피엔딩인 것처럼 너도 한도경 씨하고 잘 될 거야. 너 쳐다보는 한도경 씨 눈에서 하트하고 꿀이 뚝뚝 떨어지더라."

수정의 말에 하나가 쑥스러운 미소를 지었다.

"거기에 마지막에 박력 있는 한마디에 애들도 뻑 갔잖아! 난 내 여자를 비참하게 만드는 남자가 아니니까 말입니다. 그거 잘못하면 오글거렸을 텐데. 하여튼 이하나, 남자 하나 제대로 잘 만났어. 축하해! 이거 네가 다 사."

"당연하지."

두 사람은 잠시 수다를 접고 먹는 거에 집중했다. 그때, 수정의 휴대폰 벨이 울렸다.

"어? 선경이 얘가 왜 전화했지?"

선경이라는 이름에 입맛이 떨어지는 것 같은 하나가 들고 있던 포크를 내려놓았다.

"뭐 또 자랑하려고 전화했나 보지. 걔 입에서 나오는 건 제 자랑 아니면 남의 뒷담화잖아."

하나의 말을 인정하듯 수정이 고개를 끄덕거리며 전화를 받았다.

"여보세요?"

[내가 수상쩍다 했어. 뭐 하나 아쉬울 것 없는 남자가 이하나한테 뻑 간 게 아무래도 말이 안 되거든.]

"무슨 소리 하는 거야? 야, 아무리……."

[어제 하나하고 왔던 그 남자 방금 전 호텔 룸으로 들어가더라.]

"뭐?"

[나 오빠하고 점심 먹으려고 J호텔에 왔는데 그 남자 보이더라. 일부러 아는 척 안 하고 어디 가나 봤는데 15층. 거기에 룸밖에 없

는 층이거든.]

“사업하는 사람이 그럴 수도 있는 거지! 뭘 그거 가지고 호들갑이야? 네가 아주 하나가 잘되니까 배 아파 죽겠구나?”

[비즈니즈를 점심시간 이용해서 호텔 룸에서 한다는 게 말이 돼? 난 걱정돼서 알려준 거니까, 하나한테 알려주든지, 말든지 알아서 해.]

통화를 끝낸 수정의 얼굴이 심하게 일그러졌고 숨소리가 거칠어졌다.

통화 중에 자신의 이름이 나왔던 하나도 표정을 굳힌 채 물었다.

“선경이가 뭐래? 사업하는 사람이 그럴 수 있다는 말은 뭐야?”

수정은 선경의 말을 하나에게 전해줘야 하는지, 말아야 하는지 고민에 빠졌다. 그럴 리 없겠지만 들어서 기분 나쁜 내용을 전해주고 싶지는 않았다. 그러면서도 선경의 말을 아주 무시할 수는 없었다.

말을 쉽게 꺼내지 못하고 머뭇거리는 수정이 이상하다고 느낀 하나는 대답을 재촉했다.

“뭔데? 도경 씨 얘기야? 안 좋은 얘기하디?”

“호텔에서 한도경 씨를 봤나 봐.”

“그런데?”

“……룸으로 들어가는 것 같다고…….”

"아! 누나가 서울 들어와 있어. 아버지한테 안 들키려고 호텔에서 복남이하고 보내고 있잖아."

"아, 맞다! 내가 왜 그 생각을 못했지? 내가 이걸 그냥……."

수정이 다시 휴대폰을 들자 하나가 말렸다.

"소문나면 안 되는 일이야. 그냥 혼자 오해하게 냅둬."

"그래도 괘씸하잖아! 걔 아마 지금 애들한테 전화 돌리면서 입방정을 떨 텐데……."

"됐어. 일 크게 키우지 말자. 나하고 도경 씨만 변함없으면 되는 거야."

"속도 좋다!"

하나와 수정의 표정이 정상으로 돌아왔고 두 사람은 다시 식사를 시작했다.

"그런데 그 계집애는 아주 남편 등에 빨대 꽂았나 보다. 점심을 J호텔 가서 먹게. 아이고, 불쌍한 진호 선배."

J호텔. 하나가 순간 멈칫했다.

'누나가 있는 호텔은 J호텔이 아닌데…….'

불안함이 엄습해 왔지만 애써 자신의 마음을 다독였다.

'호텔을 옮겼나? 그랬을 수도 있지. 들키면 안 되니까, 철저하기 위해서…….'

하나는 도경을 믿기로 했다. 절대 그는 자신을 배신할 그럴 남자가 아니라는 것을.

도경은 눈앞에 있는 혜진이 그가 아는 황혜진이 맞는지 의심스러웠다. 룸서비스로 시킨 음식을 순식간에 깨끗하게 비워냈다. 혜진이 룸서비스로 한식을 주문했다는 것도 믿을 수 없었고 그걸 맛있게 먹어치웠다는 것도 이상했다.

"황혜진……."

"도경아. 우리 그냥 결혼하자."

밥 한 그릇을 아무렇지 않게 뚝딱 해치운 것처럼 혜진은 결혼하자는 말도 아무렇지 않게 내뱉었다.

너무도 황당한 혜진의 말에 도경이 멍해졌다.

"너 거기에서 무슨 일 있었어?"

"거기에서 내가 어떤 애인지 정확하게 깨달았어. 혼자 긴 시간을 고독하게 지내보니까 진정한 내가 보이더라. 난 돈 없으면 안 되고, 차 없으면 안 되고…… 너 없으면 안 되더라."

도경은 혜진의 말이 이해가 되지 않았다. 부족한 것 없이 살 수 있음에도 혜진은 돈을 쓸 줄 몰랐다. 황 회장이 선물로 준 페라리 빼놓고 그녀에 있어 명품이라는 건 없었다. 그리고 긴 시간을 친구로 지내오면서 단 한 번의 스킨십도 할 수 없을 만큼 이성적인 감정을 느낀 적도 없었다. 그래서 결혼을 엎고 도경이 혜진의 생활비를 책임지는 걸로 해서 그녀가 파리로 떠날 수 있었던 것이다.

그런데 이제 와서 이 무슨 말도 안 되는 소리를 하는 것인지.

"황혜진."

"돈이 없어서 못 쓰는 거 하고, 있는데 안 쓰는 거 하고 틀리더라. 안 먹는 거하고 못 먹는 거하고 틀리고. 누릴 수 있는 게 많은 곳하고 누릴 수 있는 게 없는 곳하고 다르고. 네가 있는 거하고 없는 거하고는 전혀 다른 세상이더라고. 내가 너무 세상을 몰랐다는 걸 알았어."

혜진이 도경에게 가까이 다가왔다. 예전, 어깨동무도 스스럼없이 하던 사이였음에도 지금은 가까이 다가오는 혜진이 낯설었다.

"난 아빠의 힘과 돈이 있어야 살 수 있다는 걸 알았어. 그리고 네가 내 옆에 꼭 붙어 있어야 즐겁고 행복하다는 것도 알았고. 도경아, 우리 양쪽 아버지들 모시고 우리가 작당해서 저지른 잘못을 이실직고해서 용서받고 원래 예정됐던 대로 결혼하자."

혜진이 도경의 허리를 두르며 안겨오려 하자 도경이 뒤로 물러섰다. 그런 그를 보며 혜진이 인상을 찌푸렸다.

"도경아…… 잘 생각해 봐. 우리 제법 괜찮은 커플이야."

"황혜진. 네가 잘 알 거야. 너하고의 가능성이 1%라도 있었으면 그런 제안 너한테 안 했어. 그러니 말도 안 되는 소리는 접어. 네 상태 보니까 다시 파리로 가라는 말은 못하겠다. 네 말대로 양쪽 아버지들 모시고 이실직고는 하자. 하지만 거기까지야. 결혼은 없어."

혜진 역시 도경이 그녀가 알던 한도경과 많이 달라졌다는 것을 느꼈다. 늘 무뚝뚝하고 냉정하지만 그 속마저 차갑고 매몰찬 남자는 아니었다. 그런데 지금은 도경의 마음이 차가워졌다는 게 느껴졌다. 자신을 향해 내뿜는 냉기에 혜진의 눈에 눈물이 고였다.

"오늘은 내가 약속이 있어. 내일 저녁에 아버지들 모시고 보자. 체크아웃은 언제 할래? 내일? 아니면 지금?"

혜진이 조용히 도경을 바라보았다.

"너…… 여자 생겼니?"

혜진은 도경에게서 대답이 나오지 않기를 바랐다. 아니, 있어도 그녀 앞에서는 대답을 하지 않을 거라고 생각했다. 그런데 도경에게서 거침없는 대답이 흘러나왔다.

"사랑하는 여자가 있어."

"없었잖아? 언제 생겼어? 누군데? 내가 아는 여자야? 어느 집안 애야?"

혜진이 흥분하기 시작했다.

"너하고 상관없는 여자야. 지금 체크아웃할 거 아니면 갈게."

"너 나한테 이러면 안 되는 거 아니야?"

"내일은 송 실장님이 오실 거야. 체크아웃하고 집으로 들어가."

도경이 차갑게 말하고 밖으로 나갔다.

'내 진짜 사랑이 누군지, 너에 대한 내 감정이 어떤 건지 알았는데…… 내가 널 포기할 것 같아? 도경아, 외로움이 제일 무섭다는

거 알았어. 나 너 포기 안 해. 너하고 행복할 거야. 꼭. 꼭!'

혜진은 도경을 향한 자신의 감정이 이토록 간절해질 줄은 몰랐다. 철저하게 혼자였던 낯선 곳에서 도경이 어떤 존재인지 알게 되었다. 그는 보이지 않고 느낄 수 없어 소중한 줄 모르는 산소와 같았다는 걸 알았다. 밀폐된 곳에 갇혀야 산소의 소중함을 알고 산소가 없으면 호흡곤란은 물론 사망에 이르는 것처럼 도경이 없는 세상에 있다 보니 그가 그리워 죽을 것만 같았다.

경제적인 어려움보다 견딜 수 없었던 것이 도경이 없다는 것이었다. 도경이 없으면 죽을 것 같아 한국으로 돌아왔다. 어쩌면 도경도 자신과 같은 감정을 느꼈을지 모른다는 희망을 품고.

하지만 그에게 여자가 생겼다.

친구라는 명목으로 지내왔지만 도경은 늘 자신의 것이었다. 내 것의 소중함을 알았는데 이대로 빼앗길 수는 없었다.

블로거들의 맛집 리뷰를 다 믿을 수는 없지만 그렇다고 딱히 찾아갈 만한 맛집을 알고 있지 못하는 하나는 도경과 함께할 메뉴부터가 고민이었다.

'좋은 건 다 먹고 다닐 텐데, 뭘 먹어야 잘 먹었다고 소문이 날까?'

고민을 하는 중에 문득문득 낮에 있던 일이 떠올랐다.

'아무것도 아니겠지. 별거 아닐 거야.'

하고 넘기지만 마음이 완전하게 편해지지는 않았다.

"에라, 모르겠다. 칼국수나 한 그릇씩 먹고 남산 구경이나 가야겠다."

무슨 이유인지 오늘은 모든 게 귀찮았다. 얼굴을 꾸미고 옷을 입는 일조차 즐겁지 않았다.

'복남이 보고 싶다.'

도경이 아닌 복남이를 그리워하고 있을 때, 도경에게서 도착했다는 문자가 들어왔다.

"믿자. 믿어. 나를 위해 애쓰는 남자, 조용히 믿자."

하나는 그가 기다리고 있는 주차장으로 내려갔다. 믿자고 마음을 먹었지만 그의 얼굴을 보자마자 어제와 달라진 건 없는지 그의 표정부터 옷차림까지 예리하게 살폈다.

하지만 그에게서 달라진 건 찾을 수가 없었다. 그녀를 향해 보여주는 미소는 여전히 따뜻하고 다정했으며 장례식 패션으로 보이는 블랙 슈트도 여전히 그다웠다.

변한 게 없는 것 같아 안심을 하는 순간, 그가 차에 오른 그녀를 끌어안고 키스를 했다.

'왜 이래? 오늘 왜 이러는 거야? 지은 죄가 있어서 이러는 건가?'

키스 후에 그는 아무렇지 않게 운전을 시작했다.

"무슨 일 있었어요?"

하나가 슬며시 물었다.

"아니. 왜?"

"보자마자 키스부터 하길래……."

"하루 종일 보고 싶어했던 얼굴을 보니까 너무 좋아서. 저녁으로 뭐 먹으러 갈까?"

"칼국수 어때요?"

"좋아."

침묵을 지키면 자꾸 이상한 생각이 들 것 같아 하나는 복남이 안부를 물었다.

"복남이는 잘 있대요? 안 울고 잘 자고 잘 먹고 잘 논대요?"

"그런가 봐. 누나가 사진 보내왔는데 볼래?"

"보여줘요."

도경이 하나에게 자신의 휴대폰을 내밀었다. 화면 잠금이 되어 있어 하나가 비밀번호를 물었다.

"비밀번호가 뭐예요?"

"뭘 것 같아?"

"나야, 모르죠."

"이하나이하나."

"응?"

2121. 도경의 휴대폰 화면이 풀렸다.

'그래, 믿어야지.'

도경에 대한 믿음이 확실해지면서 안심이 되었고 그녀의 입가에 미소가 떠올랐다. 그리고 누나가 보내줬다는 사진을 보고 있는데 그의 휴대폰에 문자가 들어왔고 '황혜진' 발신인과 내용의 앞부분이 휴대폰 상단에 표시되었다.

「도경아, 우리 예전처럼 같이 자볼까? 그럼 내 감정, 네 감정 정확하게 알 수 있을 것 같은데.」

뭐야? 같이 자볼까? 예전처럼?

하나의 무서운 시선이 도경에게 꽂혔다.

"차 세워요."

"응?"

"차 세워요!"

10. 이별은 슬픈 노래 같은 것

야근이나 철야를 하고도 끄떡없던 몸이 지금은 천근만근이었다.

혜진의 문자를 오해한 하나를 잡고 혜진과의 사연을 처음부터 끝까지 이야기해야 했고 지금의 상황을 이해시켜야 했다. 그뿐 아니라 하나를 향한 자신의 확고한 사랑까지 확인시켜 주느라 많은 시간과 에너지를 소비했다.

처음엔 하나가 이해할 수 없다면서 마음을 닫고 귀를 열지 않았지만 어느 순간 고개를 끄덕였다. 하지만 모든 걸 이해하고 받아들이는 눈치는 아니었다.

“내가 두고 볼 거야. 한 번만 더 이런 일 생기면 그때 끝인 줄 알아요."

"알았어. 그 문제는 내가 알아서 잘할게. 이해해 줘서 고마워."

"다 이해했다고 생각하지 마요. 나 아직 기분 안 좋아요."

기분 안 좋다는 하나를 오히려 도경이 이해하고 그녀의 기분을 풀어주기 위해 애써야만 했다.

다행히 하나의 기분은 금세 풀렸지만 혜진을 처리해야 하는 도경의 마음은 무거웠다.

❖

정오가 가까워질 때까지 늦잠을 자고 일어난 하나는 커피 한 잔을 마시며 도경과 복남이를 동시에 그리워하고 있었다.

'잘 지내고 있겠지? 그리워했던 아들인데 얼마나 물고 빨고 할까? 한도경 씨는 뭐 하고 있을까? 점심은 아직 안 먹었을 테고…… 일하는 모습 보고 싶다. 멋있을 것 같아.'

예술 같은 선을 지닌 팔뚝을 내놓고 일에 집중하고 있을 도경의 모습을 상상하는 것만으로도 가슴이 설레며 흐뭇하기만 했다.

그런데 그런 흐뭇함을 방해하는 인터폰 소리가 들렸다.

"누구세요?"

"대경에서 왔습니다."

그때 자신을 납치하듯 데리고 갔던 남자들은 아니었다. 하지만 대경에서 나왔다는 말에 하나는 바짝 긴장을 했다.

"그런데요?"

"회장님께서 보자고 하십니다. 부사장님께 연락하지 말고 나오십시오. 만일 부사장님 귀에 지금 상황이 보고되면 이하나 씨는 물론이고 아이와 부사장님에게까지 해가 갈 겁니다. 그러니 조용히 따라나서는 게 좋을 겁니다."

하나는 복남이의 존재를 들켰거나, 아직도 도경을 만나고 있는 자신에게 또 한 번의 경고를 하기 위해 호출하는 것이라 생각했다.

그 어떤 경우라도 다시는 그 지옥으로 들어가고 싶지 않았지만 그냥 버틸 수도 없었다. 그날 본 한 회장을 떠올리면 누군가에게 해를 입히고도 남을 사람이었다.

하나는 준비를 하고 나와 밖에서 기다리고 있는 사람들과 함께 대경 본사로 향했다.

자신을 지켜주겠다는 도경의 말을 떠올리며 하나는 강하게 마음을 다잡고 회장실로 들어왔다.

"천한 것."

그녀를 보자마자 한 회장이 내뱉은 말이었다.

너무도 기가 막히고 황당한 표현에 하나는 멍해지고 말았다.

"앉아."

걸음을 걸을 힘도 없었고 앉을 마음도 없었다. 끔찍한 지금의 순간에서 하나는 회장실을 나가고 싶은 마음뿐이었다.

“앉아봐요. 어른이 앉으라고 하는데 그렇게 뻣뻣하게 서 있는 건 예의가 아니죠?”

그때서야 한 회장과 함께 있는 젊은 여자가 눈에 들어왔다. 도도하고 우아한 척하며 앉아 있었지만 그녀의 눈매는 사나웠고 교만이 몸에 밴 것 같은 여자였다. 어제 도경이 말한 여자라는 것이 감으로 느껴졌다.

“사람 불러다 앉히기 전에 앉아!”

지금의 상황에서 강제로 앉혀지게 되면 그때는 남아 있는 자존심마저 무너져 내릴 것 같아 하나는 조용히 소파에 앉았다.

“네 엄마가 도경이 집 파출부였다며? 그런 엄마가 번 돈 가지고 직장도 변변한 거 없이 놀고먹었다지? 너 같은 게 감히 대경그룹 후계자하고 연애질을 해? 어느 정도여야 눈감고 봐주지.”

천한 것에 이은 모욕적인 말에 하나의 숨이 막혀왔다.

아니라고 해야 하는데, 그 말 중에 틀린 말이 없어 어떤 반박도 할 수가 없었다.

웬만하면 기죽지 않으려고 애를 썼지만 약점을 이용한 인신공격을 막아낼 수는 없었다.

“서광그룹이라고 알지? 여기 있는 이 아가씨가 그 회장님의 고명딸인데 도경이하고 미국에서 공부도 같이하고 사교 모임도 같이 나가고 뭐 어려서부터 늘 함께했던 사이지. 우리 혜진이 정도는 돼야 도경이하고 어울리는 거야. 함부로 몸 굴려 아이나 싸지르는 너 같은 건 넘볼 수 없는 세계야. 그러니 넌 네 애 데리고 살 길 찾아. 그때 그 돈 가지고 안 되면 더 줄 테니까."

"저는……."

목이 메어와 해야 할 말이 나오지 않았다.

"도경이한테 그쪽이 좀 신선한 충격이었나 봐요. 매일 자기와 같은 수준의 여자만 보다가 수준이 전혀 다른 여자를 보고 호기심이 생긴 모양인데, 사랑하고 호기심으로 인한 장난은 구분할 줄 알아야죠."

"몰라서 그랬겠니? 도경이한테 장난감인 거 알면서도 거하게 한몫 챙겨보려는 거지 근성으로 매달리고 있는 거지."

"도경이하고 곧 결혼할 거예요. 내가 지금은 봐줄 수 있지만 도경이가 내 남편이 된 후에도 그쪽이 안 떨어져 나가면 험한 꼴 당할 거예요. 아이하고 편하게 살고 싶으면 지금 주는 거 받고 도경에게서 떨어져요."

두 사람이 철저하게 그녀의 인격을 깔아뭉갰다.

자신들이 부릴 수 있는 거지나 노예 취급을 하며 사람으로 봐주지도 않고 있는 것 같았다. 더 이상의 참담함을 겪을 수는 없었다.

"돈은 필요 없습니다. 한도경 씨와……."

끝내겠다는 말을 꺼내야 하는데 그 말이 나오지 않았다. 이런 수모를 겪느니 차라리 그와 끝내는 게 맞다. 하지만 그마저도 마음이 아프고 그 없이 살 수 없을 것 같아 쉽게 말이 나오지 않았다.

하지만 마음을 다 잡고 다시 도경과 끝내겠다는 말을 꺼내려고 할 때, 회장실 문이 부서지는 것 같은 소리를 내며 거칠게 열렸다.

"지금 뭐 하자는 겁니까?"

불을 뿜으며 들어오는 도경의 표정은 무서우리만치 차가웠다.

도경은 고개를 숙이고 있는 하나에게 다가가 그녀를 일으켜 세웠다.

"나가자."

"한도경, 그 손 놓고 너도 앉아."

하지만 도경은 한 회장의 말을 무시하며 하나를 데리고 회장실을 나왔다.

주차장으로 내려가는 엘리베이터에서 도경이 하나에게 물었다.

"어떻게 온 거야? 억지로 끌려왔어?"

그녀의 손을 잡고 있는 그의 손등 위로 눈물이 떨어졌다. 하나가 눈물을 뚝뚝 흘리며 아무 말도 못하고 있는 모습에 도경의 가슴이 아려왔다.

도경은 하나를 품으로 끌어안았다.

"미안해."

도경이 그녀에게 할 수 있는 거라고는 미안하다는 말밖에 없었다. 그녀의 아픔을 어루만져 줄 수 없어 미칠 노릇이었다.

"미안하다. 일이 이렇게 될 거라고는 예상 못했어."

집에 도착하자 하나는 아무 말 없이 몹시 지친 얼굴을 하고 침대 속으로 들어갔다.

침대에 누워 눈을 감는 하나를 보고 거실로 나온 도경은 한 회장을 향한 화를 주체할 수가 없었다.

진한 커피 여러 잔을 마시며 업무를 보고 오후에 잡힌 미팅을 위해 회의실로 향할 때 송 실장의 전화를 받았다.

[이상합니다, 부사장님. 이하나 씨가 집에 없고 연락도 되지 않습니다.]

"네?"

[아침에 수상한 사람들이 보인다는 민원이 들어와서 경찰이 출동했고, 배치시킨 경호원들을 데리고 갔습니다. 제가 가서 해결을 하고 나왔는데 아무래도 뭔가 미심쩍어 하나 씨에게 연락을 하고 집으로 가봤는데 찾을 수가 없습니다.]

송 실장의 보고를 받는 순간 도경은 바로 회장실로 올라왔다. 그 짧은 순간에도 부디 회장실에 하나가 없기를 바랐다. 그녀가 한 회장으로 인해 상처를 받는 건 더 이상 일어나서는 안 되는 일이었다.

하지만 그의 간절함 바람에도 불구하고 하나는 그곳에 있었다. 한 회장과 혜진 사이에서 죄인처럼 고개를 숙인 채.

그때 마음 같아서는 그 자리를 다 쓸어버리고 싶었다. 하나도 남김없이 그곳에 있는 모든 것들을 박살 내버리고 싶었다. 하지만 바들바들 떨고 있는 하나의 모습이 눈에 들어오자 그녀를 먼저 생각해야만 했다.

미안하다는 말밖에 할 수 없는 그 앞에서 그녀가 눈물을 흘렸다. 그 눈물에 그의 가슴에는 피눈물이 흐르는 느낌이었다.

'이 여자 신변을 건드리면 가만있지 않겠다고 분명 경고했습니다. 그 경고를 들었어야 했습니다, 아버지.'

도경은 침실로 들어가 하나가 잠든 것을 확인하고는 채경을 찾아갔다.

"누나."

자신을 부르는 도경의 모습이 평소와 달랐다. 채경은 한 회장에게 들킨 것 같아 심장이 덜컹했다.

"도와줘."

"그게 무슨 말이야?"

"내가 아니라 복남이, 아니, 준후를 누나 못지않게 지극정성으로 돌봐주고 지켜준 여자를 위해서."

채경의 시선이 도경에게서 준후에게로 그리고 다시 도경에게로 옮겨왔다.

"무슨 도움이 필요한데?"

"일단은 내가 준후 데리고 갈 곳이 있어."

"어디?"

채경의 눈동자가 불안하게 흔들렸다. 자칫 준후가 잘못될까 싶어 걱정하는 눈치였다.

"서광그룹 황 회장한테."

"서광? 혜진이 아버지?"

"응."

"너희 결혼 깨졌잖아? 그런데 왜?"

도경은 결혼을 피하기 위해 혜진과 모종의 거래를 했었던 사실과 복남이로 인해 이어진 하나와의 인연, 그리고 혜진이 변해서 돌아와 오늘 벌인 사고까지 모두 털어놓았다.

채경은 동생인 도경을 가만 바라보았다.

준후를 바깥세상에 알리고 싶지 않았다. 자신의 불륜이 드러나는 게 두려워서가 아니라 준후를 잃을까 두려웠다. 자칫 한 회장에게 준후의 존재가 드러난다면 어떤 조치가 취해질지 모르는 일이다.

"도경아, 나 준후 없으면…… 죽어."

"걱정하지 마. 준후도 누나도 다치게 안 해."

단단해 보이는 도경의 표정과 말을 들었음에도 채경은 머뭇거리고 있었다.

"이 기회에 아버지를 추락시킬 거야."

믿을 수 없다는 표정으로 채경이 도경을 바라보았다.

"아버지한테 소중한 것들을 빼앗길 수는 없잖아. 누나가 준후를 지키려는 것처럼 난 이하나를 지켜야 하거든. 그래서 더 늦출 필요가 없어졌어. 아버지 내 손으로 떨어뜨릴 거야."

한 회장의 무서운 폭력을 견뎌내면서 도경은 감성이나 감정마저도 모두 죽었다고 생각했다. 그래서 도경은 늘 무표정이었고 늘 차가웠고 늘 건조했다. 그런 동생 도경이 뜨거운 가슴으로 화를 내고 있고 사랑하는 여자를 지키기 위해 독해져 있었다. 그 모습에 채경이 울컥했다.

준후를 지켜준 도경과 하나라는 여자를 위해, 그리고 앞으로 자신과 준후가 누려야 할 행복을 위해 채경은 선택을 해야만 했다.

조용히 준후를 바라만 보고 있던 채경이 굳은 결심을 한 것 같은 얼굴로 준후를 안아 들었다. 그리고 도경의 팔에 안겨주었다.

"끝까지 너하고 하나 씨가 준후를 지켜줄 거라 믿어."

도경은 송 실장을 호출한 후 먼저 서광그룹의 황 회장에게로 향했다.

"전화 드리면 준후 데리고 회장실로 올라오십시오."

"알겠습니다."

도경은 준후를 잠시 송 실장에게 맡기고 회장실로 올라왔다.

찾아뵙겠다는 전화를 미리 해놓아서인지 그곳에 혜진도 와 있었다.

"어서 오게."

유난히 반갑게 맞이하는 황 회장의 모습을 보니 이미 한 회장과 거래가 오갔다는 느낌이 들었다.

“잘 지냈나? 대경전자 잘나가는 거 다 자네 때문이라고 여기저기서 대경 후계자에 대한 칭찬이 자자해.”

칭찬 일색인 황 회장의 말을 듣고 있기 힘들어 찾아온 이유를 꺼내려 할 때였다.

“고맙네.”

너무나도 극진해 보이는 황 회장의 태도에 도경은 잠시 혼란스러웠다. 혜진과 벌인 일을 생각할 때 화를 내야 정상인데 오히려 고마워하다니.

‘무슨 거래가 어떻게 오간 거지?’

“혜진이 가출하고 수많은 헛소문 때문에 데리고 가겠다는 집안도 없고 보낼 데도 없었는데 한 회장님께서 며느리로 맞아주신다고 하고 자네도 다 용서하고 받아준다고 하니 이보다 더 고마울 수가 없지. 가서 잘하기로 혜진이하고 약속했네. 우리 혜진이 잘 부탁해. 파리 가서 있었는데 아무 일도 없었어. 저 녀석이 의외로 겁이 많아서 얼마 못 버티고 온 거 보게. 그러니…….”

“죄송합니다, 회장님. 뭔가 잘못 알고 계십니다. 회장님께서 저한테 고마워하실 일은 없습니다. 오히려 제가 죄송하다고 무릎을 꿇어야 합니다.”

“한도경! 너 아빠한테 무슨 얘기하려고? 내가 다 고백했어. 내가 너하고 결혼하기 싫어 도망간 거라고. 많이 반성하고 왔으니까 너하고 결혼해서……."

"제가 혜진이를 파리로 가라고 강요했습니다. 생활비 보내줄 테니까, 상견례 자리에서 다 뒤엎고 떠나라고. 저한테 여자가 있습니다. 아들도 있고."

"뭐야!"

황 회장이 무서운 얼굴로 자리에서 일어섰다.

"네 애 아니잖아! 아빠, 믿지 마. 도경이가 미혼모한테 잘못 걸려서……."

"혜진이 너 조용히 해! 한 부사장이 말해봐. 정말 아이가 있는 건가? 자네 아이가?"

"네. 송 실장님하고 아래에 있습니다. 못 믿으시겠다면 데리고 올라올 수도 있습니다."

짝! 황 회장이 도경의 뺨을 거칠게 후려쳤다. 무서운 소리가 회장실을 울렸다.

"아빠!"

"나쁜 놈!"

"죄송합니다."

"당장 사라져! 당장!"

도경이 나가려는데 혜진이 그를 잡았다.

"아니라고 말해! 네 애가 아니라고 말해! 그리고 내가 파리로 간

건 결국 내 의지였다고 솔직하게 말해."

"황혜진, 당장 그놈한테서 떨어져!"

"안녕히 계십시오."

도경이 혜진의 손을 떼어냈다. 그리고 그녀를 향해 차갑게 한마디를 던졌다.

"한 번만 더 내 여자를 건드리면 그때는 너도 용서 안 해."

"도…… 경아."

"그게 무슨 소리야?"

도경이 혜진과 황 회장을 무시하고 회장실을 나왔다. 안에서 황 회장과 혜진이 소리 높여 싸우는 소리가 들려왔지만 도경은 그대로 차로 돌아왔다.

"본사로 갑니다."

"준후는……?"

"데리고 갑니다."

도경이 송 실장에게서 준후를 받아 안았다.

편하게 잠들어 있는 준후를 보자 도경의 마음이 아파왔다.

'복남아, 미안. 하나 누나를 위해서 네가 좀 애써주라. 그동안 널 위해 애쓴 누나를 생각해서라도……. 삼촌이 누나를 많이 좋아하거든. 그러니까 복남아 우리 좀 도와줘.'

생후 2개월이 조금 넘은 아기에게 애원하고 있는 자신의 모습이 우스웠지만 지금은 그 어떤 끈이라도 잡고 싶은 순간이었다.

하나를 위해서.

도경은 마지막 폭탄을 한 회장에게 던지기 위해 복남이를 안고 회장실로 올라갔다.

그런데 도경이 들어서자마자 한 회장이 무언가를 집어 던졌다.

도경이 순간적으로 복남이를 안고 몸을 돌렸고 한 회장이 던진 마우스는 도경의 등에 맞고 바닥으로 떨어졌다. 그 파열음에 놀란 복남이가 깨서 울기 시작했다.

"너, 그 아이……."

한 회장이 도경이 안고 온 복남이를 보며 인상을 썼다.

"이 아이가 누구 아이라고 생각하십니까?"

"그 아이…… 파출부 딸, 그 계집애가 낳은 아이…… 아니야? 설마 네 아들인 거야?"

"누나 아들입니다."

"뭐? 무슨 되지도 않는 소리를 지껄이고 있는 거야? 채경이 불임인데, 그리고 언제 애를 낳았다는 거야? 임신을 한 적이 없는데! 너 미쳤냐?"

"대경그룹 한태수 회장의 딸, 한채경이 결혼 중에 불륜을 저질러 아이를 임신했다고 떠벌리며 낳을 수는 없었으니까요."

충격을 받은 것 같은 얼굴로 한 회장이 천천히 도경에게 다가왔다.

"지금 네가 하는 그 헛소리를 나보고 믿으라는 거야?"

그러면서도 한 회장의 시선은 복남이에게로 향했다. 그리고 아직도 울고 있는 복남이를 뚫어지게 바라보았다.

"믿지 않으셔도 상관없습니다. 하지만 이제부터 하는 말은 믿으셔야 할 겁니다."

한 회장은 도경에게서 독기를 보았다. 그리고 처음으로 아들의 혈기에 기가 꺾이는 기분이었다.

"대경 회장직에서 내려오십시오. 한태수 회장님이 맡고 있는 한, 대경은 더 이상의 발전이나 미래가 없습니다. 추락만 있을 뿐. 그리고 삐뚤어진 부성애에 대한 대가로 빈털터리로 살아가실 겁니다."

"한도경, 네가 아주 간도 배 밖으로 내놓고 정신줄을 놨구나?"

하지만 도경은 자신이 할 말을 계속 이어나갔다.

"스스로 내려가지 않으면 한 회장님의 가정 폭력부터 사내 폭력 그리고 탐욕스러운 비리가 모두 밝혀질 겁니다. 그리고 이 아이의 출생까지도."

일그러진 얼굴로 도경의 이야기를 듣고 있던 한 회장이 갑자기 껄껄거리며 웃기 시작했다. 그리고 여유로운 거드름을 빼며 소파에 앉아 다리까지 꼬았다.

"많이 컸구나, 한 부사장. 네가 뭘 가지고 날 협박하는지 모르겠지만 내가 그렇게 쉽고 만만한 인간이었으면 대경을 이렇게 못 키웠어. 아직도 네 아버지를 그렇게 모르겠냐? 쯧쯧. 아직 멀었다,

너는. 너야말로 부사장 자리 내놓고 매장당할 각오해. 난 아들이라고……."

"한 시간 뒤에 메일 확인하십시오. 그럼 지금 뱉은 말씀 다시 하실 수 없을 겁니다."

도경이 인사도 없이 몸을 돌려 밖으로 나왔다.

한 회장이 무언가를 집어 던졌는지 무언가 문에 맞아 떨어지는 둔탁한 소리가 들려왔다.

'황 회장하고 캐치볼하면 환상의 파트너가 되겠군.'

회장실을 나온 도경의 발걸음이 급해졌다.

'복남아, 이젠 하나 누나 마음 달래주러 가자. 네가 방긋방긋 웃어줘야 해.'

한 회장 앞에서는 빽빽 울던 복남이는 달래주지도 않았는데 울음을 그치고 그를 빤히 바라보고 있었다. 마치 순수한 눈빛으로 오히려 그를 달래주는 것 같았다.

그런 복남이를 보고 힘을 내며 도경은 이촌동으로 향했다. 그러는 중에 송 실장이 경호원과 통화를 한 후 도경에게 끔찍한 사실을 전해주었다.

"이하나 씨가…… 가방을 들고 집을 나갔다고 합니다."

"네? 그게 무슨 말입니까? 잡았어야지 그냥 보냈다는 겁니까?"

"한 부사장님께 가는 거라고 하고 택시를 탔다는 보고였습니다."

보고 받은 대로 그곳에 하나는 없었다. 그녀만 없는 것이 아니라 그녀의 모든 짐들도 보이지 않았다.

한 회장의 그 무서운 폭력을 견뎌내면서 느꼈던 고통보다 더한 아픔과 슬픔이 느껴졌다.

'이하나, 이러면 안 되는 거야.'

모든 게 무너져 내렸다.

대경 본사를 나와 도경의 차를 타고 집으로 오는 동안 하나는 떠나야겠다는 다짐을 했다. 그와 함께 시간을 더 보냈다가는 한 회장이 진짜 지옥으로 떨어뜨릴 것만 같았다.

그런 와중에서도 도경은 그녀에게 따뜻했고 자상했다.

'그래도 싫어. 한도경 당신을 좋아하지만 그보다 더 당신 아버지가 무섭고 싫어.'

아직도 쇠를 긁는 것 같은 한 회장의 목소리가 귓가에 메아리치는 것 같아 마음이 쓰리다.

"네 엄마가 도경이 집 파출부였다며? 그런 엄마가 번 돈 가지고 직장도 변변한 거 없이 놀고먹었다지? 너 같은 게 감히 대경그룹 후계자하고 연애질을 해? 어느 정도야지 눈감고 봐주지."

그대로 사라져 버리고 싶다는 생각이 들 때, 도경이 나타났다.

한편으로는 반가웠고, 한편으로는 야속했다.

그녀를 그 지옥에서 구해주는 것처럼 그녀를 데리고 나왔지만 고맙지 않았다. 그곳에서 겪었던 치욕을 그에게 들킨 것 같은 비참함과 자신을 이렇게 만들어 버린 그에 대한 원망으로 눈물을 흘리고 말았다.

아무리 생각해도 결론은 하나였다.

그가 집을 나서는 순간, 자는 척하느라 감고 있던 눈을 뜨고 짐을 쌌다. 먼저 살던 집으로 갈 수는 없었다. 도경이 그곳으로 찾으러 올 게 빤했다. 그렇다고 딱히 갈 만한 곳도 없었다.

수정의 집으로 갈 수도 없어 미국으로 가볼까 하는 생각도 해봤다. 하지만 여권도 없고, 비자도 없고, 무엇보다 아빠라는 존재를 마주하고 싶지 않았다.

결국 하나는 여성전용 고시텔을 알아보고 그중 제일 안전하고 시설이 좋은 곳으로 들어왔다.

좁고 낯선 공간이 무섭고 답답했지만 한 회장만 생각하면 뭐든 이겨낼 수 있을 것 같았다. 그 어떤 순간과 환경도 그를 대하는 것보다 더 괴롭고 참기 힘들 만한 것은 없을 것이기 때문에.

'내가 언제부터 한강이 보이는 아파트에서 호강을 누렸다고.'

하지만 자꾸 떠오르는 도경이 그리워 눈물이 다시 차올랐다. 그리고 잠들기 전에는 복남이 생각으로 한참을 가슴 아파해야만 했다.

'복남아…… 이젠 정말 우린 끝인가 보다. 그날이 마지막인 줄 알았으면 사진이라도 찍어놓을걸.'

J호텔의 스카이라운지, 하나와 함께 앉았던 그 자리에 도경은 혼자 앉아 그날 마셨던 칵테일을 마시고 있었다. 마치 그날로 되돌아간 것 같은 분위기인데 하나가 없었다. 이하나 하나만 없을 뿐인데 그의 마음은 물론이고 세상도 그날과 달랐다. 어둡고 답답하고 우울했다. 테이블 위에 올려놓은 휴대폰이 울렸다. 혹시나 하고 확인해 보지만 역시나 하나는 아니다. 똥줄 타고 있는 한 회장이 수십 통도 넘게 전화를 해오고 있는 중이었다.

'이제 좀 정신이 드십니까? 한 회장님.'

도경이 한 회장에게 보낸 메일에는 수십 개의 동영상 파일이 있었다.

집에서 그와 채경에게 매질을 하는 것부터 시작해서 회장실과 회의실에서 직원들에게 폭언과 함께 물건을 집어 던지고 조인트에 발길질을 하는 영상이 고스란히 담겨 있는 것들이었다. 그리고 한 회장이 챙긴 비자금 리스트 파일까지.

그게 공개되는 날은 대경 회장직에서 물러나는 것으로 끝나는 게 아니라 이 나라를 떠나야 한다. 그 정도로 빼도 박도 못하게 충격적인 것들이기에 한 회장 자신도 놀랐을 것이다.

결정적인 순간에 터뜨리기 위해 가지고 있었던 것들이다. 그것들을 공개하고 싶었지만 이를 악물고 참았다. 한 회장의 교만이 최고조에 달했을 때 나락으로 떨어뜨리기 위해 미리 샴페인을 터뜨리지 않았다.

'그러게 왜 나한테 하나밖에 없는 이하나를 건드리냐고!'

천천히 마시던 칵테일이 점점 더 폭음으로 변해갔다.

'이하나…… 어디 있니? 사람 풀기 전에 나와라.'

하나에 대한 그리움으로 가슴이 찢어질 것처럼 아플 때였다.

"괜찮으십니까?"

송 실장이 도경이 걱정되어 찾아왔다.

"괜찮겠습니까? 송 실장님…… 죽고 싶습니다. 아버지한테 가죽 벨트로 맞을 때도 죽고 싶다는 생각을 안 했는데 이하나 없는 지금은 딱 죽고 싶습니다."

"가시죠. 많이 취하신 것 같은데."

"하나는 아직 어디에도 안 나타났죠?"

"네."

도경이 비틀거리며 자리에서 일어섰다.

"아저씨."

그가 송 실장을 아저씨라고 불렀다. 그런 호칭이 익숙한 것처럼 송 실장이 대꾸해 주었다.

"네."

"오늘 아저씨가 몰래 찍어서 주었던 그 동영상…… 나하고 누나하고 짐승처럼 맞는 거…… 한 회장한테 보냈습니다. 한 회장이 말이죠, 똑똑한 척해도 빈틈이 많더라고요. 회장실하고 회의실에 도청장치나 CCTV 달린 거 없나 수시로 체크하면서도 그걸 나한테 믿고 맡겼으니 너무 어리석은 거 아닙니까? 고맙습니다.”

도경이 송 실장에게 정중하게 허리 숙여 인사했다. 술에 취해 비틀거리고 있었지만 허리 숙여 인사할 때만큼은 몸이 흔들리지 않았다.

“아버지 아래서 힘들었을 텐데, 나하고 누나 생각해서 떠나지 않고 옆에서 지켜주셔서 고맙습니다.”

“가시죠.”

송 실장은 비틀거리는 도경을 부축해 바를 나왔다. 그리고 차에 그를 태우고 그의 오피스텔이 아닌 하나가 있던 이촌동으로 향했다.

운전을 하던 송 실장이 룸미러를 통해 뒷좌석에 앉은 도경을 힐끗 보았다. 취기에 잠이 들었는지 고개를 뒤로 하고 눈을 감고 있었다.

‘사모님 부탁 때문이었습니다. 당신은 도망가지만 아이들만은 지켜달라는 사모님의 부탁 때문에.’

어려웠던 시절, 아내와 자신에게 많은 물질적 도움을 주었던 도경의 모친. 그 은혜를 송 실장은 도경을 지켜주는 것으로 갚아왔던 것이다.

하지만 어느 순간부터는 은혜가 아닌 깊은 상처를 안고 살아가는 도경이 가여워 인간적으로 품어주기 시작했다. 그럼에도 생기라고는 없는 그에게 미소가 보이기 시작했는데 그마저도 사라졌다.

하나를 잃어버리고 힘들어하는 도경을 보자 자식이 실연을 당한 것처럼 그의 마음도 아프고 힘들었다.

'최대한 하나 씨를 빨리 찾아내겠습니다.'

❖

고시텔에서의 생활은 생각보다 나쁘지 않았다. 방음이 잘 되지 않는다는 것만 빼고는. 하지만 방음이 되지 않는 그 불편함이 참을 수 없는 괴로움으로 다가왔다.

"그 새끼, 내가 죽여 버린다고 해! 밤길 조심하라고 해! 내가 등에 칼 꽂는다고. 흑흑흑. 그런데 그 새끼가 너무 보고 싶어. 보고 싶어 내가 죽을 것 같아. 흑흑흑."

옆방에서 들리는 술주정에 귀를 막아보지만 바로 옆에서 하나에게 주사를 부리는 것처럼 생생하다.

'그렇게 보고 싶으면 가서 봐! 술 마시고 지랄하지 말고!'

냅다 소리를 질러주고 싶었다. 하지만 하나도 옆방의 주사녀와 다르지 않다는 걸 느꼈다.

하나 역시 가만있는 자신을 흔들어 복남이를 맡기고, 휴식 같은 존재라면서 마음을 가져가고 나서는 어마어마한 아버지한테 당하게 만든 도경이 원망스러워 가서 목을 조르고 싶었다. 그러나 결국엔 목을 조르러 가기보다는 보고 싶어 그에게 가고 싶은 마음이 더 커졌었다.

'가서 같이 한잔하자고 해볼까?'

술 생각도 나고, 같은 처지라고 생각하니 남 같지 않게 느껴져 하나는 주사녀와 한잔하고 싶은 마음이 생겼다.

'아이고, 이하나. 너답지 않게 왜 이러니?'

엉뚱한 자신의 생각에 한숨을 내쉬는데 옆방에서는 이제 노래소리가 들려왔다. 박자, 음정 모두 무시하고 불렀지만 가사만은 하나의 가슴에 와서 박히고 있었다.

이별의 아픔을 노래한 그 가사가 하나의 사연인 것 같았고 그녀의 마음을 헤아려 주는 것 같았다. 그녀의 지금 상황이 주사녀가 부르고 있는 슬픈 노래와 똑같았다.

'내 인생에 남자가 한도경만 있는 게 아니겠지. 아닐 거야.'

자신을 애써 달래지 않으면 밖으로 뛰어나가 도경을 찾아갈 것 같았다.

"조용히 좀 해주세요. 안 그러면 퇴실 조치할 겁니다."

참지 못한 누군가 관리인에게 민원을 넣은 모양이었다.

"맘대로 해! 내가 지금 무서운 게 있는 줄 알아! 맘대로 해! 엿 같은 인생 알 게 뭐야!"

결국엔 관리인과 입실인 사이에 실랑이가 벌어져 일이 커졌다.

하나는 이곳도 또 하나의 다른 지옥이라는 것이 느껴졌다.

'어딜 가나 지옥이구나.'

빨리 시간이 흘러 어딜 가나 꽃밭일 날이 오길 바라고 바랐다.

❖

한 회장은 본의 아니게 자진 사퇴를 하는 걸로 회장직에서 물러났다. 그로 인해 추측성 기사와 루머가 떠돌았지만 도경이 전자 사장으로 승진하고 임시 회장직을 맡기로 하면서 대경 사태는 진정되어 갔다.

사장 취임식을 마친 도경이 새로운 집무실로 들어와 곳곳에서 들어온 축하 메시지를 확인할 때였다.

송 실장이 급하게 사장실로 들어왔다.

"찾았습니다."

그 한마디에 도경이 벌떡 일어섰다.

"어딥니까?"

"신촌에 있는 고시텔입니다."

"고시텔이요?"

송 실장이 주소가 적힌 메모지를 도경에게 건넸다.

'숨을 곳이 그렇게 없었나? 고시텔이라니.'

그녀를 찾았다는 안도감보다는 그런 곳에 숨어 있었다는 사실에 화가 나기 시작했다.

초조하고 급한 마음으로 찾아온 고시텔에 도착하니 여성 전용이라서 그런지 쉽게 들어갈 수가 없었다.

"기다려 보세요."

관리인이 하나에게 인터폰을 했다.

"여기 누가 찾아……."

도경이 인터폰을 빼앗아 들었다.

"이하나! 복남이 버리고 이런 곳에 오면 내가 못 찾을 줄 알았어? 복남이가 걱정도 안 돼? 매일 애가 울면서 먹지도 못하고 잠도 못 자면서 당신만 찾는데 여기 숨어 있으니까 행복해? 애 버리고 나가서 행복하냐고!"

인터폰 너머로는 아무 반응이 없었다. 하지만 도경은 놀라서 얼음이 되어 있을 그녀의 모습이 상상되었다. 더 이상 그녀를 머릿속으로만 그리며 보는 건 참을 수 없었다.

"앞장서요."

인터폰을 던지듯 내려놓은 도경이 강압적인 자세로 나오자 관리인이 기죽은 얼굴로 머뭇거렸다.

"지금 통화 못 들었습니까? 우리 복남이 잘못되면 당신이 책임질 겁니까?"

우물쭈물하던 관리인이 도경의 눈치를 보며 하나가 있는 룸으로 갔다.

"여기……."

도경이 관리인을 옆으로 밀치고 문을 부술 듯 두드렸다.

"이하나! 문 열어!"

하지만 문은 쉽게 열리지 않았다.

"집에 가야지! 빨리 나와! 복남이가 매일 울고 있다고! 당신 때문에 애가 죽어간다고! 이, 매정한 여자야!"

도경의 소란에 여기저기서 구경난 듯 문을 열었다가 도경의 외모에 홀려 아예 밖으로 나오는 사태가 벌어졌다.

그걸 본 관리인이 도경을 자제시키려 했다.

"다른 분들 생각해서 좀 조용히……."

"지금 조용할 때가 아니죠! 애 엄마가 애를 버리고 집을 나왔는데! 빨리 데리고 가야 하는 게 맞는 거죠."

"그렇지. 지금 뭣이 중헌디!"

평소라면 퇴실을 운운하며 고약을 떨어야 할 여자들이 모두가 도경의 편을 들고 관리인을 무시했다.

"이런 남편 있으면 안 먹어도 배부르겠구만, 왜 집을 나와 여기서 고생이야?"

"애까지 있다면서."

"이러고 있으면 여자가 밖으로 나오고 싶어도 못 나오겠다! 남의 집 일에 관심 끄고 빨리 들어들 가!"

고시텔 최고참이자 최장기 투숙자의 말에 모두가 아쉬운 눈길로 도경을 바라보며 각자의 룸으로 들어갔다. 하지만 다 닫히지 않은 문틈 사이로 도경을 향한 시선들이 새어 나왔다.

주위가 조용해지자 도경이 문에 이마를 기대며 하나에게 속삭이듯 조용히 말했다.

"하나야, 집에 가자. 제발. 문 열어줘."

한참 후 잠긴 문이 열리는 소리가 들렸다. 그리고 열릴 것 같지 않던 문이 천천히 열렸다. 다 열리기까지 그 잠시도 참지 못한 도경이 문을 열어젖히고 하나를 뚫어지게 바라보았다. 꿈에서도 그리웠던 하나의 모습이 눈앞에 보이자 숨이 막힐 듯 벅차왔다.

"복남이……."

하나가 당장이라도 눈물을 흘릴 것 같은 붉은 눈으로 복남이를 입에 올렸지만 도경은 그녀를 품으로 안아버렸다.

"한도경이라는 내 이름부터 불러야지, 어떻게 복남이가 먼저 나오냐?"

"저기…… 여기서 이러시면 안 됩니다."

옆에 있던 관리인이 안절부절못하고 있었다.

"가자. 여기서 이러면 안 된다잖아."

도경이 안으로 들어가 하나의 짐을 빠르게 챙겨 가지고 나왔다. 그리고 그녀의 손을 잡고 뒤도 돌아보지 않고 고시텔을 나섰다.

"이촌동 말고 먼저 집으로 가요."

고시텔을 나와 한마디도 하지 않고 있던 하나에게서 나온 첫마디가 이촌동으로 가지 않겠다는 말이었다.

"이촌동으로 갈 거야."

하지만 도경은 그녀의 말을 듣지 않고 이촌동을 향해 차를 몰았다.

차를 돌리라거나, 가기 싫다고 화를 낼 줄 알았던 하나는 더 이상 입을 열지 않았다. 그녀답지 않은 모습이 불안했다.

하나에게 해줄 말이 많지만 도경도 차 안에서는 침묵을 지켰다. 그녀에게 보여줄 것들이 있어 잠시 인내하기로 했다.

이촌동에 도착해 올라가지 않겠다고 고집하면 어쩌나 걱정했지만 하나는 조용히 내려 집으로 들어왔다.

그런데 집으로 들어온 하나는 처음엔 집을 잘못 찾아들어 왔나 싶었다.

발코니 창으로 보이는 전경은 그녀가 떠날 때와 다르지 않았다. 그러나 집 안의 인테리어는 다르게 변해 있었다. 벽지와 커튼 그리고 가구까지 모두가 새로운 것들이었다.

하나는 묻지 않았다. 왜 이렇게 집 분위기를 바꾸었냐고. 그런데 그가 먼저 말을 꺼냈다.

"아버지…… 회장직에서 사퇴하셨어."

그건 하나도 알고 있었다. 인터넷을 통해 기사들을 접했다. 기사 속에서 임시 회장직을 맡게 된 대경전자 '한도경' 사장이라는 그의 이름을 보았을 때, 눈물 나도록 그리웠다.

"내가 끌어내렸어. 아버지가 내가 가장 소중하게 생각하는 이하나를 건드렸기 때문에 참을 수가 없었어. 다시는 그런 일 일어나지 않을 거야."

하나의 심장이 빠르게 뛰기 시작했다. 자신만이 그를 그리워하고 소중한 사람으로 가슴에 담고 있었던 게 아니었다. 그에게 있어 자신도 소중한 사람이었고 그가 약속을 지켜 그녀 자신을 지켜주려 했음에 심장이 떨려왔다.

"이젠 방해될 게 아무것도 없어. 널 다치게 할 사람도 없어."

도경이 하나에게 가까이 다가가 그녀를 안았다.

"사랑해."

도경의 입술이 하나의 입술을 찾았다.

익숙한 그의 향기, 그의 숨결이 부드럽게 그녀의 숨결과 섞여 하나가 되어갔다.

그의 몸이 하나에게 더 밀착되어 왔다. 한 걸음씩 뒤로 물러나던 하나가 침실 문 앞에서 멈춰 서 입술을 떼었다.

"복남이는요?"

아니, 지금 중요한 순간에 복남이라니!

"잘 있어."

건성으로 대답한 도경이 다시 그녀에게 키스를 시도했으나 하나가 그의 입술을 피했다. 그리고 정색을 하며 다시 물었다.

"복남이 어디 있어요? 못 먹고, 못 잔다면서요?"

"복남이 제 엄마가 데리고 갔어."

"뭐요?"

"못 먹고, 못 자고, 당신 때문에 죽을 것 같은 건 복남이가 아니라 나였어. 내가 그랬다고. 내가."

도경이 애절한 눈빛으로 하나를 바라보았다.

"이하나, 하나만 묻자."

"……?"

"거기에 있는 동안 누가 더 그리웠어? 나야? 복남이야?"

당연히 한도경이다. 그러나 유치한 질문에는 유치한 대답을 해줘야 맞는 거다.

"복남이요."

절망한 것 같은 도경에게서 한숨이 흘러나왔다.

"그럼 복남이 지금 미국에 있는 거예요?"

나 좀 봐달라고! 복남이는 그만 찾고!

절규하고 싶은 심정을 꾹꾹 누르며 도경이 고개를 끄덕거렸다.

"이러는 게 어디 있어요? 나한테 어떻게 이래? 내가 저를 어떻게 키웠는데? 시간 맞춰 맘마 먹여주고, 똥 기저귀 갈아주고, 옷이 다 젖도록 목욕시켜 주고……. 낳은 정보다 기른 정이 더 무섭고 끈끈

한 건데…… 아무리 낳은 엄마라고 하지만 내 허락도 없이 데리고 가는 게 어디 있어요? 데리고 와! 내 복남이 데리고 오라고요!"

도경은 하나가 농담으로 그러는 줄 알았다. 하지만 자신의 가슴을 팡팡 때리며 눈시울을 붉히는 그녀를 보며 진심이라는 걸 알았다.

"미안해."

"미안하면 데리고 와요! 내가 복남이 개를 어떻게 키웠는데!"

몇 번 도경의 가슴을 치던 하나의 주먹질이 멈추자 도경이 그녀의 손을 잡고 소파로 데리고 왔다. 하나를 소파에 앉힌 다음 암체어를 끌어다 그녀와 마주 앉았다.

"네 마음을 헤아리지 못해 미안해. 내 생각이 짧았어. 어차피 복남이는 누나한테 갈 누나 아들이야. 그런데도 미련이 남고 마음에서 떠나보내기 힘들다면……."

도경이 암체어에서 내려와 한쪽 무릎은 세우고 한쪽 무릎은 꿇은 후 주머니에서 반지 케이스를 꺼냈다.

"우리가 복남이 동생, 복돌이나 복순이를 낳자. 결혼해 줘, 하나야."

케이스를 열고 하나에게 내밀었다.

그런 도경과 반지를 번갈아 보던 하나가 대답했다.

"싫어요!"

11. 결국 해피엔딩

처음엔 성급하게 청혼을 한 자신을 탓했다. 타이밍을 잘못 맞추어 하나가 거절한 거라 생각했다. 하지만 그것마저 착각이었다. 하나는 정말로 결혼 생각이 없었다.

그로 인해 도경의 속은 다 타들어가 재만 남아 있는 기분이다.

그녀를 찾아내는 순간 청혼을 하고 바로 결혼을 해서 함께 살 꿈을 꾸며 이촌동 아파트도 신혼집으로 새로 꾸몄다. 그런데 그녀는 복남이와 함께 있던 그 집에서조차 복남이 없이 살지 않겠다고 먼저 살던 좁은 빌라로 돌아갔다.

결국엔 복남이를 다시 데리고 오겠다고 했지만 복남이와 결혼은 또 별개라고 했다.

“하아.”

매 순간이 한숨이었다.

도경은 퇴근을 앞두고 하나에게 전화를 걸었다.

[여보세요?]

“J호텔에서 BBQ에 맥주 무한정 이벤트하는데 가서 저녁 먹을까?”

[좋아요.]

“데리러 갈게.”

[네.]

청혼은 거절했지만 연인이기를 거절한 건 아니기에 데이트를 즐기고는 있다. 하지만 도경은 데이트로 만족할 수가 없다. 집 앞에서 그녀를 들여보내기 싫고 그녀가 늘 옆에 있었으면 하는 욕심이 큰데 그걸 하나가 받아들여 주지 않고 있어 서운하기만 하다.

지금도 그녀의 얼굴을 1분이라도 빨리 보고 싶은 마음에 퇴근을 서두르고 과속을 하며 그녀 집 앞에 도착했지만 그녀는 옅은 미소만 보일 뿐이었다.

하나를 태우고 J호텔로 와서 맥주를 곁들인 저녁 식사를 하기 시작했다.

도경의 예상대로 하나는 맥주를 자주 가져다 마셨다. 그런 하나를 보며 도경이 의뭉스러운 미소를 지었다.

‘저러다 기분 좋게 취해 2차를 가자고 조르겠지. 후후.’

그러면 스카이라운지 바로 데리고 가서 좀 더 취하게 만들어 룸으로 가는 것이 도경의 계획이었다.

그리고 그 계획대로 취기가 살짝 오른 하나가 2차를 외쳤고 도경이 그녀를 데리고 스카이라운지로 올라왔다.

그런데 취기로 인해 배시시 웃어야 할 하나의 표정이 진지해졌다. 그리고 표정보다 더 진지한 목소리로 그의 이름을 불렀다.

"도경 씨."

"응?"

"청혼…… 말이에요."

"응."

"1년 후에 해줘요. 그때는 예스라고 대답할게요."

"왜 1년 후야? 난 하루가 1년 같아서 365년을 기다려야 하는 기분으로 살아야 할 텐데."

하나가 차분하게 그의 청혼을 거절한 이유를 털어놓기 시작했다.

"일을 하고 싶어요. 능력 없는 여자가 아니라 능력 있다는 거 인정받고 싶어요. 비록 그지 같은 이유로 로펌에서 나왔지만…… 내 능력…… 한 번은 인정받고 싶어요."

"일해. 결혼해서 일하는 거 말리지 않아. 그런데 로펌을 나온 게 그지 같은 이유 때문이라니? 복남이 때문에 사직서 내고 그만둔 거 아니었어?"

아차! 입이 방정이다.

"왜 나왔어?"

자신의 입을 한 대 때리고 싶었지만 어설프게 거짓을 둘러대느니 솔직하게 말하는 게 낫다 싶어 하나는 솔직하게 털어놓았다.

"직속 변호사가 한잔하자면서 호텔 룸으로 데리고 올라가려고 해서 거절하고 한마디 했더니 해고 어쩌고 하길래 내가 먼저 그만둔다고 했어요. 결국엔 해고 처리됐지만. 재수 없는 인간."

"이름이 뭐야?"

"네?"

"그 개변호사 이름이 뭐냐고?"

진 변호사 이름을 말했다가는 당장 달려가 절단이라도 낼 것처럼 도경의 표정이 험악했다. 그렇다고 이름을 말하지 않으면 이름이 나올 때까지 닦달을 할 게 빤해 하나는 어쩔 수 없이 진 변호사의 이름을 말했다.

"진석중…… 이요."

그 말을 들은 도경의 얼굴이 심하게 비틀어졌다.

"진석중?"

"응. 진석중."

"그래, 그건 그렇고. 일을 하고 싶다……? 대경전자 사장 비서 자리 하나 내줄게 출근해. 로펌 비서 경력도 있으니까 어렵지 않을 거야."

"대경전자 사장이면……."

"대경전자 사장 성격이 만만치 않게 빳빳하고 차가운 사람이라 거기서 인정받으면 어디 가서도 유능한 비서로 인정받을 수 있지."

"농담해요?"

"일단 내일 이력서 써서 대경전자 사장실로 찾아가."

"싫어요!"

"결혼하자고 해도, 싫다! 취직을 시켜준다고 해도, 싫다! 도대체 좋은 게 뭐야?"

자신의 마음대로 움직여 주지 않는 하나가 야속하고 서운해 도경이 버럭 하고 말았다.

"한도경이요."

"응?"

"좋은 게 뭐냐면서요? 좋은 거 한도경."

찌그러져 있던 도경의 인상이 하나의 한마디에 활짝 펴졌다. 그것만으로 실실 웃음이 나오는데,

"룸 예약했어요?"

"응?"

"룸 잡았냐고요? 나 오늘 마음 단단히 먹고 나왔는데. 한도경 씨하고 뜨거운 밤 보내려고."

하나의 입가에 번지는 미소와 가늘어지는 눈매에 그를 향한 유혹이 담겨져 있었다. 그걸 알아챈 도경이 지체 없이 일어섰다.

"가자!"

두 사람이 나간 테이블 위해는 마시지 않은 칵테일 두 잔이 그대로 있었다.

많이 급했던 거다.

하나와 오랜만에 회포를 풀고 난 도경은 휘파람을 불며 출근을 했다. 하지만 송 실장을 호출하면서부터 그의 얼굴은 심각하게 굳어졌다.

"실장님."

"네?"

"베트남 현지 법인 설립에 관련된 법률 자문을 해줄 로펌……거의 결정 된 곳이 홍이김이죠?"

"맞습니다. 내일 대표 변호사님하고 마지막 미팅하시고 결정하는 걸로 일정이 잡혀 있습니다."

"대표 변호사님하고 진석중 변호사하고 오늘 본사로 들어오라고 하십시오. 결정 났다고."

"그렇게 하죠."

그로부터 정확히 1시간 후 도경의 집무실에 법무법인 홍이김의 대표 변호사와 진석중 변호사가 도경과 마주 앉았다.

두 변호사의 얼굴에서는 즐거운 미소가 보였고 그들을 보는 도경의 입가에도 미소가 번져 있었다. 그러나 진석중 변호사에게 시선을 보낸 도경은 특유의 냉정한 얼굴로 돌변했다.

"진 변호사님."

예리하게 날카롭고, 단단하게 차가운 도경의 목소리에 진석중은 물론이고 옆에 있던 대표 변호사까지 움찔 놀라며 뭔가 잘못되어 가고 있다는 걸 감지했다.

"네, 사장님."

"성추행을 한 직장 상사한테는 법적으로 어떤 처벌이 떨어집니까?"

"제 전문분야가 아니라 정확하지는 않지만 10년 이하의 징역형이나 1,000만 원 이하의 벌금형이 떨어지지 않을까 합니다."

"전문팀 변호사를 불러 드릴까요?"

대표 변호사가 나섰다. 하지만 도경의 시선은 진석중에게만 향해 있었다.

"제가 알아본 바로는 '성추행'으로 불리는 강제추행은 폭행 또는 협박으로 성적 수치심이나 혐오감을 일으키는 신체 접촉을 하는 범죄를 뜻하더군요. 그리고 강제추행은 신체 접촉에 실패해도 시도한 것만으로도 처벌을 받을 수 있고. 또한 피해자가 불쾌감을 느꼈다면 시도에 대해서도 처벌을 받는 걸로 알고 있습니다. 맞습니까?"

"네, 그렇습니다만……."

"그럼 여직원을 성추행한 직장 상사는 범죄자가 되는 거군요."

"……그렇죠."

"대경은 범죄자가 파트너 변호사로 있는 법무법인 홍이김과 함께할 수 없습니다."

대표 변호사는 물론이고 도경의 따가운 시선을 받고 있던 진석중이 당황해하며 어쩔 줄 몰라 했다.

"그게 무슨 말씀이십니까?"

홍 대표 변호사가 나서며 물었다.

"홍 대표님, 대경의 파트너가 되길 원한다면 여비서들을 강제로 호텔 룸으로 데리고 가는 진석중 변호사부터 처벌하십시오."

"한 사장님, 말이 너무 지나치십니다. 그런 근거 없는……."

진석중이 억울하고 분하다는 듯이 잔뜩 찌푸린 얼굴로 나섰다.

"내가 근거도 없이 로펌의 파트너 변호사를 상대로 이런 말을 했을 거라고 생각합니까?"

지은 죄가 있고, 상대가 대경전자 사장이기 때문에 진석중은 함부로 우기고 나설 수가 없었다. 협상 테이블에서보다 더한 긴장감이 진석중의 목을 조였고 그 어떤 상대보다 힘들고 어려운 상대를 만난 느낌이 들었다. 100% 자신이 이길 수 없는 싸움이라는 걸 그는 무섭게 이글거리는 도경의 시선으로 알 수 있었다.

"홍이김에서 처리하지 않으면 진석중 변호사를 성추행 피의자로 고소할 겁니다. 그렇게 아시고 홍 대표님이 알아서 정리하십시오. 그럼 이만."

도경이 일어나 홍 대표를 향해 묵례를 했다.

더 이상 어떤 말도 하지 못하고 쫓겨나는 신세가 되어버린 두 사람이 도경의 집무실을 나갔다.

'더러운 인간쓰레기. 여자를 상대로…… 그것도 감히 내 여자한테…….'

도경은 진석중이 국내에서는 절대 변호사로 일할 수 없게 조치시킬 계획이다. 물리적인 폭력만이 폭력은 아니다. 하나가 진석중에게 당한 것도 있지만 자신이 가진 지위와 권력을 이용해 약한 자에게 못된 짓을 한 저런 인간은 절대 이 땅에서 편하게 숨 쉬고 살아서는 안 된다는 생각에서였다.

❖

오랜 고민 끝에 도경은 하나를 존중해 주기로 했다. 사실은 자신의 욕심을 먼저 채우고 싶었고 하나가 직장을 다니면서 다른 사람들과 어울리는 것은 상당히 맘에 들지 않았지만 그녀가 원하는 대로 해주기로 했다. 사랑에 있어 더 많이 사랑하는 쪽이 늘 지는 법이니 도경이 하나를 이길 수 없었다.

자신의 비서 자리를 거절하고 있어 그가 안심하고 그녀가 다닐 수 있는 직장을 알아보고 있었지만 어디 하나 마음에 드는 곳은 없었다. 그런데 함께 분위기 좋은 곳에서 차를 마시던 어젯밤.

"우리 계산은 확실하게 해요. 아무리 연인 사이라고 하지만."

야무진 표정으로 말하는 그녀가 귀여우면서도 혹시 감당할 수 없는 폭탄을 터뜨리는 건 아닌지 긴장이 되었다.

"무슨 계산? 우리가 뭐 정산 같은 거 할 게 있나?"

"어머! 어머! 말 안 했으면 큰일 날 뻔했네."

하나가 기가 막히고 어이없다는 듯 헛웃음을 토해냈다. 하나는 한숨을 내쉬고 도경에게 복남이를 데리고 왔을 때 작성했던 계약서 내용들을 상기시켜 주었다.

"복남이를 데리고 갔으니 내가 계약 이행을 하지 않은 게 아니라 어떻게 보면 도경 씨 측에서 계약 파기……? 아니, 중도 포기? 뭐 하여튼, 복남이가 미국으로 가는 바람에 계약이 무효가 된 거잖아요. 어쨌든 복남이는 가고 없더라도 도경 씨는 계약대로 이행해야 한다는 거죠."

"이행할게."

하나는 힘들고 어렵게 꺼낸 이야기였는데 반해 도경의 대답은 허무할 정도로 너무도 간단했다.

"그래요? 그래 주면 난 고맙죠. 음…… 퇴직금 대신 주겠다는 상가를 해주면…… 취업이 아닌 상점을 하나 개업을 해서 잘 운영해 보려고 하는데…… 상가는 언제쯤……?"

하나의 질문에 도경이 고민에 빠졌다.

취업이 나은가? 개업이 나은가?

"상가에다 무슨 상점을 내려고?"

"아직 생각은 안 해봤어요. 상가 위치나 크기도 모르고 하니까."

"아기용품점은 어때? 복남이 때문에 경험도 있고 지식도 있으니까 잘할 수 있을 것 같은데."

"사실 경험 없이 개업하기에는 커피 전문점이 제일 좋기는 한데."

"커피 전문점은 안 돼."

젊은 사람이 수도 없이 오가는 그곳에 하나를 세워둘 수는 없었다. 임산부들이나 아기 엄마들이 주 고객인 아기용품점이 가장 안전한 품목이다.

"왜요? 내가 사장하고 수정이가 바리스타 자격증 따서 매니저로 일하겠다고…… 말 맞춰놨는데."

"요즘 거리에 널린 게 커피숍이야. 제대로 하지 않으면 경쟁에서 쉽게 밀려서 안 돼. 이하나의 능력을 인정받고 성공하고 싶으면 아기용품점이 딱이야. 나 경영인이야. 나를 믿어봐."

그 말에 하나의 마음이 흔들리는 것이 느껴졌다.

그녀의 마음이 커피숍으로 굳어지기 전에 빠르게 행동하는 것이 중요했다. 그래서 도경은 잘 아는 창업 컨설턴트를 하나에게 소개시켜 주기로 했다. 그리고 지금, 컨설팅 회사 대표에게 전화를 걸었다.

"정 대표님, 부탁이 있어 전화드렸습니다."

도경은 컨설팅 회사 대표에게 하나의 개업을 아기용품점에 맞춰 추천해 주고 상담해 주기를 부탁했다.

"부탁하신 대로 진행하겠습니다."

통화를 끝낸 도경에게서 미소가 떠올랐다.

그런 모종의 거래가 있는지 모르는 하나는 컨설팅 대표의 말만 믿고 일을 추진하기로 했다.

브랜드 선정에서부터 인테리어 그리고 개업 날짜까지 모든 걸 컨설팅에서 전담으로 처리해 주고 있어 하나가 신경 쓸 일은 별로 없었다.

그저 인테리어 진행 과정을 확인하거나 컨설팅 회사의 보고를 받는 게 다였다. 하지만 자신이 매장을 운영한다는 기대감과 열의가 넘쳐 매일 시장조사를 다니느라 바빴다.

그 때문에 데이트도 제대로 못하고, 만나면 온통 아기용품에 대한 이야기로 꽃을 피우는 하나 때문에 도경의 불만이 늘어갔다.

한때, 탕수육에 밀렸던 자신이 이제는 매장에 밀리는 기분이 든 도경은 하나를 다시 구슬려 보았다.

"곧 매장이 오픈할 텐데, 새로운 기분으로 출발하는 그때에 맞춰 결혼으로 또 다른 인생 출발을 하는 건 어때?"

"지금……."

"청혼하는 거야. 네가 원하는 대로 1년 뒤에 대답해도 돼. 대신 나는 하루하루 달력에 X 표시를 하는 기분으로 청혼하려고. 그래야 시간도 빨리 갈 것 같고, 디데이를 기다리는 설렘도 있을 것 같아서."

너무도 기가 막혔는지 하나는 입을 벌리고 그를 멍하니 바라만 보았다.

그런 하나를 보며 도경은 오히려 반지를 꺼내 그녀 앞으로 내놓았다.

"진짜…… 매일 하려고요?"

도경이 미소를 지으며 고개를 끄덕거렸다.

하나가 느끼기에 도경이 그냥 하는 말이 아니었다. 그는 정말 매일 청혼을 해올 것이라는 예감이 들었다.

'누가 이기나 해보자는 것도 아니고…….'

도경이 아직도 멍해 있는 하나의 손을 잡았다.

"대답이 없는 거 보니 거절이구나?"

그리고 테이블에 놓았던 반지를 다시 집어넣었다.

그런데 그때 본 도경의 표정이 무척이나 쓸쓸하고 외로워 보였다.

거절로 인해 자존심이 상해 보이는 것이 아니라 진심으로 그가 아파하는 것 같았다.

이내 그 표정은 사라졌지만 하나의 마음속에서는 사라지지 않고 오히려 깊게 각인되어 버리고 말았다.

'하, 저러면 나 1년도 못 버틸 것 같은데…….'

도경은 자신이 말한 대로 매일 청혼을 해왔다. 그리고 늘 그녀의 신경을 쓰게 만드는, 쓸쓸하고 아픈 표정으로 반지를 집어넣었다.

개업하고 두 달째, 도경은 매일 하나를 찾아와 데이트를 하고 하나의 집 앞에 도착해 프러포즈를 했다.

결혼보다는 연애가 좋으니 연애가 지겨워질 때 결혼해야겠다고 생각한 하나의 마음이 무너져 내리고 있었다.

늘 한결같은 그의 정성에 믿음이 더 단단해지고 그를 향한 사랑이 커져만 가니 이제는 그의 청혼을 받아들이고 함께 살고 싶다는 생각이 수시로 들기 시작했다.

"너 그렇게 튕기다가 한도경 씨가 지쳐서 나가떨어지면 어쩔래? 저런 남자를 어디 가서 만난다고 튕기냐고? 나중에 후회하지 말고 하자고 할 때 해."

수정의 말이 떠올랐다.

'그래, 저런 남자가 세상에 어디 있다고.'

하나의 마음이 도경과 결혼하는 걸로 굳어졌다.

오늘도 도경은 하나에게 거절당할 각오를 하고 그녀가 집으로 들어가기 전에 반지를 내밀려고 할 때,

"차 한잔하고 가요."

늘 집 앞에서 결혼하자는 자신의 말을 거절하고 매몰차게 집으로 들어가던 평상시와 달랐다.

'설마 이게 허락인 건가?'

하지만 '예스' 라는 정확한 대답을 들을 때까지는 허락이 아닌 것이다.

하나를 따라 들어오니 그녀는 정말 커피 한 잔을 끓여 그 앞에 놓아주었다. 커피를 마시고 싶지 않았지만 그녀의 정성을 생각해 아무 말 없이 한 모금씩 마시기 시작했다.

"커피 맛있죠?"

뭔들 안 맛있을까? 이하나가 그를 위해 만들어준 것인데.

"맛있어."

"다 마셔야 해요."

하나가 맞은편에 앉아 그가 커피 마시는 걸 감시하듯 빤히 바라만 보고 있었다. 커피를 다 마시지 않으면 그 자리에서 하나도 움직이지 않을 것 같아 입천장까지 데어가며 뜨거운 커피를 급하게 마시는데.

"응? 이게……."

특수 제작한 머그컵인지 반쯤 비워진 머그잔 한가운데에 하트 모양으로 볼록 튀어나온 부분이 있었고 그 하트에는 '나랑 결혼해줄래?' 라고 새겨져 있었다.

도경이 이 글귀가 그녀가 하고 싶은 말이 맞는지 확인하고 싶은 눈동자로 하나를 바라보았다.

턱을 받치고 그를 빤히 보던 그녀가 재촉했다.

"대답해 줘요."

그동안 자신의 속을 태우고 맘 상하게 한 걸 생각하면 그녀처럼 단호하게 '싫은데' 라고 외쳐야 하지만 이미 그의 심장이 튀어나올 듯 빠르게 뛰었다. 그리고 대답도 빠르게 나왔다.

"넵!"

결혼이 결정되고 준비하는 과정에서 하나는 조 여사의 빈자리가 느껴졌다. 친정 엄마와 함께 준비해야 하는 것들을 그녀는 수정이나 도경과 함께했지만 조 여사와 함께하지 못한 아쉬움이 컸다. 특히나 결혼을 앞둔 그녀에게 조 여사가 없다는 것이 너무도 서글펐다.

결국 하나는 조 여사에게 전화를 걸었다. 어쩌면 받지 않을 수도 있다고 생각했지만 갑작스럽게 전화를 걸었다는 게 걱정스러웠는지 연결이 되자마자 울먹이는 목소리가 흘러나왔다.

[하나야! 잘 지내는 거지?]

"잘 지내. 엄마는?"

[엄마는 괜찮아. 네 아빠가…… 며칠 못 넘기실 것 같아…….]

알 수 없는 허무함이 밀려왔다. 결국 이렇게 죽음을 맞이하는 인생인데 가정까지 버리면서 얻은 게 무엇일까? 남아 있는 사람에게 상처만 남겨놓고.

마음이 아프다기보다는 씁쓸하고 답답했다. 그리고 생에 끝에 있는 아빠가 불쌍할 뿐이었다. 하지만 하나는 자신의 그런 감정을 드러내지 않은 채 전화를 한 이유를 꺼냈다.

“나 결혼해, 엄마.”

[결혼? 갑자기 무슨……. 누구 좋은 사람 만났어?]

“엄마도 아는 사람. 한도경 씨하고. 결혼식 전에는 들어와야지.”

[애 딸린 남자하고 한다고? 하나야…….]

좋은 총각이라고 늘 입에 침이 마르도록 칭찬해 놓고 딸을 주기에 미혼부라는 조건은 받아들일 수 없는 것이었나 보다. 의외로 조 여사가 결혼을 말리려는 것 같았다.

“복남이 도경 씨 아이 아니야. 엄마, 얘기가 길어. 그러니까…… 빨리 들어와. 그리고…… 아빠한테…… 내가 다 용서했다고 전해줘. 용서한 건 아니지만…….”

마지막 말은 조 여사를 위해 한 말이었다.

그걸 느꼈는지 아니면 아빠를 용서한다는 말이 고마웠는지 조 여사의 흐느끼는 소리를 들으며 통화를 끝냈다.

‘절대 자식에게 상처 주는 부모는 되지 말아야지.’

도경 역시 그런 부모가 되지 않을 남자라 다행이었다.

결혼식이 며칠 남지 않은 어느 날, 수정에게 전화가 걸려왔다.

[대박 사건!]

하나가 전화를 받자마자 수정이 호들갑을 떨었다.

"뭐가 대박 사건이야?"

[선경이 남편, 그러니까 진호 선배 저번에 스카우트당해서 회사 옮겼다고 했잖아?]

"걔 얘기는 하지 말자."

[아니야, 아니야. 들어야 해. 완전 대박 사건이거든. 진호 선배 옮긴 회사가 어디인 줄 아니?]

"그걸 내가 어떻게 알아? 뭐, 대경전자라도 돼? 한도경 씨 밑으로 들어왔다고 해야 대박 사건인 거지."

별생각 없이 한 말이었다. 하지만 수정에게 들려온 대답은 그녀 말대로 대박이었다.

[빙고! 대경전자 사장 직속 연구실장으로 들어간 거래! 대경전자 사장 직속이면 도경 씨 직속이라는 말이잖아. 도경 씨 부하 직원이라는 거지! 음하하하하하. 내가 왜 이렇게 좋니?]

사람은 베푼 대로 받는 법이다. 늘 못된 생각과 양심 없는 행동으로 여러 사람 상처 주고 힘들게 하더니 드디어 그녀의 자존심이 철저하게 무너지는 일을 당하게 생겼다.

남들은 남편의 능력에 감사해야 하는 현실을 그녀는 친구들을 비참하게 만들기 위한 자랑거리로 삼았고 그 결과 남편의 능력에도 불구하고 웃음거리를 만들었으니 말이다.

❖

도경과 하나의 결혼식은 강남의 고급스러운 웨딩하우스를 빌려 작지만 로맨틱한 결혼식으로 이루어졌다. 직계가족도, 친구도 별로 없는 두 사람의 사정이 같기에 가까운 지인들만 초대해 진정한 축복의 자리로 만들자는 게 두 사람의 생각이었다.

새하얀 웨딩드레스를 입고 있는 하나 옆에 채경이 앉아 그녀의 손을 잡아주었다.

"고마워요. 우리 준후하고 도경이 지켜줘서."

"아니에요. 준후야말로 저한테 복을 가져다준 고마운 천사예요."

옆에 놓인 유모차에서 복남이가 방긋거리고 있었다. 백일이 지나 이젠 갓난아기 티를 벗은 복남이를 두 여자가 사랑스러운 눈길로 보고 있었다.

"하나야! 하나야!"

수정이가 급하게 들어오다 채경을 보고 멈칫했다.

"가볼게요. 이따 봐요. 그리고 오늘 예뻐요."

채경이 복남이의 유모차를 끌고 밖으로 나갔다.

"누구? 복남이 엄마?"

"응."

"복남이가 완전 외탁이네. 엄마도 진짜 미인이다. 아니, 지금 그게 중요한 게 아니라 네 결혼식에 못 온다는 선경이 지금 여기로 오고 있어. 푸하하하. 이따 걔 표정 어떻게 보지?"

"못 온다고 했잖아."

"그런데! 남편의 직속 상사로 계신 대경전자 사장님의 결혼식에 가서 사모님께 인사를 드려야 한다며 이하나 결혼식에는 관심도 없다는 그런 문자를 보내왔네! 얘 이따 네 얼굴 보고 어쩌려고 이런 문자를 보냈다니? 가만히나 있지."

"뒷목 잡고 쓰러지는 거 아닌가 모르겠다."

"그럴 수도 있을 거야."

하나와 수정의 예상에서 조금 빗나가기는 했지만 신부 대기실에서 하나와 마주친 선경은 그 자리에 주저앉았다.

"어머, 조심해야죠. 홀몸도 아니신 것 같은데."

하나가 일부러 존댓말을 써주면서 여유를 부렸다.

"남편분이 우리 도경 씨 직속 연구실 실장님이시라면서요? 도경 씨한테 부인이 결혼식에 다녀갔다고 말해줄게요. 아, 그리고 결혼식은 끝까지 보고 가세요. 꼭이요!"

선경은 아무 말도 하지 못한 채 대기실을 나갔다.

'그러게 베푼 만큼 받을 거라고 했잖아!'

결혼식은 식순에 의해 진행되었다. 그런데 하나가 모르고 있던 순서가 하나 있었으니 신랑의 축가. 생각지도 못했었다. 지나가는 말로 신랑이 신부를 보며 노래를 불러주는 것만큼 감동적인 게 없더라, 라는 말은 했었다. 그런데 그가 그녀도 모르게 이런 순서를 준비했을 거라고는 상상도 못했다.

대경전자 사장이 하객들 앞에서 노래를 부를 수는 없을 거라고 단정했는데.

게다가 너무나도 감미롭고 아름다운 노래를 기가 막히게 잘 부른다.

배우 같은 몸매와 얼굴도 모자라 노래 실력은 가수다.

그런 그를 보며 하객들도 술렁거렸다.

'못하는 게 뭐야?'

감동으로 물든 예식이 끝나고 도경의 손을 잡고 퇴장을 하는 길에 선경의 모습이 언뜻 보였다.

'보고 있나? 정선경! 내 남편이 네 남편보다 훨씬 잘생기고, 키도 크고, 직장도 좋고, 노래도 잘 부른다!'

퇴장의 길 끝에서 복남이가 보였다.

하나가 그녀를 구제해 주고 이 모든 행운을 가져다준 천사, 복남이를 향해 윙크를 해주었다.

'복남아, 고마워.'

에필로그

거실 벽과 주방 벽을 가득 채웠던 아이돌과 남자 배우의 사진들이 사라졌다. 하지만 여자 배우들의 사진이 그 자리를 대신하고 있었다.

퇴근해서 온 도경이 집 안을 둘러보며 그 이유를 물으려다 말고 환하게 웃기 시작했다.

"복순이구나?"

도경의 말에 하나가 고개를 끄덕거렸고 그런 그녀의 답을 들은 도경은 아예 큰 소리로 웃어댔다. 그리고 하나에게 다가가 제법 볼록하게 솟아 있는 그녀의 배에 손을 얹었다.

"안녕, 복순아. 네 엄마는 복돌이일 거라고 했지만 아빠는 네가 복순이일 거라고 믿었어. 사랑한다, 우리 딸."

좋아 죽는 도경과 달리 하나의 표정은 좋지 않았다.

복남이만큼 잘생긴 아들을 낳아 아이돌로 데뷔시키겠다는 야무진 생각 바람이 깨져 버렸기 때문이다.

결혼하고 어느 순간부터 아이돌에 빠진 하나는 태교를 아이돌의 노래로 할 정도였다.

왜 아이돌을 좋아하냐는 질문에.

"잘생겼잖아요!"

질투가 난 도경이 한마디 했다.

"당신 남편도 잘생겼거든."

"쟤들은 어리잖아."

그 우습지도 않은 말로 인해 부부 사이가 소원했던 적이 있었다.

그렇게 아이돌에 빠진 하나가 임신을 확인하는 순간부터 집 안 가득 내로라하는 배우와 아이돌의 사진으로 도배를 하기 시작했다. 그중에는 복남이와 도경의 사진도 있었다. 부디 그들과 복남이만큼 잘난 아들이 태어나길 바랐기 때문에.

그걸 본 도경이 걱정돼서 물었었다.

"이러다 잘생긴 딸이 태어나면 어쩌려고?"

"그럴 리 없어요. 아들이야. 태몽이 아들이었잖아요."

"복숭아? 그건 딸이잖아."

"아니에요. 송 실장님 사모님께서 복숭아는 씨가 있어서 아들이라고 했단 말이에요."

하나는 늘 아들임을 확신했다.

도경은 복숭아는 당연히 딸일 거라고 생각해서 내심 딸이기를 바라는 마음에 기뻐했는데 그게 아니라니 실망이었다. 하지만 하나를 생각해서 표를 내지 않고 있었다.

그런데 정기검진이 있던 오늘, 딸이라는 게 밝혀졌으니 도경은 기쁘기만 하다. 다만 그 기쁜 마음을 마음껏 표현하지 못해 안타까울 뿐.

"걸그룹시키면 되잖아."

실망이 큰 것 같은 하나를 달래주기 위해 도경이 다독였다.

"여자들한테 그 세계는 위험해요. 걸그룹 안 돼."

"그럼 대경그룹 후계자로 키우면 되겠네. 우리 집 아들은 아이돌을 해야 해서 일찍부터 경영 수업 받는 건 불가능할 테니까."

하나가 생각에 잠긴 듯 눈을 깜빡거렸다.

"일로 성공하고 싶었던 당신의 꿈을 딸을 통해 이뤄보는 것도 괜찮을 텐데……."

하나의 표정이 밝아지는 것을 보며 도경은 자신이 달래준 것이 성공했다고 생각했다. 하지만 그것도 잠시, 다시 그녀의 표정이 시무룩해졌다.

"수정이 말대로 결국 지들이 하고 싶은 거 하고 살 텐데 내가 벌써부터 이럴 필요가 뭐 있나 싶어요."

소파에 앉는 하나 곁으로 다가온 도경이 그녀의 어깨를 툭툭 쳐 주었다.

"그래도 이하나는 좋은 엄마가 될 거야. 복남이도 잘 키웠잖아. 아차, 좋은 소식 있는데."

"뭐요?"

"준후가 외숙모라는 말을 했대."

"진짜?"

"누나가 녹음해서 보내줬어. 들어봐."

도경이 휴대폰을 꺼내 복남이의 음성을 들려주었다.

[에뚱모.]

도경과 하나가 동시에 웃음을 터뜨렸다.

영원히 하나 누나이고 싶었지만 이제는 외숙모가 되어버린 현실에서 복남이의 '에뚱모'가 감동으로 다가왔다.

"어떡해? 우리 복남이 너무 보고 싶다. 언제 한국에 안 들어온대요?"

"다음 달에 들어올 것 같대."

"복남이 같은 아들이었어야 하는데."

"어허, 듣는 복순이 서운하겠다."

도경의 말대로 복순이가 화를 내듯 하나의 배를 걷어찼다. 배가 꿈틀거릴 만큼 힘찬 발차기였다.

두 사람이 믿을 수 없다는 듯 이미 고요해진 배를 바라보았다.

"거 봐."

"어허, 요것 봐라. 벌써부터 엄마하고 해보자는 거야? 여자는 평생 사춘기라더니 넌 모태에서부터 질풍노도의 시기인 거냐? 이 녀석."

자신의 배를 바라보며 툴툴거리는 하나를 보며 도경이 흐뭇한 미소를 지었다.

두 딸을 키우는 것 같은 기분으로 살아갈 미래가 너무 행복할 것 같아서 그 미소가 쉽게 지워지지 않았다.

'사랑한다, 이하나. 그리고 우리 복순아.'

— THE END —

작가 후기

작년 6월, 제가 속해 있는 연합 '그녀의 서재' 정모가 있었습니다.

그때, 복남이 시놉을 들려주며 제목을 지어달라 부탁했습니다.

사실 '그녀의 서재' 작가님들은 작명고자(?)들이 많습니다. ^^

말도 안 되는 제목들이 툭툭 튀어나오는 가운데 '복남이 좀 봐주세요' 가 뜨거운 반응을 얻었고 그렇게 제목이 정해졌습니다.

예정대로라면 작년에 나왔어야 할 우리 복남이가 춘향이와 몽룡이에 밀려 좀 늦어졌지만 오랜만에 출간한 종이책이라 설레네요.

그리고 아기가 나와서 그랬을까요?

글을 쓰는 내내 행복했습니다.

이 글을 읽는 독자님들도 복남이와 함께 행복했으면 좋겠습니다.

사랑하는 가족들. 남편, 준희, 채희.

늘 함께 해주는 친구들. 연수, 진화, 승원.

나의 가장 아름다웠던 시절의 모습을 기억한다는 은숙.

언제나 든든한 로맨스 동지 인혜 씨.

그리고 글 쓰는 데 늘 힘이 되어주는 '그녀의 서재' 작가님들.

함께 해주시는 독자님들.

늘 감사합니다.

낙엽이 지기 시작하는 계절

성희주(guree) 드림